FOLIO SCIENCE-FICTION

Norman Spinrad

Les Solariens

Traduit de l'américain
par Michèle Charrier

Denoël

Cet ouvrage a été précédemment publié dans la collection Présence du futur aux Éditions Denoël.

Titre original :
THE SOLARIANS

Né à New York en 1940, installé à Paris depuis 1988, Norman Spinrad s'est attaché à faire de la science-fiction une littérature engagée, critique face aux grands enjeux contemporains. Auteur de plusieurs dizaines de nouvelles et d'une quinzaine de romans dont certains ont fait date dans l'histoire du genre. Journaliste, essayiste, il décline brillamment, tout au long de son œuvre, ses craintes et ses doutes face aux potentialités corruptrices du pouvoir, politique autant que médiatique.

1.

Une bataille inégale – une de plus. À trois contre quatre, comme d'habitude. En l'occurrence, dans le système de Sylvanna, contre les quatre-vingts vaisseaux d'un noir de mort qui franchissaient à l'instant même l'orbite de la planète la plus éloignée du soleil, formation conique à la base tournée vers l'avant et à la pointe occupée par le vaisseau amiral.

Le commandant Jay Palmer fit ranger la Onzième Flotte humaine en un disque de trois bâtiments d'épaisseur, le vaisseau amiral au troisième rang.

Il y occupait son fauteuil de commandement, devant la grille de combat où apparaissaient un cône de points rouges (la flotte dog), soixante points dorés (sa propre flotte, plus réduite) et un disque vert (Sylvanna, un soleil de type G 5) ; à sa gauche, sur le tableau de contrôle des dégâts, brillaient soixante petites lumières, vertes, ce qui signifiait que tous les vaisseaux étaient en état de participer à la bataille – l'ambre traduisait un bâtiment endommagé mais dont les générateurs fonctionnaient encore, le bleu une coque morte, voire pire ; à sa droite, les écrans de données informatiques.

Il laissait ouvert le premier bouton de sa veste de treillis d'un vert olive terne, dépourvue d'insignes : son uniforme n'était conçu que pour être confortable. En tant que commandant, Palmer était censé se fondre à la formation qu'il dirigeait ou, plus exactement, faire de chaque astronef une extension de son propre esprit, une partie de lui-même. Un bon officier considérait sa flotte comme un organisme unique : les navires en étaient les membres, les pseudopodes ; le vaisseau amiral, qui transportait l'ordinateur, le cerveau ; le commandant le cœur, l'ego, l'âme.

Il avait dans chaque oreille un écouteur indépendant. Celui de droite le mettait en contact direct avec le premier officier informaticien. Celui de gauche avec le circuit de commandement ; ses soixante capitaines.

Un laryngophone était fixé à sa pomme d'Adam. Sa main droite étreignait un interrupteur à deux positions – avant, Palmer s'adressait au premier officier informaticien ; arrière, il donnait ses ordres aux capitaines. Dans sa main gauche reposait un autre interrupteur – à trois positions, celui-là : avant, le commandant ouvrait l'écouteur du centre informatique ; arrière, celui du circuit de commandement ; au milieu, les deux à la fois.

« Informatique, grogna Palmer. Confirmez les chiffres.

– Quatre-vingts Dogs, marmonna son écouteur droit. Contact dans une heure. »

Le visage émacié de Palmer se contracta. Un visage qui, détendu, eût été séduisant, mais aux lèvres pleines entourées de lignes dures, au vaste front barré de trois plis profonds.

L'officier passa sur le circuit de commandement.

« Quittez le plan de l'écliptique à quatre-vingt-dix degrés galactiques nord, ordonna-t-il. Vitesse maximale. »

Ses grands yeux gris restaient rivés à la grille de combat. Le disque de points dorés commença à s'élever au-dessus de la ligne verte qui matérialisait le plan de l'écliptique. Les batailles entre flottes débutaient toujours par une lutte de position. Il ne fallait pas se laisser piéger entre un soleil et l'ennemi, surtout lorsque ce dernier était supérieur en nombre, car la tactique doglaari standard consistait alors à repousser les humains jusqu'à l'astre qu'ils défendaient : en se montrant assez rapides, les Dogs pouvaient couper toute retraite à l'adversaire, qui se retrouvait acculé à la fournaise solaire. Il ne leur restait plus qu'à utiliser leur champ de résolution, plus puissant puisqu'ils contrôlaient plus de vaisseaux, pour chasser la flotte ennemie vers le soleil, la contraignant finalement à briser sa formation. Les navires humains, désespérément inférieurs en nombre, en étaient alors réduits à lutter chacun pour soi...

La sueur perla à la lèvre supérieure du commandant. Sa flotte s'élevait au-dessus du plan de l'écliptique, mais l'adversaire doglaari avait pris note de la manœuvre : le cône rouge montait, lui aussi, tandis que les deux formations se rapprochaient à une vitesse terrifiante. C'était comme aux échecs ; les ouvertures restaient relativement classiques. Si les humains grimpaient plus haut que les Dogs, ils redescendraient derrière eux, les obligeant à combattre avec le soleil dans le dos. Le champ doglaari total serait toujours plus puissant, mais il subirait à la fois l'attraction de Sylvanna et la poussée humaine, ce qui rendrait la bataille à peu près égale.

Malheureusement, les Dogs s'élevaient aussi vite que leurs adversaires ; le regard exercé de Palmer lui permettait même de noter qu'ils étaient d'environ cinq pour cent plus rapides. Sa flotte ne parviendrait pas à les dépasser.

L'officier renifla. Ils mordaient à l'hameçon. S'il pouvait les leurrer assez longtemps...

« Réduisez la vitesse aux trois quarts », lança-t-il.

La progression de ses vaisseaux ralentit ; à présent, il apparaissait clairement que ceux de l'ennemi allaient s'élever plus haut, mais Palmer espérait en rester assez proche pour faire croire aux Doglaaris qu'il s'efforçait de passer *au-dessus* d'eux. S'ils s'y trompaient et poursuivaient leur ascension...

Bientôt, les flottes seraient au contact.

« Réduisez la vitesse aux deux tiers. »

La formation humaine ralentit encore.

Palmer étudia avec attention la grille de combat. Ça marchait ! Les Doglaaris allaient toujours aussi vite ! Compte tenu des vitesses relatives des adversaires, le cône dog tiendrait l'espace « au-dessus » de lui, pressant de son champ la flotte humaine, qu'il contraindrait à reculer vers le soleil.

Dans un instant, cependant, il serait totalement emporté par son élan ; déjà, il filait près de deux fois plus vite que le disque. Jamais il ne pourrait faire marche arrière à temps...

Maintenant !

« Annulation de la vitesse ascensionnelle ! aboya Palmer. Freinage d'urgence ! Changement de direction de cent quatre-vingts degrés ! En descente, toute ! »

La flotte humaine s'immobilisa puis tomba. Elle dégringola de plus en plus vite – à travers le plan de l'écliptique et au-delà.

Les Doglaaris ralentirent frénétiquement et inversèrent leur sens de déplacement pour suivre les humains, mais leur commandant n'avait pas été assez rapide. En comprenant trop tard que ses adversaires ralentissaient à dessein, il venait bel et bien de perdre le concours de position.

Au lieu de se combler, le gouffre qui séparait les deux formations s'élargissait.

« Virage à quatre-vingt-dix degrés ! » ordonna Palmer.

Ses vaisseaux changèrent à nouveau de direction. Cette fois, ils filèrent le long d'une ligne parallèle à l'écliptique et passant sous les Doglaaris, qui ne tardèrent pas à se retrouver entre Sylvanna et eux.

« Ascension ! En montée, toute ! »

La flotte humaine fonça vers le haut. L'ennemi, faisant marche arrière, s'efforça de la gagner de vitesse, mais elle avait pris de l'élan : les positions des adversaires s'étaient inversées.

À présent, le sommet du cône doglaari pointait vers le soleil, tandis que sa base était toujours tournée vers le disque.

Ça avait marché. Les Dogs étaient coincés entre les humains et Sylvanna.

Palmer passa sur le circuit informatique.

« On a assez de puissance pour les obliger à reculer ? » interrogea-t-il, bien qu'il fût quasi certain de la réponse.

Le champ de résolution servait à propulser les vaisseaux dans l'espace. Il convertissait la rotation des électrons d'une masse donnée en un vecteur unidirectionnel formant un angle droit avec leurs lignes de force. Lorsque les bâtiments se groupaient en formation serrée, leurs champs individuels se fondaient en un grand champ collectif qui les englobait tous.

Outre qu'il propulsait la flotte de l'avant, ce champ poussait dans la direction où elle se déplaçait tout ce qui se trouvait devant elle – y compris, en l'occurrence et pour Palmer, le cône doglaari.

Ce dernier disposait cependant de son propre champ, lequel poussait dans la direction opposée. Trois facteurs détermineraient le sens de déplacement des deux formations : la puissance du champ humain, celle du champ doglaari, et le fait que ce champ-là aurait aussi à combattre l'attraction de Sylvanna.

Certes, il dépassait celui des humains d'un rapport de quatre sur trois, mais peut-être, une fois diminué du facteur de gravité sylvannien...

L'ordinateur ne tarda pas à communiquer sa réponse.

« Négatif, prévint la voix à l'oreille droite de Palmer. Mais ça pourrait être pire. On est à égalité, maintenant. On ne peut pas les forcer à reculer, et vice versa. Statu quo. »

L'officier poussa un soupir résigné. Comme il s'y était attendu, ses forces avaient gagné la première phase de la bataille – la lutte de position. Elles avaient momentanément annulé la supériorité numérique des Doglaaris.

À présent commençait la deuxième phase : la guerre d'usure.

La première phase durait le plus souvent moins d'une heure ; la deuxième pouvait s'étirer encore et encore...

En l'occurrence, les deux champs s'annulaient réciproquement. Il n'existait qu'un moyen de sortir de cette impasse pour décider de l'issue du combat – détruire plus de vaisseaux qu'on n'en perdait, ce qui finissait par rendre un des champs plus puissant que l'autre.

Le choix des armes, à ce stade, était très limité. Il était impossible de faire passer dans le camp adverse une masse significative, puisqu'elle se retrouverait suspendue à mi-chemin, entre les deux champs opposés. Ce qui éliminait tous les missiles. Les canons à antiprotons étaient eux-mêmes inutilisables, lesdits antiprotons possédant une masse. Quant aux bombes nucléaires ou thermonucléaires, elles ne parviendraient pas plus près de l'ennemi que de leur expéditeur.

Ne restaient donc que les armes à énergie.

« Informatique, marmonna Palmer dans son laryngophone. Prenez le relais. Commencez par l'agencement GN-64. »

Il se renfrogna. Cette phase de la bataille était celle qu'il détestait le plus. Seuls les canons laser, avec leurs rayons calorifiques d'une terrifiante intensité, étaient efficaces. Mais, comme toutes les armes à énergie jamais inventées, ils devaient demeurer pointés sur un même endroit de longues secondes pour brûler le métal et infliger de réels dégâts.

Palmer examina sa grille de combat. Les vaisseaux doglaaris s'étaient mis à évoluer au sein de leur formation conique, de manière apparemment aléatoire. Le but de la manœuvre consistait, bien sûr, à empêcher les canons humains de rester braqués sur un bâtiment assez longtemps pour l'endommager. Les points dorés du disque s'étaient lancés dans une semblable danse de mort.

Leurs déplacements, s'ils semblaient aléatoires, ne l'étaient cependant pas. Ils ne pouvaient l'être, puisque les vaisseaux devaient éviter les rayons des canons adverses mais aussi rester étroitement intégrés au champ de leur propre formation, faute de quoi ce dernier céderait et la flotte serait mise en déroute.

La tâche se révélait bien trop complexe pour un être

vivant, quel qu'il fût, y compris un humain ou un Doglaari entraîné et expérimenté. Les ordinateurs s'en chargeaient, gérant les deux camps.

Palmer choisissait la configuration appliquée par la machine – parmi des milliers –, il en changeait à son gré, mais à ce stade de la bataille son pouvoir se réduisait à cela.

Ce qui ne lui plaisait pas du tout !

Un rayon doglaari balaya, inoffensif, un bâtiment du premier rang, déclenchant les hurlements des détecteurs. Un rayon humain bondit sur un vaisseau de la base du cône ; une fraction de seconde plus tard, l'appareil avait esquivé, et le faisceau allait se perdre dans l'espace.

Les ordinateurs – qu'ils aillent au diable – se testaient mutuellement, cherchant à rationaliser les mouvements « aléatoires » de l'ennemi pour les intégrer à des schémas mathématiques prévisibles.

Palmer, de même que la plupart des commandants, détestait les ordinateurs. D'une part, ils lui volaient le contrôle complet de sa flotte ; d'autre part, ceux du haut commandement, dans le système d'Olympia, étaient en train de perdre cette satanée guerre. Les machines doglaaris étaient meilleures que leurs homologues humaines, et les Doglaaris plus nombreux que les humains.

L'humanité était condamnée à l'extinction, les ordinateurs l'annonçaient à intervalles réguliers depuis les trois cents dernières années.

Une des lumières vertes passa à l'ambre, sur le tableau de contrôle des dégâts. Les Dogs perçaient à jour la configuration GN-64.

« Passez à GP-12 », ordonna Palmer.

L'ordinateur ennemi devrait maîtriser cette configuration-ci avant d'endommager un autre vaisseau, et...

Ah !

Un des points rouges se mua en étincelle pourpre avant de s'éteindre. Plus d'énergie. *Un Dog de moins !*

Les Doglaaris allaient à présent changer de configuration.

Ce petit jeu pouvait se prolonger longtemps, très longtemps. Dès qu'une des machines avait intégré les paramètres de la combinaison adverse, le commandant concerné en changeait, si bien que tout était à refaire.

Il n'y aurait pas de grande explosion qui détruirait en quelques minutes d'action brûlante des dizaines de vaisseaux. Juste un lent grignotage – un navire dog ici, un bâtiment humain là – jusqu'à ce que l'équilibre entre les deux champs se rompît.

S'il se rompait. Palmer se rappelait l'histoire de la bataille de Bowman. Cinquante vaisseaux humains, cinquante-huit Dogs. Aucun des deux camps n'avait conquis un avantage significatif, les humains détruisant un vaisseau dog pour chaque vaisseau qu'ils perdaient eux-mêmes, si bien que la lutte avait duré bien plus d'un jour standard. Pour finir, les deux flottes avaient été entièrement anéanties.

Bêtise pure et simple.

L'officier savait très bien ce qu'il *avait envie* de faire. Briser soudain la formation, jouer le tout pour le tout en se lançant dans une attaque massive contre le vaisseau amiral dog. Quand on en venait à bout, qu'on détruisait l'ordinateur, la bataille était terminée. L'ennemi ne pouvait plus éviter les canons laser tout en préservant son champ global.

Toutefois, Palmer savait que, même si cette tactique réussissait, il serait ensuite traduit en cour martiale. La guerre, ainsi que la moindre de ses escarmouches, se déroulait sous le contrôle rigide du haut commandement informatique. Un commandant persuadé de mieux réfléchir qu'un ordinateur serait cassé et condamné à la corvée de latrines à perpétuité. *Avec de la chance.*

Sur le tableau de contrôle des dégâts, une autre lumière vira à l'ambre. Puis une autre encore !

Merde ! Merde ! Merde !

« Passez à la GN-41. »

La bataille se poursuivit des heures et des heures durant. L'espace s'engorgea peu à peu de vaisseaux morts, d'éclats métalliques, de nuages de débris lorsqu'une centrale énergétique, frappée par un rayon, explosait avec son bâtiment.

Les faisceaux des canons éclairaient la nuit telles des novas linéaires tandis que le combat s'éternisait, que les astronefs continuaient leur danse de mort au sein de leurs formations.

Palmer était en nage, les cheveux humides, collés par plaques. Il lui semblait avoir passé sa vie entière dans son siège de commandement. Il avait les fesses insensibles, la gorge à vif à force de lancer des ordres.

Sa flotte avait adopté des centaines de configurations ; de même que celle des Doglaaris.

Il jeta un regard sinistre au tableau de contrôle des dégâts. Dix des lumières y étaient à présent ambrées, sept autres bleues. Dix-sept bâtiments hors de combat.

Contre quatorze pour l'ennemi.

Palmer savait qu'il était en train de perdre la bataille. Il n'avait pas encore atteint le point de non-retour ; la flotte humaine tenait sa position grâce aux unités énergétiques d'urgence, mais si les Dogs arrivaient à un avantage de, mettons, dix vaisseaux, la troisième phase commencerait...

« Informatique, appela-t-il d'une voix rauque, épuisée. Extrapolation, S.V.P.

– Chances de victoire doglaari : soixante-dix pour cent, dit la voix à son oreille. De victoire humaine : vingt-trois pour cent. D'égalité : sept pour cent. »

Il soupira. Autant se décider – quand les chances de victoire doglaari passeraient à quatre-vingts pour cent, il romprait le contact pour prendre la fuite. *Sinon...*

Sinon, la flotte ennemie continuerait à croître en puissance, proportionnellement. Comme il l'avait obligée à se placer dos au soleil, la fin serait longue à venir – les Dogs ne pourraient se contenter de pousser l'adversaire dans la fournaise. Au lieu de quoi leur cône se creuserait pour former un hémisphère évidé qui finirait par englober le disque, avant de se refermer sur lui en une sphère parfaite.

Le champ humain se retrouverait au centre du champ

doglaari, plus puissant ; ce dernier pousserait irrésistiblement vers l'intérieur, écrasant peu à peu son contenu. La flotte prisonnière se tasserait jusqu'à ce que ses vaisseaux s'entre-choquent, jusqu'à ce qu'il n'en reste rien qu'une énorme masse étroitement enchevêtrée de métal déchiqueté – et de cadavres.

Au début de la guerre, trois cents ans auparavant, ces luttes à mort s'étaient produites avec une affreuse régularité. Il avait fallu payer cher en vaisseaux et en hommes pour que la leçon s'imposât : quand on n'avait aucune chance de gagner, il fallait *battre en retraite.* S'enfuir avec le maximum de bâtiments. L'héroïsme n'avait qu'un seul résultat : l'accroissement du déséquilibre en troupes et en matériel entre humains et Doglaaris.

Quatre-vingts pour cent ; le point de non-retour.

« Passez à la GN-7. »

Du moins les configurations étaient-elles virtuellement inépuisables...

Pourtant, deux lumières supplémentaires virèrent à l'ambre. Puis au bleu.

« Passez à la GN-50. »

L'ordinateur dog venait de plus en plus vite à bout des combinaisons, nom de Dieu. Peut-être, dans un système mathématique doglaari bizarre, une configuration maîtresse englobait-elle toutes les configurations humaines. Peut-être était-ce une des raisons de la supériorité dog...

Non ! Non ! Ils n'étaient pas *supérieurs.* Plus en avance, sans doute, membres d'une civilisation plus vaste, plus ancienne, mais pas *supérieurs...*

Une autre lumière devint ambrée.

« Par tous les lâches de Sol ! jura Palmer. Passez à la GN-13. »

Le point ambré vira quasi immédiatement au bleu. L'ordinateur doglaari s'était à nouveau adapté, presque aussi vite, cette fois, que la configuration avait changé. La situation était désespérée...

« Passez à la GN-69, murmura Palmer avec amertume.

– Commandant Palmer ! » La voix de Twordlarkin, le premier officier informaticien. Son supérieur se doutait bien de ce qui allait suivre... « La dernière extrapolation donne quatre-vingt-trois pour cent de chances de victoire aux Doglaaris. Je vous conseille donc officiellement une retraite immédiate. Faute de quoi ils commenceront sans doute sous peu une manœuvre d'engouffrement à laquelle nous serons incapables de résister. »

Palmer jura, non sans avoir pris auparavant la précaution de couper Twordlarkin du circuit. L'autre lui *conseillait officiellement* la retraite ! Le conseil officiel d'un informaticien équivalait de fait à un ordre, même pour le commandant de la flotte. La Navy règne sur les vaisseaux, disait l'adage, mais l'informatique régnait sur la guerre. Une seule chose pouvait sauver de la cour martiale un commandant qui ignorait pareil « conseil » : la victoire.

Aucune chance. Le pire était que Twordlarkin avait raison. Sylvanna était perdu. Pourtant, un officier de terrain aurait au moins dû avoir le droit d'ordonner sa propre retraite.

Palmer réactiva le circuit informatique.

« Très bien, grogna-t-il. Conseil reçu et approuvé. » Il repassa sur le circuit de commandement. Au moins, la procédure de repli standard fonctionnerait sans doute, cette fois-ci, puisque sa flotte n'était pas coincée entre les Dogs et Sylvanna. « Commandant à tous les vaisseaux. À mon signal, inversion des générateurs de champ à cent quatre-vingts degrés. Cinq... Quatre... Trois... Deux... Un... *Go !* »

Soudain, tous les bâtiments humains restants inversèrent leur générateur. Leur champ de résolution en fut aussitôt inversé, lui aussi, et le disque fila vers l'extérieur du système à une vitesse démentielle. À présent, en effet, au lieu de s'opposer au champ doglaari, son propre champ s'y superposait, si bien que leurs deux puissances s'additionnaient. Il en résultait une accélération centrifuge double de celle que pouvait obtenir séparément chacune des deux flottes.

Un court instant, l'écart entre les fuyards et les Doglaaris surpris se creusa davantage, puis le commandant dog réagit, inversant lui aussi son champ de résolution. Les survivants humains durent renoncer à le chevaucher, tandis que l'ennemi, propulsé par sa puissance supérieure, entreprenait de combler le gouffre qui les séparait. La course vers les confins du système sylvannien commençait – une course à mort.

Palmer jeta un rapide coup d'œil à sa grille de combat puis se brancha sur le circuit informatique. Les ordinateurs se montraient parfois d'une utilité vitale, après tout.

« On a assez d'élan, Twordlarkin ? appela-t-il. On arrivera sur l'orbite de Sylvanna VIII avant eux ? »

Une longue minute de silence tendu s'écoula, pendant que l'officier rentrait les données du problème : distances impliquées, accélération initiale et vitesses relatives des vaisseaux.

« Affirmatif, répondit-il enfin. Ils ne nous rattraperont pas. »

Palmer poussa un profond soupir de soulagement. La bataille était terminée. La flotte dog ne rejoindrait pas les fugitifs avant qu'ils ne croisent l'orbite de Sylvanna VIII, la planète la plus extérieure du système, et, une fois hors de ce dernier, ils pourraient passer en toute sécurité dans l'espace-stase.

L'espace-stase, contrairement à l'« hyperespace » légendaire des anciens, n'avait rien à voir avec une quelconque anomalie spatiale. C'était simplement une bulle immatérielle à l'intérieur de laquelle le temps se révélait beaucoup, beaucoup plus rapide qu'à l'extérieur, alors que les propriétés physiques universelles y restaient pour l'essentiel inchangées, si l'on exceptait quelques effets d'optique surprenants. Un vaisseau en espace-stase ne dépassait pas la vitesse locale de la lumière, mais il occupait une poche où le temps était contracté et qui disparaissait du flux temporel normal pour réapparaître des années-lumière plus loin, au bout de quelques heures. Un champ de stase inversé, généré au sein même du champ de stase extérieur, permettait à l'équipage de rester dans le temps conventionnel, lui évitant un vieillissement accéléré.

Les bâtiments en espace-stase transportant leur propre flux temporel, il était impossible à d'autres de les localiser.

La flotte humaine – ou ce qui en restait – regagnerait sans problème la grande base du système d'Olympia.

Palmer examina le tableau de contrôle des dégâts. Sur les soixante lumières vertes du départ, trente-deux n'avaient pas changé. Trente-deux vaisseaux s'en étaient sortis intacts...

« Combien de Dogs en moins ? demanda-t-il, lugubre, aux informaticiens.

– Dix-huit », lui répondit-on.

Vingt-huit navires humains pour dix-huit doglaaris.

Vingt-huit navires, *plus* le système de Sylvanna.

Palmer s'efforça de ne pas penser à ce qui allait s'y produire. Ses planètes abritaient quinze millions d'humains... qu'on pouvait considérer comme morts.

Non, songea-t-il avec amertume, pas encore. Pas du tout...

Il se souvenait de Brycion, le monde sur lequel il était né et avait passé les cinq premières années de sa vie, avant que ses parents n'y trouvent la mort. Il voyait avec ses yeux d'enfant ce qui allait arriver aux Sylvanniens.

Le système de Sylvanna comptait quinze millions d'habitants, mais pas assez de vaisseaux pour en embarquer plus de quelques centaines de milliers avant l'arrivée des transports de troupes dogs. Les mathématiques du chaos, des émeutes, de la terreur.

Il se rappelait vaguement ce qui s'était produit quand l'ennemi avait chassé la flotte défensive de Brycion. Sur cent millions d'humains, les vaisseaux ne pouvaient en emporter que cent mille. Un millier de malheureux fous de terreur s'étaient battus pour chaque place, durant les quelques heures qui les séparaient du débarquement dog.

Les souvenirs de Palmer, quoique confus et fragmentaires, n'en étaient pas moins redoutablement clairs. Il revoyait la marée humaine se déversant sur le spatioport, renversant les astronefs par la seule force de son piétinement ; il revoyait les incendies, les bagarres de rues inutiles, accompagnées de coups de feu.

Il revoyait son père et sa mère, luttant pour se frayer un chemin, quartier par quartier, jusqu'au spatioport. Ils l'avaient poussé à bord d'un vaisseau, en compagnie de ce qui lui avait alors paru être des millions d'enfants.

Mais il revoyait surtout la dernière image qu'il avait eue d'eux, en jetant un coup d'œil par le hublot juste avant que l'astronef ne partît pour Olympia et sa relative sécurité...

Une foule démente, infinie, semblait-il, se ruait sur le béton en direction des navires. Un mince cordon d'hommes et de femmes, les parents des enfants qui allaient s'envoler, se tenait entre cette mer et les astronefs, payant en vies le temps nécessaire au décollage.

Il avait vu son père, mais aussi sa mère, tirer froidement dans la masse, tandis que la première vague allait les envelopper de son flot mortel...

Puis, miséricordieusement, le vaisseau s'était élevé. Palmer n'avait jamais su avec certitude si ses parents s'étaient fait réduire en pièces par la foule ou avaient survécu pour affronter l'occupation doglaari.

Depuis qu'il était en âge de comprendre, il espérait qu'ils avaient péri à cet instant, déchiquetés par des hommes réduits à l'état d'animaux. Si horrible que ce fût, ceux qui mouraient avant l'atterrissage dog avaient de la chance...

Palmer chassa de son esprit Brycion et le passé. Il s'agissait maintenant de Sylvanna, du présent...

Bientôt, les Doglaaris débarqueraient leurs troupes sur les trois planètes habitées du système. Il n'y aurait pas de grande conflagration, pas de boucherie, pas d'extermination sanglante. Ç'aurait été une perte de temps, d'énergie et de matériel. Les Dogs étaient trop efficaces pour consacrer à un pogrom des efforts inutiles.

Les humains seraient juste rassemblés dans de petites réserves surpeuplées, tandis que le système serait colonisé.

On les laisserait strictement livrés à eux-mêmes, contraints de se débrouiller – sans médicaments, sans nourriture, sans vêtements, sans machines et sans eau.

Leurs vainqueurs les garderaient enfermés tels des animaux sauvages, jusqu'à ce qu'ils s'entre-tuent pour le peu de vivres disponibles dans leurs prisons.

Les Doglaaris n'étaient pas gratuitement cruels.

Ils n'étaient pas non plus gratuitement miséricordieux.

2.

Les membres de la Confédération humaine considéraient un peu le système d'Olympia comme leur capitale ; Jay Palmer, lui, le considérait même un peu comme son chez-lui. Par quelque caprice à présent oublié de l'histoire, Olympia s'était taillé la part du lion dans les vagues successives de réfugiés. La plupart étant des enfants, le gouvernement olympique était devenu une sorte de gigantesque parent adoptif ; et la principale préoccupation de l'espèce humaine étant la guerre qu'elle livrait aux Doglaaris pour sa propre survie, ces orphelins ne vivaient qu'une enfance écourtée, consacrée, avec leur approbation enthousiaste, à les préparer aux carrières militaires.

En tant que principal pourvoyeur d'officiers et de sous-officiers humains, Olympia était tout naturellement devenu un système de garnison. Il comptait trois planètes habitées : Olympia II, un petit monde de la taille de Mars, à l'atmosphère peu dense, énorme chantier spatial et armurerie ; Olympia IV, un rocher minuscule, glacial et dépourvu d'atmosphère, parfait – donc – pour accueillir les ordinateurs cryogéniques composant le Central informatique de la Confédération.

Et Olympia III, une planète tempérée de type terrestre, centre névralgique de la Confédération, quartier général de ce qui ressemblait le plus à un gouvernement humain global, le Commandement militaire humain unifié.

Jay Palmer avait grandi dans ce système de garnison, et les cités libres officielles d'Olympia III servaient de cadres à ses rares permissions. Si rébarbatif qu'il fût, Olympia était son foyer.

L'officier avait laissé les pitoyables restes de sa flotte sur les quais d'Olympia II puis pris la première navette en partance pour Olympia III. Lorsqu'il traversa le sas du petit vaisseau et sortit sur la rampe de débarquement, l'air tiède et parfumé de la planète lui rappela qu'il n'avait pas eu de permission, voire de temps pour y penser, depuis bien longtemps. Les cités libres officielles offraient nombre de plaisirs, de ceux qu'affectionnaient les soldats. Soudain, Palmer sentit déferler sur lui le désagréable épuisement consécutif à la bataille. En éprouvant le relâchement qui suit une période de tension intense, il comprit qu'il avait besoin d'un peu de détente, d'une bonne cuite, puis d'un long, très long sommeil.

Pourtant, cela attendrait. Le port d'attache des navettes ne se trouvait pas dans une des cités libres mais juste sous les murs de Pentagon City, le quartier général du Commandement militaire humain unifié. L'arrivant ne commencerait pas par une période de liberté mais par un pénible rapport au grand maréchal Kurowski en personne.

Comme Palmer descendait la passerelle et arrivait sur le tablier en béton du naviport, la masse géométrique imposante de Pentagon City se dressa au-dessus de lui, le frappant presque de stupeur, quoiqu'il connût les lieux aussi parfaitement que possible.

Le naviport, situé juste devant une des portes de la cité, offrait une vue parfaite des murailles apparemment infinies qui s'étendaient verticalement sur près de deux cents mètres, horizontalement à perte de vue. Palmer se sentait comme un microbe sur une lame de microscope, levant les yeux vers un monde étrange, dont la simple échelle dépassait sa compréhension.

Il n'existait rien de comparable à Pentagon City dans

toute la Confédération humaine. Ou, pour ce qu'on en savait, l'Empire doglaari, voire Forteresse Sol elle-même.

C'était le plus immense bâtiment de la galaxie connue.

Pour des raisons mystiques perdues dans les brumes de l'Antiquité, il avait été construit en forme de pentagone – quinze kilomètres de côté, cent soixante mètres de haut. Ses murailles de béton renforcé d'impervium, dépourvues de fenêtres, faisaient plus de trente mètres d'épaisseur. L'immeuble tout entier était soumis à l'air conditionné et à l'éclairage électrique. Il possédait jusqu'à son heure propre – l'heure de Pentagon City. Indestructible, hormis par un tir direct à la bombe à fusion, il était doté de redoutes souterraines que même cela n'abattrait pas.

Palmer traversa lentement le terrain en direction de la porte la plus proche, le regard levé sur l'immensité lisse, égale, de la muraille. Il lui semblait souvent que la cité symbolisait à présent pour lui, comme pour bien d'autres, la Confédération tout entière, ainsi que, sur la Terre mystérieuse, les pyramides avaient symbolisé la civilisation oubliée du Nil.

À sa connaissance, personne ne niait l'extrême laideur de Pentagon City, mais tout le monde lui vouait une sorte d'affection bizarre. Il s'agissait d'une espèce de monstre bien-aimé, un monument à la gloire du présent et non du passé, le monument que la Confédération s'était érigé à elle-même, le sanctuaire le plus imposant et représentatif jamais dédié à l'esprit militaire.

Il donnait presque l'impression que l'espèce capable de produire un tel bâtiment-ville parviendrait forcément à vaincre l'Empire doglaari. Presque...

Palmer présenta ses papiers au garde posté à l'entrée, lequel l'autorisa après inspection – une simple formalité – à pénétrer dans le cercle superficiel de la construction. Bien que Pentagon City fût une cité comptant plus de cinquante mille habitants, elle n'était pas organisée comme telle. C'était un gigantesque immeuble de bureaux, doté de cinquante étages aériens et vingt souterrains, chacun comportant des couloirs disposés sur cent anneaux concentriques.

L'officier se trouvait à présent dans le corridor le plus excentré du rez-de-chaussée, le niveau un. Des portes de bureaux s'alignaient sur les murs à perte de vue. Le corridor lui-même était aussi large qu'une ruelle et, pour compléter l'impression citadine, une nuée de scooters monoplaces occupés filait en son milieu. Des engins supplémentaires étaient garés le long des parois.

Il eût été absurde de croire qui que ce fût capable de trouver seul son chemin dans ce vaste labyrinthe. Non seulement le bâtiment était immense, mais qui eût retenu la localisation de ses innombrables salles et bureaux ?

Les couloirs renfermaient donc près de cent mille petits scooters, tous reliés à un ordinateur situé au cœur des entrailles souterraines de la ville.

Palmer se faufila jusqu'à un engin inoccupé, s'y installa, attacha sa ceinture de sécurité puis tapa « N-50, C-1, 1001 » sur les touches que supportait le piédestal monté à l'avant de la machine, à l'endroit en principe occupé par les commandes manuelles. « N-50 » signifiait niveau 50, c'est-à-dire dernier étage ; « C-1 » premier cercle, soit cercle intérieur ; « 1001 » était le numéro du bureau du grand maréchal Kurowski. Si Palmer avait voulu gagner une pièce aux coordonnées inconnues, il les aurait cherchées dans l'annuaire attaché à la selle.

Il poussa vers l'avant le levier de démarrage. L'engin parcourut à vive allure quelques centaines de mètres dans le couloir, avant d'atteindre un des passages radiaux menant de la périphérie au cœur du pentagone.

Il y tourna puis accéléra à nouveau. Palmer regarda défiler les pancartes accrochées aux croisements : Cercle 100... 50... 30... 20... 10... 5...

Au numéro un, le scooter négocia un autre virage pour embarquer dans un petit ascenseur qui s'ébranla automatiquement, contrôlé par le même ordinateur. Niveau 10... 20... 30...

Arrivée au niveau cinquante, la cabine s'immobilisa, et le scooter repartit pour enfin déposer son passager devant le bureau 1001.

« Commandeur suprême-Coordinateur », lisait-on simplement sur la porte. Le nom de Kurowski n'y figurait pas, par économie – les Commandeurs suprêmes se succédaient avec une si effrayante rapidité que c'eût été gaspiller la peinture.

Le visiteur se présenta devant la grille incluse dans le battant, qui s'ouvrit un instant plus tard en annonçant le commandant Palmer.

Kurowski était assis derrière un gigantesque bureau effroyablement vide. À sa droite se trouvait un interphone ; à sa gauche une boîte de cigares.

Le mur du fond n'était qu'une imposante carte politique de la galaxie connue. Les soleils doglaaris y figuraient sous la forme de quatre cent vingt points rouges maléfiques, disposés en croissant entre la Confédération humaine et le centre de la Galaxie. Les soleils humains, au nombre de deux cent vingt – *Non,* songea Palmer. *Deux cent dix-neuf, maintenant* – composaient une ellipse de points dorés sur laquelle avançaient les pointes du croissant.

À l'extrémité la plus éloignée de cette ellipse, près des confins galactiques, brillait une grosse sphère verte qui dominait la carte entière. Ce vert luxuriant ne pouvait représenter qu'une chose pour un être humain, sur quelque planète qu'il fût né – le berceau mystérieux, inaccessible, de l'espèce humaine : Forteresse Sol.

Le visage profondément ridé de Kurowski se plissa en un sourire sardonique tandis que Palmer contemplait la carte. Sol faisait rêver tous les hommes, du premier au dernier, ce qui expliquait en partie la présence de cette représentation galactique : une partie du respect accordé à la planète mère rejaillissait sur le vieil officier.

« Excusez-moi, maréchal, dit Palmer en saluant. C'est juste que... »

Kurowski hocha sa grosse tête à la crinière blanche.

« Je sais, commandant, je sais. Si j'ai demandé l'installation de cette carte, c'est aussi pour me rappeler Sol. De nos jours, trop de gens ne prennent plus la Promesse au sérieux. »

Il fit signe à son subordonné de s'installer en face de lui, sur un siège plutôt dur et inconfortable.

Palmer s'assit, la représentation céleste attirant toujours son attention. Kurowski était un croyant, il se le rappelait maintenant, le premier à être devenu Commandeur suprême depuis une décennie, disait-on...

« Parlez-moi de Sylvanna, commandant Palmer », attaqua brusquement le vieil homme.

Son visiteur, résistant à l'envie de détourner le regard, le fixa au contraire droit dans ses yeux bleus glacés.

« Il n'y a pas grand-chose à raconter. Nous avons perdu le système en même temps que vingt-huit vaisseaux. Et détruit dix-huit Dogs. Je n'ai pas d'excuses à présenter : nous étions inférieurs en nombre, comme d'habitude, et nous avons été contraints de battre en retraite, comme d'habitude. »

Kurowski eut un mince sourire forcé.

« Du calme, commandant, je ne vous mets pas sur la sellette. Seigneur. Si par miracle vous aviez tenu le système, on vous aurait promu maréchal sur-le-champ, attribué la médaille confédérée d'honneur et sans doute le poste de Commandeur suprême. Nous n'avons pas remporté une victoire en dix-sept ans, et si nous réformions tous les commandants qui perdent une bataille, il ne nous en resterait pas un. »

Palmer s'agita sur sa chaise inconfortable.

« Commandeur, attaqua-t-il. Comme je l'ai déjà dit par le passé, je pense que nous aurions de meilleures chances si nous ne nous reposions pas autant sur l'informatique. Prenez Sylvanna. Au début de la bataille, nous avons réussi à coincer l'ennemi, le dos au soleil. Si j'avais brisé la formation pour attaquer leur vaisseau amiral avec, disons, la moitié de mes forces, nous serions peut-être arrivés à le détruire, et nous tiendrions toujours le système au lieu de... »

Kurowski poussa un long soupir.

« Ne soyez pas infantile, commandant, interrompit-il d'un ton cassant. Vous savez aussi bien que moi qu'il m'est impossible d'entreprendre le moindre mouvement en contradiction avec les “conseils” des informaticiens. Ça ne me plaît pas plus qu'à vous, mais j'ai beau être grand maréchal, je ne suis pas immunisé contre la cour martiale.

– Mais enfin, les ordinateurs eux-mêmes admettent que d'après leurs estimations les plus optimistes, nous serons vaincus d'ici un siècle et demi et balayés par les Dogs. Qu'avons-nous à perdre ?

– Vous ne croyez pas à la Promesse ? » interrogea Kurowski.

Palmer marmonnait déjà la réponse convenue, lorsque quelque chose l'arrêta.

« Si je puis me permettre d'être franc..., lâcha-t-il. Je veux dire : je sais que vous êtes croyant, et ce n'est pas pour vous manquer de respect... En fait...

– Allez-y, commandant, dites-le ! aboya le vieillard. Vous êtes libre d'avoir vos opinions, et moi de les entendre, nom de Dieu !

– Très bien, commandeur. La vérité, c'est que je n'y crois pas. Après tout, nous n'avons pas reçu la moindre nouvelle de Forteresse Sol depuis près de deux cent soixante-dix ans. Je pense que la Promesse n'était qu'une rationalisation de la lâcheté des Solariens, au moment où ils se sont retirés de la guerre. Je ne crois aux armes secrètes que quand je les vois. S'ils ne nous ont pas purement et simplement abandonnés aux Dogs, pourquoi ne font-ils rien ? Pourquoi nous maintiennent-ils complètement à l'écart du système solaire ? Si ça se trouve, ils ont signé un accord.

– Un accord ? Avec qui ? *Les Dogs ?*

– Oui, commandeur. Pourquoi pas ? Les Doglaaris acceptent de laisser Sol tranquille ; en échange, Sol se retire de la guerre et refuse tout contact interstellaire. Les Solariens nous jettent dans la fosse aux lions en sauvant leur propre peau.

– Vous avez déjà parlé avec un Dog, commandant ?

– Non, jamais.

– Ah, soupira Kurowski. Si c'était le cas, vous sauriez que vous n'avez pas la moindre chance d'être dans le vrai. Les Dogs ont commencé cette guerre dans un objectif, un seul : éliminer totalement l'espèce humaine. Jusqu'à la plus petite planète. Au dernier homme. Ils... eh bien, ce sont peut-être des mammifères, comme nous, ils respirent le même air et affectionnent en gros les mêmes températures, mais leur esprit fonctionne sur des bases complètement différentes. Pour eux, il n'existe que deux sortes de créatures dans l'Univers : les Doglaaris et la vermine. Dont nous sommes, nous autres humains. Signerions-nous un accord avec des cafards ? Si nous avons appris une chose au cours des trois cents dernières années, c'est qu'on ne peut pas négocier avec les Dogs.

– Dans ce cas, pourquoi Sol s'est-il retiré de la guerre ? Si les Solariens sont vraiment acculés à l'extermination, eux aussi, pourquoi ne se battent-ils pas ? Pourquoi se sont-ils défilés, en nous jetant en pâture quelques mots creux ? “Nous nous tournerons vers l'intérieur afin de faire du berceau de l'Homme sa forteresse, une redoute imprenable qui, l'heure venue, essaimera pour détruire la puissance doglaari, totalement et à jamais.” Les termes mêmes qu'ils ont employés ont l'air idiots. Ils ont bâti une forteresse, d'accord, mais pas pour l'homme. Pour les Solariens, c'est tout. »

Kurowski haussa les épaules.

« Je ne détiens pas toutes les réponses, admit-il. Personne ne les détient. Tout ce que nous savons, c'est qu'une trentaine d'années après le début de la guerre, il y a eu sur Terre une sorte de révolution éclair. Ça s'est passé si vite que nous ignorons jusqu'à ce que voulaient les révolutionnaires. De leur chef, MacDay, nous n'avons appris qu'une chose : il a ébloui tous ceux qui l'ont approché, mais pas un n'a compris ses motivations. Il a retiré Sol de la guerre, fait la Promesse puis scellé le système solaire, et personne n'en a plus entendu parler pendant trois siècles. À mon avis, il existe deux possibilités. Soit on croit en la Promesse, ce qui permet d'espérer qu'un jour, d'une manière ou d'une autre, le cours du conflit s'inversera ; soit on croit que ce sont juste quelques mots dépourvus de sens, auquel cas on se résigne à l'extinction finale de l'homme, puisque d'après nos ordinateurs nous ne pouvons pas gagner. La plupart des gens préfèrent l'espoir à la résignation.

– Commandeur, demanda Palmer tout bas, vous pensez vraiment que les Dogs nous sont *supérieurs* ?

– Certainement pas ! rugit le vieillard. Mais c'est mathématique. Il y a de cela trois cents ans, quand les deux espèces se sont rencontrées pour la première fois, nous tenions deux cent cinquante-huit systèmes, et eux trois cent soixante. Nous disposions d'astronefs depuis cent trente ans, et eux depuis près de trois cents. Nous étions environ cent milliards, et eux deux cents milliards. Ils sont plus anciens, plus nombreux, et ils ont une bonne longueur d'avance. Ça ne signifie pas qu'ils nous soient *supérieurs*, commandant ! Je ne veux plus entendre une chose pareille ! À un contre un, un homme vaut largement un Dog. Mais ils ont eu la chance d'évoluer plus vite que nous. Voilà ce qu'ils ont – de la chance, et plus de planètes, de vaisseaux, de troupes.

– Sol n'a pas mis longtemps à le comprendre, hein ? commenta Palmer avec amertume. Les Solariens se sont vite rendu compte que leur système était le plus éloigné de l'Empire doglaari. Alors ils se sont dit que nous, dans les colonies, on arriverait bien à retenir l'ennemi quelques siècles, avec nos planètes, nos vaisseaux, notre sang, pendant qu'ils resteraient tranquillement assis sur leur gros derrière à espérer un miracle.

– Nous savons tous que cette guerre ne vise qu'à retarder l'avance dog, commandant, déclara Kurowski, agacé, mais nous avons *besoin* de croire que Sol fait quelque chose. Sans ça, nous pourrions aussi bien nous coucher en attendant la mort. Nous... » L'intercom lâcha un bourdonnement exigeant. « Au diable ! »

Le vieil homme décrocha.

Palmer, qui l'observait, le vit passer de l'énervement à la surprise, puis à ce qui était de toute évidence la stupéfaction la plus totale.

Enfin, Kurowski raccrocha d'un geste raide.

« C'était le haut commandement de la Détection, murmura-t-il d'une voix rauque. Ils viennent juste de repérer un vaisseau étranger au sortir de l'espace-stase, derrière l'orbite d'Olympia IX. Ce n'est pas un des nôtres.

– *Un Dog ? Tout seul,* à l'attaque d'Olympia ?

– Ce n'est pas un Dog, répondit-il doucement. Ils sont entrés en contact avec le capitaine... » Le Commandeur suprême fit pivoter son fauteuil pour fixer d'un œil égaré la carte murale. « Il prétend venir de Forteresse Sol. »

Le système d'Olympia étant le centre nerveux, le cœur de l'effort militaire humain, trois flottes de cent vaisseaux chacune y veillaient. Ses trois planètes habitées étaient en outre protégées par des essaims de navettes intersystèmes. Quant à Olympia III, elle abritait une importante garnison, la plus forte concentration de troupes de la Confédération.

Une attaque doglaari contre Olympia était impensable, du moins à ce stade de la guerre. Les Dogs étaient bien trop calculateurs et méthodiques pour une tentative aussi suicidaire.

Le haut commandement humain n'en accordait pas pour autant sa confiance inconditionnelle au vaisseau étranger qui se prétendait originaire de Forteresse Sol. Après tout, il pouvait s'agir d'un piège ahurissant de l'ennemi. Nul n'avait vu un vaisseau solarien, ni même entendu la voix d'un Solarien, depuis près de trois siècles. D'une certaine manière, s'il y avait peu de chances que l'astronef fût doglaari, il y en avait encore moins qu'il fût solarien.

C'était comme si son capitaine avait tranquillement affirmé être le Messie, Jésus, Mahomet et Bouddha réunis.

D'ailleurs, pour la majorité de la Confédération humaine, Forteresse Sol représentait un peu tout cela. Non seulement l'humanité était condamnée à l'extinction, mais elle avait en outre le privilège de le savoir. Le nombre de systèmes tenus par l'homme diminuait, de décennie en décennie, tandis que la taille de l'Empire doglaari augmentait. Les Dogs étaient deux fois plus nombreux, ils possédaient une fois et demie plus de vaisseaux, de meilleurs ordinateurs, et ils éprouvaient un besoin monomaniaque de détruire jusqu'au dernier leurs adversaires.

Il ne restait à l'homme qu'un espoir, un seul, si vain et superstitieux qu'il fût – *Forteresse Sol.*

Sol était l'unique facteur inconnu dans la guerre humains-Doglaaris, dont toutes les données faisaient l'objet de calculs soigneux. Derrière l'écran de bombes et de mines qui détruisait tout corps cherchant à franchir l'orbite de Pluton, *n'importe quoi* pouvait être sur le point de naître – une arme capable d'éliminer des systèmes solaires entiers comme au tir au pigeon, d'après certains ; un bouclier d'invulnérabilité impénétrable, affirmaient d'autres ; une armada de vaisseaux-robots d'une taille inouïe ; des bombes de conversion ; un virus mortel pour les Dogs, sans danger pour les humains – la liste n'était limitée que par la capacité de malheureux frustrés à imaginer des armes surpuissantes.

Et voilà qu'au bout de deux cent soixante-dix ans, les habitants de Forteresse Sol sortaient enfin de leur isolement pour envoyer... *un vaisseau ?*

Le haut commandement humain ne prenait aucun risque. Le navire solarien fut escorté jusqu'à Olympia III par soixante bâtiments armés jusqu'aux dents et prêts à faire feu au moindre signe de traîtrise.

À peine posé sur le spatioport qui s'étendait au sud de Pentagon City, il se retrouva entouré d'une division complète, y compris vingt chars et trois encombrants canons laser.

Le Commandeur suprême Kurowski attendait les visiteurs au bout d'une allée encadrée de soldats en armes, dont la présence n'était qu'en partie cérémonielle. Le vieillard était flanqué de l'informaticien en chef, Lauris Maizel, et du maître de la défense olympique, Gaston K'nala. Juste derrière eux se tenaient huit commandants de terrain, eux-mêmes suivis des sept commandants des flottes présentes dans le système, dont Jay Palmer.

Ce dernier trouvait malgré lui au spectacle un petit je-ne-sais-quoi de scandaleusement distrayant. Dans son dos se dressait la masse titanesque de Pentagon City, tandis que devant lui se pressait une multitude de soldats en treillis vert olive, de chars, de canons laser... Tout ce déploiement militaire centré sur un minuscule vaisseau, du vert lumineux symbolique de Forteresse Sol.

Ce qui en sortirait ne pourrait par comparaison que paraître comiquement disproportionné.

Un panneau s'ouvrit, livrant passage à six Solariens.

Un frémissement imperceptible parcourut les troupes. Les dignitaires se recroquevillèrent à peine. Le Commandeur suprême s'humecta les lèvres.

Palmer sentit aussitôt... *l'étrangeté* des arrivants. Ils étaient entourés d'une aura immédiatement perceptible quoique indéfinissable. Leur aspect était en effet très ordinaire. Deux des trois femmes – la blonde opulente et la grande rousse élancée –, bien que séduisantes, n'auraient pu être qualifiées de renversantes. La troisième, avec ses cheveux gris, paraissait plutôt terne. Quant aux hommes, deux d'entre eux étaient parfaitement banals : le premier, mince, châtain clair, mesurait moins de deux mètres ; l'autre, plus brun, plus massif, arborait une fine moustache. Le dernier attirait davantage l'attention : très bien bâti, élégant, il possédait d'immenses yeux verts lumineux profondément enfoncés dans leurs orbites osseuses et une grande bouche expressive. Pourtant, lui non plus n'avait rien d'extraordinaire.

Les six visiteurs portaient des tuniques vertes toutes simples, celles des hommes relativement amples, celles des femmes assez serrées pour être intéressantes, sans cependant devenir de mauvais goût.

Tout chez eux, jusqu'au plus infime détail, était des plus anodins.

Excepté l'impression qu'ils produisaient.

Ils bougeaient comme s'ils avaient possédé l'Univers, comme s'ils l'avaient hérité par hasard des générations auparavant. Le déploiement des forces confédérées semblait les amuser secrètement, tel un numéro de singes bien entraînés, particulièrement malins. Il émanait de leur groupe une impression de tranquille assurance qui dépassait de loin l'arrogance.

Ils rejoignirent les personnalités d'un pas tranquille, mais cette tranquillité même paraissait exsuder autant de puissance qu'un défilé militaire à grande échelle.

« Je suis le grand maréchal Kurowski, Commandeur suprême et Coordinateur du commandement militaire humain unifié », se présenta Kurowski, raide et mal à l'aise.

Les lèvres pleines du Solarien aux yeux verts s'écartèrent sur le fantôme d'un sourire.

« Je m'appelle Lingo, répondit-il. Dirk Lingo.

– C'est vous le capitaine de vaisseau ? s'enquit Kurowski. Le responsable ? »

Palmer trouva la question ridicule. Ledit Lingo irradiait l'autorité comme une étoile la lumière.

« Je suis le chef », déclara-t-il. C'était sans le moindre doute un titre. Puis il ajouta, sur le ton de la conversation : « Et voici Robin Morel. » Il sourit à la rousse. « Fran Shannon. » La femme grisonnante. « Raul Ortega. » Le brun moustachu. « Max Bergstrom et Linda Dortin. »

Haussement de sourcils cryptique en direction de la blonde et du petit homme châtain.

Tous deux parcoururent des yeux le groupe d'officiers, lentement, étrangement à l'unisson, comme pour déchiffrer un code secret gravé sur le front de leurs hôtes. Palmer s'aperçut qu'une onde de gêne se propageait parmi ses supérieurs, sous le double regard qui les balayait.

Puis ce fut son tour.

Les deux Solariens avaient presque les mêmes yeux – grands, bruns, sereins, les iris tachetés de petits points bleus. Une curieuse tension naquit sous le crâne du jeune commandant. Ensuite, quelque chose dans sa tête éclata d'un rire chaleureux, avant qu'une chaude caresse sensuelle ne parcourût languidement son esprit, comme une main de femme le pelage d'un chaton...

Quand les deux étrangers détournèrent le regard, cette impression disparut.

« B... bienvenue sur Olympia, balbutia Kurowski, incertain.

– Merci, répondit Lingo, les yeux levés sur la masse de Pentagon City, un rictus aux lèvres. Ce... ah... cet édifice est extrêmement impressionnant. Le digne symbole d'une... heu... certaine mentalité. Nous n'avons rien de comparable dans le système solaire. »

De toute évidence, ce n'était pas un compliment.

« Puis-je me permettre de vous demander pourquoi vous êtes ici, après trois siècles d'isolement ? demanda Kurowski, retrouvant une partie de sa raideur militaire. J'imagine que ce n'est pas juste pour nous donner votre opinion sur notre architecture ? »

Lingo se mit à rire. Un rire profond, musical, empli de sous-entendus aussi complexes que déstabilisants.

« Et pourquoi croyez-vous que nous soyons venus ? répondit-il. Pour gagner la guerre, bien sûr.

– Vraiment ? grogna le vieillard, sceptique. À vous six ?

– À nous six, acquiesça le Solarien d'un ton égal. Notre

mission ne dépend tout simplement en aucune manière de notre nombre.

– Vous croyez vraiment que nous allons avaler ça ? riposta l'officier. Après trois siècles d'inaction, trois siècles où vous nous avez laissés à la merci des Dogs, trois siècles de... Sol a le culot de nous envoyer *six personnes* pour nous apprendre comment nous battre ? Six...

– Dites-moi, maréchal Kurowski, interrompit Lingo, êtes-vous en position de gagner la guerre, à l'heure actuelle ? Puisque vous ne l'êtes pas, un changement, quel qu'il soit, ne peut qu'améliorer vos chances.

– Et qu'avez-vous à nous proposer, au juste ?

– Un plan. Et les moyens de le réaliser. Peut-être devrais-je ajouter que nous *sommes* ces moyens.

– Quel plan ? »

Lingo eut un sourire désarmant.

« Je suis sûr qu'il existe pour en discuter des endroits plus appropriés que ce terrain d'atterrissage. Je pense aussi que votre autorité suprême devrait en être informée... votre conseil, vos ministres ou...

– Je pourrais demander une réunion des généraux, suggéra Kurowski à contrecœur.

– Ça devrait convenir, répondit Lingo. Si nous rentrions ? »

Sans attendre de réponse, il tourna le dos au vieil homme pour se diriger vers l'entrée de Pentagon City, les autres Solariens sur les talons. Il ne se donna même pas la peine de jeter un coup d'œil en arrière afin de vérifier si les militaires le suivaient.

Ce qu'ils faisaient.

Palmer et les officiers subalternes étaient à la traîne, un peu dans le brouillard, de même que Kurowski derrière Lingo et les siens.

Jeune commandant aspirant à un grade plus élevé, Palmer savait reconnaître un virtuose. Il avait suffi au chef solarien, qui ne disposait pourtant d'aucun soutien, de quelques minutes d'une conversation badine pour s'imposer en égal de Kurowski – au moins. Et à la manière dont il l'avait fait, on aurait pu croire que c'était son dû, qu'il était parfaitement naturel pour un Solarien inconnu de traiter le Commandeur suprême et Coordinateur des forces unifiées de toute la Confédération humaine comme... comme un jeune commandant !

3.

La salle de réunion des généraux (N-38, C-4, 173) était impressionnante, ainsi qu'il convenait. Le plafond reproduisait, en beaucoup plus grand, la carte du bureau de Kurowski. Un drapeau de la Confédération – une étoile jaune à cinq branches sur fond bleu – recouvrait un mur entier. Une énorme table de duroplast en forme de croissant, ornée d'autosecs intégrés et d'un écran encastré, occupait la majeure partie de la pièce.

Le Commandeur suprême Kurowski avait pris place au centre géométrique de la table, flanqué, par ordre de préséance décroissant, de l'informaticien en chef, du chef des services secrets, du premier officier de la logistique, du chef de la guerre psychologique, du coordinateur civil et des huit commandants de terrain – tous au moins généraux.

À l'exception du commandant de flotte Jay Palmer, nerveusement perché au bord de sa chaise, à l'extrémité gauche de la table – position zéro, protocolairement parlant. Stupéfait, il s'efforçait de comprendre ce que faisait au juste un misérable commandant de flotte en si magnifique compagnie.

Tout ce qu'il savait, c'était que sa présence, de même que la réunion proprement dite, avait été décidée par Dirk Lingo...

Alors que Solariens et militaires allaient pénétrer dans Pentagon City, Palmer, qui suivait respectueusement les grands galonnés, lesquels suivaient leurs visiteurs dans le plus grand désordre, avait vu Lingo s'arrêter puis se retourner pour s'adresser à Kurowski. À en juger par l'expression du Commandeur suprême, son interlocuteur se montrait exaspérant, aussi le jeune officier s'était-il senti fort mal à l'aise quand son supérieur l'avait appelé.

« Voici le commandant de flotte Palmer », avait dit Kurowski à Lingo, ignorant l'intéressé avec application et se gardant bien de lui présenter le Solarien.

« Comment allez-vous, commandant ? s'était enquis le Solarien, aimable. Désolé, pour votre flotte. »

Palmer avait sursauté. Parler négligemment d'une défaite récente avec quelqu'un d'aussi peu sûr que Lingo ne ressemblait pas à Kurowski.

Il s'était alors rendu compte que le grand maréchal était aussi ennuyé que lui.

« M. Lingo a demandé à faire votre connaissance », avait tout de suite précisé le vieillard, désireux d'éviter cette brèche mystérieuse dans la sécurité. « Je ne sais vraiment pas pourquoi...

– Rencontrer un officier de terrain m'a semblé une bonne idée, avait dit Lingo. Quelqu'un qui ne soit pas encore général. Qui sorte tout juste d'une bataille...

– Comment le savez-vous, nom de Dieu ? avait enfin explosé Kurowski. Vous n'avez pas...

– Disons que je l'ai deviné », avait coupé Lingo avec un petit haussement d'épaules. « Ce qui compte, c'est que j'estime nécessaire la présence d'un officier de terrain représentatif au cours de la réunion. Le commandant Palmer fera l'affaire aussi bien que n'importe qui d'autre.

– Il n'en est pas question, avait riposté Kurowski, cinglant. En dessous du rang de général, personne n'est admis aux réunions des généraux. Ça irait à l'encontre de...

– Je ne suis pas général », avait répliqué Lingo, la voix imperceptiblement durcie. « Aucun de mes amis non plus. Cela signifie-t-il qu'il faut annuler la réunion ?

– B... bien sûr que non. Ça n'a rien à voir. Vous n'êtes

pas soumis aux lois de la Confédération. Le commandant Palmer si. Aucun officier de son âge...

– Le commandant Palmer assistera à cette réunion, ou il n'y aura pas de réunion. »

Lingo s'était exprimé doucement, d'un ton sans réplique, calme et assuré, quoique dénué d'arrogance.

« Mais... », avait balbutié son interlocuteur, cherchant visiblement le moyen de céder avec grâce plutôt que contraint et forcé.

Le Solarien avait souri.

« Si cela peut vous réconforter, maréchal Kurowski... » Sa voix redevenait soudain chaleureuse. « ... considérez que le commandant Palmer est *mon* invité. Cela devrait satisfaire votre sens du protocole.

– Très bien, avait concédé Kurowski. Commandant Palmer, vous pouvez disposer, jusqu'à la réunion des généraux. »

Tandis que le jeune homme saluait puis pivotait pour s'éloigner, Lingo l'avait fixé un instant bien en face. Les grands yeux verts du Solarien pétillaient gaiement, à cause semblait-il de quelque plaisanterie personnelle. Enfin, il avait adressé à Palmer un sourire torve et un clin d'œil presque imperceptible. Sans que l'officier comprît pourquoi, cela lui avait rappelé l'étrange expression contemplative de Max Bergstrom et Linda Dortin à l'instant où leur regard s'était posé sur lui, peu de temps auparavant...

À présent, assis dans la vaste salle, il repensait une fois de plus à ce bizarre moment, sur le terrain d'atterrissage, où il avait senti ces quatre yeux calmes et bruns sonder doucement son esprit. Puis, soudain, il comprit : sans doute était-ce ainsi que Lingo avait appris, pour Sylvanna. Par une sorte de télépathie !

Palmer avait la certitude gênante que si le Solarien avait requis sa présence à cette réunion, c'était d'une manière ou d'une autre à cause de ce bref sondage.

On se servait de lui comme d'un pion, ce qui ne lui plaisait pas du tout. Mal à l'aise, il regarda les six chaises inconfortables disposées pour les visiteurs devant la courbe intérieure de la table.

Enfin, Kurowski adressa un hochement de tête à l'ensemble des généraux puis pressa un bouton sur l'interphone, devant lui, pour faire introduire les Solariens. Les officiers se levèrent, non par respect pour les étrangers, mais dans le but de montrer la supériorité de leur rang en se rasseyant avant eux.

Les Solariens entrèrent, avec leur air déjà familier de tranquille arrogance. Lingo, les yeux brillants, secrètement amusé, semblait-il, n'accorda qu'un coup d'œil aux galonnés. Sans laisser à Kurowski le temps de prononcer un mot, il s'installa sur une chaise, aussitôt imité par ses compagnons, qui prirent place à ses côtés.

Les militaires restèrent debout un long moment d'égarement.

« Asseyez-vous, messieurs, je vous en prie », finit-il par lancer, aimable, avec un geste négligent de la main.

Palmer contint difficilement un éclat de rire. C'était trop drôle. Lingo avait recommencé, et avec une folle aisance.

Kurowski rougit en s'installant maladroitement sur son siège.

« Je pense que nous devrions ouvrir la réunion par un petit rapport sur la situation actuelle au bénéfice de nos amis solariens, déclara-t-il, dans l'espoir de reprendre l'initiative. Après tout, ils sont restés *injoignables* un bon moment. Au-dessus de vous se trouve une carte politique de la galaxie connue, sur laquelle les soleils doglaaris figurent en rouge, les soleils humains...

– Nous sommes familiers de ce genre de cartes, coupa Lingo d'un ton sec. La suite, je vous prie. »

Kurowski, perdant un instant son calme, lui jeta un regard réellement venimeux, avant de retrouver son sang-froid.

« Très bien, dit-il. Comme vous pouvez le constater, les Dogs maîtrisent environ quatre systèmes là où nous en dominons trois. Ils possèdent un avantage équivalent en vaisseaux et en personnel. Ce qui suffit à faire de nous les vaincus – d'après nos calculs les plus récents, nous ne tiendrons guère qu'un siècle supplémentaire. Néanmoins, cet avantage ne leur permet pas de frapper un coup décisif. Il s'agit d'une guerre d'usure, lente, méthodique et logique – comme les Dogs. Ils...

– C'est de l'histoire ancienne, maréchal Kurowski, interrompit Lingo, tranchant. Ce que vous racontez ne nous sert pas à grand-chose, puisque ça revient tout bonnement à dire que nous sommes en train de perdre. Pour les mêmes raisons que vous perdez depuis trois cents ans. Si je puis me permettre, je pense que nous gagnerions tous du temps en laissant Raul poser quelques questions. C'est notre maître de jeu.

– Votre *quoi ?*

– Maître de jeu, répéta Lingo, souriant. Ce que vous appelleriez un stratège, plus ou moins. Raul ? »

Une fois de plus, Palmer ressentit une pointe d'admiration envieuse. Sans même élever la voix, Lingo avait volé à Kurowski le contrôle de la réunion, pour le remettre à son compagnon moustachu !

« Merci, Dirk, lâcha Ortega avec brusquerie. À mon avis, il suffit de trois questions. Premièrement, qui définit la stratégie globale de la Confédération ?

– Je suis Commandeur suprême, répondit Kurowski, très raide. C'est...

– Une seconde, maréchal Kurowski, interrompit Maizel, l'informaticien en chef. Je pense qu'il serait plus juste de dire que notre stratégie globale est mise au point par le central informatique d'Olympia IV.

– Alors ce sont toujours les ordinateurs qui contrôlent la stratégie, murmura Ortega, visiblement écœuré.

– Bien sûr, acquiesça Maizel. Les Dogs ont plus de planètes et de vaisseaux que nous. Il nous faut donc utiliser le peu de ressources dont nous disposons le plus efficacement possible, ce qui signifie un contrôle informatique serré de tous les aspects de la guerre. »

Ortega renifla, avant de chuchoter à Lingo :

« Ces trois siècles ne leur ont rien appris. MacDay avait raison. » Il se retourna vers Maizel et Kurowski. « Deuxième question : d'après vos ordinateurs, l'optimisation de vos ressources donne-t-elle moins de cent pour cent de chances aux Doglaaris de remporter la victoire finale ?

– Nous avons déjà répondu à cette question, rétorqua Kurowski.

– Alors, au nom du ciel, pourquoi laissez-vous encore les ordinateurs diriger la guerre ? »

Palmer, qui eût volontiers bondi sur ses pieds pour acclamer le moustachu, vit bien que Kurowski lui-même était aussi content que lui. Ortega venait de résumer en une courte question sans réponse le sentiment silencieux de tous les officiers de terrain. Pourquoi ne pas tenter un grand coup, puisque d'après les machines ils ne pouvaient que perdre ?

Mais Maizel avait une réponse, la sempiternelle réponse toute prête – exaspérante :

« Parce que, au moins, avec une gestion optimale, possible grâce aux ordinateurs, nous prolongeons la guerre au maximum. Nos chances de développer une nouvelle arme qui compensera la supériorité numérique des Dogs augmentent donc, et...

– En d'autres termes, interrompit Ortega, plus une autruche garde la tête dans le sable, meilleures sont ses chances de survie ? »

Lingo eut un sourire magnanime.

« Veuillez excuser Raul, intervint-il. Comme tous les maîtres de jeu, il a tendance à ramener les problèmes à leur plus simple expression, ce qui se traduit parfois par un franc-parler assez pénible. Je dois néanmoins admettre que son analyse est globalement correcte. Vous n'avez jamais envisagé de renoncer à l'informatique pour tenter quelque chose de si audacieux qu'une simple machine serait incapable de le concevoir ?

– Vous parlez de suicide, ricana Maizel. Sans les ordinateurs, nous n'aurions même jamais pu résister aux Dogs, pour commencer.

– Pourquoi ne pas vous fier à vos intuitions ? suggéra Ortega.

– Vous êtes fou », piailla l'officier.

Les deux Solariens échangèrent un soupir entendu quoique résigné.

« Tant pis, fit Ortega tout bas. Ça valait la peine d'essayer.

– Êtes-vous en train de nous dire que nous ne pouvons pas gagner la guerre ? interrogea Kurowski. Est-ce pour ça que vous avez rompu trois siècles d'isolement ? Pour venir ici et nous jeter à la figure...

– Pas du tout, assura Lingo, apaisant. En fait, nous vous avons apporté ce que vous attendiez de manière si irrationnelle – l'arme secrète, le facteur capable d'inverser d'un seul coup le cours des événements.

– Vraiment ? » demanda Kurowski, qui cherchait de toute évidence à conserver sa foi agonisante en la Promesse. « Qu'est-ce que c'est ?

– Nous, répondit Lingo avec un grand sourire.

– Vous ? »

Il fit signe à Max Bergstrom et Linda Dortin.

« Vous pensez, déclara le premier d'un ton monocorde, que dans leur isolement les Solariens ont succombé à la folie des grandeurs. Que peut-être le commandant Palmer avait raison – la Promesse n'était qu'un pieux mensonge destiné à couvrir leur lâcheté. Que...

– Comment le savez-vous ? haleta Kurowski. Personne n'a pu nous entendre, Palmer et moi, quand...

– Vous pensez », intervint Linda Dortin, prenant sans difficulté le relais, « que nous ne pouvons rien savoir d'une conversation qui a eu lieu alors que nous étions encore dans l'espace. Que nous n'avons pu obtenir ces informations que d'une seule manière, en lisant dans votre esprit... que seuls des télépathes seraient à même de faire ce que nous faisons...

– Et vous avez raison, bien sûr, ajouta Lingo.

– Vous... vous êtes tous *télépathes ?*

– Non, répondit-il, juste Linda et Max. Nous avons tous

nos petits talents, et il ne nous servirait à rien d'inclure plus de deux télépathes dans le groupe.

– C'est ça, l'arme secrète ? demanda Kurowski. La télépathie ? Je n'en conteste pas l'utilité, mais je ne vois pas comment nous en servir contre les Dogs.

– Ce n'est qu'une *partie* de l'arme. Peut-être devrions-nous pousser un peu la démonstration ?... » Lingo laissa échapper un petit rire. « Linda, s'il te plaît... Ah... Commandant Palmer, nous ferez-vous le plaisir d'exécuter un petit pas de danse ?

– *Hein ?* » s'exclama Palmer.

Puis il y eut un rire dans sa tête. Déjà, ses membres bougeaient de leur propre volonté. Il grimpait sur la table. S'y dressait. Ses pieds commençaient à s'agiter, au rythme de ses claquements de doigts.

Le commandant Jay Palmer se mit à danser la gigue sur la table de conférence.

« Arrêtez immédiatement, Palmer, c'est un ordre ! rugit le grand maréchal Kurowski.

– Je... je ne peux pas, gémit son subordonné, qui s'agitait avec fureur.

– *Ça suffit* », lança Lingo.

Soudain, Palmer redevint maître de son corps. Engourdi, rougissant, il regagna sa place le plus discrètement possible.

« Comme vous avez pu le constater, reprit le Solarien d'un ton sec, la télépathie implique certains... euh... d'autres pouvoirs que celui de lire dans les esprits. De même que dans bien des domaines différents, la communication implique le *contrôle.*

– Vous voulez dire que vous allez enseigner cette technique à nos troupes ?

– Non. C'est un don. On l'a ou on ne l'a pas. En fait, notre plan nécessite une action plus directe. Vous nous avez vus manipuler le commandant Palmer. Imaginez que nous en fassions autant avec le Kor des Doglaaris...

– Le Kor ? Vous voulez aller sur Doglaar ?

– Vous commencez à comprendre.

– En effet ! acquiesça Kurowski, cinglant. Vous êtes complètement fous ! *Jamais* vous n'arriverez sur Doglaar en un seul morceau. Dogl est gardé par tellement de vaisseaux qu'un microbe ne s'y introduirait pas. Il est physiquement impossible de sortir de l'espace-stase dans un système solaire, si bien que vous devriez arriver de l'extérieur propulsés par votre champ de résolution. Vous n'auriez aucune chance. Ils vous réduiraient en miettes avant que vous n'ayez croisé l'orbite de Dog VI !

– Vous avez parfaitement raison, il nous serait impossible de nous introduire *par la force* auprès du Kor, acquiesça Lingo. Il n'empêche que nous avons un moyen de rencontrer le Conseil de Haute Sagesse.

– Lequel ? aboya Kurowski.

– Proposer la reddition de la Confédération humaine à l'Empire doglaari.

– *Quoi ?* hurlèrent tous les généraux d'une seule voix ou presque.

– Du calme, messieurs, reprit Lingo en riant. Il n'est pas question de se rendre réellement, juste d'utiliser une supposée mission diplomatique pour obtenir une audience du Kor.

– Ils ne marcheront jamais, protesta Kurowski. Les Dogs ne veulent pas négocier notre reddition mais nous exterminer jusqu'au dernier. Ils refuseront n'importe quelles conditions.

– Qui a parlé d'une chose pareille ? demanda Lingo. Nous nous rendrons sans condition, voilà tout, plutôt que de continuer à gaspiller nos efforts dans une guerre que nous ne pouvons pas gagner. *L'efficacité.* Aucun être humain ne penserait comme ça, mais c'est exactement ce que feraient les Dogs à notre place. La chose la plus efficace. Ils ne jurent que par la logique et l'efficacité, vous devriez le savoir, messieurs, puisque vous essayez avec ardeur de les imiter depuis trois siècles.

– Il y a peut-être une chance que ça marche..., musa Kurowski.

– Vous pensez, intervint Max Bergstrom, que vous

n'engageriez dans cette tentative que six Solariens par ailleurs inutiles. »

Le vieillard rougit, voulut balbutier une protestation, mais Lingo l'en empêcha.

« Allons, il n'y a pas de quoi avoir honte, déclara-t-il. C'est bel et bien un risque calculé. Qui plus est, vous avez raison : ici, nous ne vous servirions à rien. Mais il reste un détail auquel vous n'avez pas pensé. Pour être crédibles, il nous faudrait un général. Disons... le Commandeur suprême ?

– Si vous vous imaginez que je vais miser ma tête sur ce plan dément...

– Du calme, maréchal Kurowski. Je me doutais que vous ne seriez pas d'accord, et je suis prêt à proposer autre chose. Pourquoi n'enverriez-vous pas un jeune officier, quelqu'un de moins utile ? Il faudrait le nommer ambassadeur plénipotentiaire et l'élever momentanément au rang de général, bien sûr... »

Kurowski s'humecta les lèvres.

« Vous pensez à un gradé genre commandant de flotte ? demanda-t-il. Le commandant Palmer, par exemple ?

– Exactement.

– Hé, une minute ! s'écria Palmer. Je...

– Taisez-vous, *commandant* Palmer ! aboya Kurowski. *Général* Palmer, je vous nomme sur-le-champ ambassadeur plénipotentiaire des généraux et vous affecte au vaisseau solarien.

– Mais, maréchal..., protesta l'intéressé.

– Ne perdons pas de temps en discussion, intervint Lingo. Mes amis et moi sommes fatigués, et nous aimerions partir demain matin pour le système de Dogl. Commandant... euh... *général* Palmer, je vous prie de vous présenter au vaisseau demain, à onze heures. Et maintenant, si vous voulez bien nous excuser, messieurs... »

Sur ce, les Solariens se levèrent sans plus de cérémonie et sortirent, telle une famille royale à la fin d'une audience.

Ce ne fut qu'après la réunion, une fois seul avec ses pensées, que Palmer comprit ce qu'avait fait leur chef.

Un super baratin. Lingo avait dominé l'assemblée du début à la fin, au point d'accomplir ce que nul n'avait réussi depuis trois siècles – décider les généraux à un mouvement primordial *sans consulter les ordinateurs*.

Et tout le monde avait avalé ses discours. Pourtant, lorsqu'on y réfléchissait, le plan solarien était d'une évidente absurdité. Même si les visiteurs rencontraient le Kor, ce qui, malgré la faconde de Lingo, était plus que douteux, même s'ils prenaient son contrôle, que feraient-ils ? À quoi pourraient-ils bien l'obliger pour changer le cours de la guerre sans qu'il fût aussitôt déposé ? À danser la gigue ?

Non, les Solariens mijotaient quelque chose. Palmer ne savait pas quoi, mais ça ne lui plaisait pas.

Parce que tout ce qu'il savait, c'était qu'il se trouvait dans le bain jusqu'au cou.

Le jeune officier s'avançait lentement vers le vaisseau solarien, son sac de toile sur l'épaule, s'efforçant de garder l'esprit vide, ce qui n'était pas facile. Il ne devait pas penser au... au contenu de son sac... parce que si les télépathes lisaient dans son esprit...

Après avoir eu le temps de la réflexion, Kurowski était arrivé à certaines conclusions quant aux propositions des visiteurs.

« Ça paraît bizarre, c'est vrai, avait-il dit à Palmer durant leur dernier entretien. Nous savons l'un comme l'autre que vos chances d'atteindre Doglaar sont plus que minces. Je ne cherche pas à vous le cacher. Mais nous avons deux bonnes raisons au moins de les laisser tenter ce qu'ils veulent. D'abord – et en tant qu'officier de terrain, vous devriez l'apprécier – nous y avons *déjà* gagné quelque chose.

– Quoi donc ?

– Réfléchissez, Palmer ! Le simple fait que les généraux aient accepté une action solarienne immédiate, *sans consul-*

ter les ordinateurs, a établi un précédent. Même si cette mission se solde par un échec, si vous... euh... ne revenez pas, ça nous permettra de nous dresser à l'avenir contre l'informatique. De redonner l'autorité à ceux qui la méritent... les officiers de terrain comme vous et moi, pas les vieux fossiles comme Maizel. Et puis, si stupide qu'il paraisse, le plan des Solariens pourrait bien réussir, auquel cas une défaite certaine se transformerait en victoire. Qu'avons-nous à perdre ?

– Juste un jeune commandant de flotte, avait soupiré Palmer, résigné.

– Non... *Jay*, avait solennellement déclaré Kurowski. Je vous promets une chose : quoi qu'il arrive, le grade de général vous restera acquis. Si vous vous en sortez, nous vous nommerons général régulier. Si... enfin, si ça ne marche pas, aussi, à titre posthume. Nous vous devons au moins ça.

– Merci, maréchal, avait dit Palmer sans grand enthousiasme. Mais je ne vois toujours pas ce que pourront bien faire les Solariens, même s'ils arrivent à prendre le contrôle du Kor.

– J'imagine qu'ils l'obligeront à donner des ordres qui se traduiront par les pertes le plus importantes possible. Si les Dogs avaient ne serait-ce que trois ou quatre mille vaisseaux de moins, nous nous retrouverions sur un pied d'égalité, tout le monde en est conscient. En fait, la balance pencherait peut-être de notre côté. Après tout, dans ce genre de guerre, ce qui compte, ce sont les vaisseaux. Si c'était possible, j'échangerais même Olympia contre la destruction de trois ou quatre mille astronefs dogs. À votre avis, pourquoi n'ont-ils jamais tenté une attaque massive contre le système – ou contre Sol, d'ailleurs ? Parce qu'ils sont trop malins pour risquer ce dont ils ont le plus besoin.

– C'est vrai, avait admis Palmer, mais ça ne me dit pas comment les Solariens espèrent obtenir une chose pareille, et je suis *persuadé* qu'il ne faut pas leur faire confiance.

– Leur faire confiance ? avait répété Kurowski. Qui a dit que nous leur faisions confiance ? Pourquoi croyez-vous que je risque un homme de votre valeur dans une mission pareille ? Après tout, nous aurions aussi bien pu nommer général un simple lieutenant. Je veux quelqu'un capable de jugements rapides. Vous êtes sous les ordres de Lingo, mais je vous investis du droit d'interrompre la mission à n'importe quel moment. Si vous avez l'impression qu'on cherche à vous manipuler, prenez le contrôle du vaisseau et réclamez l'assistance immédiate de tous les bâtiments confédérés des environs. Au besoin, employez la force. Et si tout le reste échoue, suivant les circonstances, tenez-vous prêt à détruire le vaisseau en vous sacrifiant. Veillez à être bien équipé et armé. Mais comme vous serez peut-être fouillé, apportez un sac de vêtements au laboratoire des services secrets. Ils cacheront assez d'armes et d'explosifs dans vos affaires pour vous permettre d'affronter n'importe quel cas d'urgence. » Le vieil homme s'était levé, la main tendue. « Bonne chance, général Palmer. »

Le jeune officier remonta de quelques centimètres le sac sur son épaule. Ses affaires dissimulaient un véritable arsenal : un éclateur, un derringlaser, un étourdisseur, et jusqu'à une bombe à retardement néonucléaire déguisée en rasoir. Des armes plus modestes et assez de composants pour dupliquer les plus grosses étaient cousus dans les manchettes, les ourlets ainsi que les doublures de ses vêtements de rechange. Les Solariens en trouveraient peut-être certaines, s'ils le fouillaient avec soin, pas toutes...

De l'extérieur, leur vaisseau semblait d'une banalité presque décevante. Il était certes beaucoup plus petit que les croiseurs auxquels Palmer était accoutumé, et d'un vert lumineux, mais un examen rapide révéla à l'arrivant les projecteurs générant le champ de résolution de même que les antennes à espace-stase, montées à la proue, à la poupe et au milieu de la coque.

La porte extérieure du sas s'ouvrit, révélant Dirk Lingo. Lorsqu'il vit apparaître Max Bergstrom derrière lui, Palmer, tendu, s'efforça de se vider l'esprit. Les deux Solariens abaissèrent une échelle jusqu'à terre.

L'arrivant tira son sac encore un peu plus haut puis grimpa sur le premier barreau.

« Une minute, général, appela Lingo. Max... ?»

Palmer chercha de toutes ses forces à faire le vide dans sa tête. Ne pense pas au contenu du... *N'y pense pas ! Surtout, n'y pense pas !*

Bergstrom le fixait de son calme regard brun, et l'officier sentait des vrilles inquisitrices explorer les confins de son esprit.

Ne pense pas aux armes ! s'ordonna-t-il. Ne pense même pas à ne pas y penser... Laaa... Laaa... Ooohhh... Tandis que Bergstrom, plein de douceur mais aussi d'une force irrésistible, fouillait en lui, il s'efforça de se remplir le crâne de syllabes dépourvues de sens, d'une sorte d'électricité statique mentale.

L'étonnement l'envahit, un étonnement qui, comprit-il, appartenait au Solarien. Laaa... Ooohhh... Eueueuh..., pensa-t-il désespérément, en surface.

Malheureusement, ce brouillage, au lieu de décourager Bergstrom, sembla plutôt piquer sa curiosité. Palmer le sentit sonder plus profondément, parcourir ses souvenirs de la veille comme on parcourt une encyclopédie. Il s'aperçut qu'il repassait dans sa tête, malgré lui, sa dernière entrevue avec Kurowski, se retrouva contraint de se remémorer les instructions de l'officier des services secrets...

Soudain, l'épreuve s'acheva. Son esprit lui appartenait à nouveau.

Bergstrom, un léger sourire aux lèvres, se tourna vers Lingo.

« La panoplie au grand complet, Dirk », annonça-t-il. Avant de se tourner vers Palmer. « Il vaudrait mieux laisser votre sac ici. C'est un sacré paquet de matériel.

– Je ne vois pas de quoi vous voulez parler, protesta faiblement Palmer. Je...

– Vous ne vous sentez pas un peu idiot, d'essayer de mentir à un télépathe ? demanda tranquillement Bergstrom.

Je parlais de l'éclateur, de l'étourdisseur, du derringlaser, du...

– Bon, bon, grogna Palmei. Vous avez gagné. Mais laissez-moi au moins prendre quelques vêtements de rechange. »

Il ouvrit son sac d'un geste vif.

« À quel uniforme pensez-vous ? s'enquit le Solarien, souriant. Celui dans les manchettes duquel on a cousu des cartouches de gaz ou l'autre, qui a tout un lance-flammes en pièces détachées au fond de la doublure ? À moins que vous ne préfériez celui qui... ?

– D'accord. » Palmer poussa un soupir résigné. « J'ai compris. »

Dégoûté, il jeta son fardeau sur le terrain d'atterrissage puis entreprit de monter l'échelle.

C'était vraiment trop injuste ! Comment qui que ce soit pouvait-il passer quoi que ce soit à la barbe d'un télépathe ?

Bien qu'il n'eût pas l'impression qu'on lût dans son esprit à cet instant, Bergstrom arborait un large sourire.

« Sans rancune, général, dit Lingo en refermant le sas. Ne le prenez pas mal. Vous avez parfaitement le droit de ne pas nous faire confiance et donc d'essayer d'introduire des armes à bord. C'est tout à fait naturel...

– De même qu'il est naturel que vous ne me fassiez pas confiance, à moi ?

– Exactement, acquiesça-t-il en riant. Vous avez perdu cette petite partie amicale. Qui sait ? Peut-être gagnerez-vous la prochaine. Sans rancune ? »

Palmer haussa les épaules.

« Sans rancune, répondit-il.

– Vous voulez voir piloter les Solariens ? reprit Lingo. Ça devrait vous intéresser. Peut-être même vous faire un peu peur, mais en tout cas, vous intéresser *au plus haut point*. Suivez-moi, on va à la passerelle de commandement. »

Laquelle ne ressemblait à rien de ce que Palmer avait

jamais vu dans un vaisseau. La pièce, hémisphérique, contenait quatre fauteuils, dont deux trop loin des commandes, forcément destinés à de simples passagers.

Les deux autres ne valaient guère mieux. Devant le premier se trouvait un petit panneau équipé de jauges et de cadrans ; de l'autre dépendaient plusieurs interrupteurs, des leviers, des pédales et ce qui ressemblait bel et bien à un véritable *volant* de véhicule terrestre !

Rien de plus ! Pas d'écran informatique, pas de clavier, pas de console de navigation, rien.

Fran Shannon, assise dans le fauteuil aux cadrans, adressa à Palmer un sourire absent.

« Fran est notre eidétique, expliqua Lingo. Je suis moi-même un sensitif spatio-temporel absolu. J'ai conscience des meilleures trajectoires, des accélérations, des infléchissements du déplacement, etc. Je suis bien plus efficace qu'un ordinateur. »

Palmer se recroquevilla sur son siège.

« Vous voulez dire que vous allez piloter en *manuel* ? demanda-t-il d'une voix faible. Ce n'est pas l'ordinateur qui se charge du décollage ? »

Lingo eut un rire tonitruant.

« Il n'y en a pas, sur ce vaisseau, annonça-t-il. Nous avons découvert que les anciens avaient raison : le cerveau humain est le meilleur des ordinateurs, du moment qu'on l'utilise correctement et qu'il possède le talent nécessaire à une tâche donnée. Or, ainsi que je vous l'expliquais, le pilotage fait partie de mes talents. Je peux piloter les doigts dans le nez, comme on disait autrefois. »

Palmer gémit tout bas.

« Écran », lança Lingo en actionnant un interrupteur.

Le jeune officier eut un hoquet : l'hémisphère plafond-paroi tout entier n'était qu'un immense écran. Il lui semblait être assis dans son fauteuil au sommet d'un mât de drapeau ; le ciel infini au-dessus de lui, le terrain d'atterrissage au-dessous. Le tout réel à lui tourner la tête.

« Je vous avais bien dit que ça risquait de vous faire un

peu peur », commenta Lingo, bonhomme, avant d'ordonner : « Grille de décollage. »

Une ligne rouge apparut dans le « ciel », courant tout autour de la pièce. Une ligne jaune la coupait à angle droit.

« L'horizon artificiel et la direction dans laquelle s'exerce la gravité, expliqua Lingo. Parés au décollage. »

Il se consacra quelques instants aux commandes. Une fois le champ de résolution activé, le vaisseau s'éleva, de plus en plus vite. Palmer voyait à présent le sol s'éloigner sous ses pieds. Il lui semblait être attaché à *l'extérieur* de l'appareil.

L'astronef oscilla, alors que, le militaire le savait, une inclinaison de trois degrés prolongée plus d'une seconde l'enverrait très probablement s'écraser sur le terrain qu'il venait de quitter. Ce qui expliquait que le décollage fût *toujours* géré par ordinateur.

Pourtant, si incroyable que ce fût, Lingo corrigeait les oscillations au rythme même où elles arrivaient. C'était impossible, mais il y parvenait. Le vaisseau, au lieu de s'écraser, s'élevait, prenait de la vitesse. Olympia III se métamorphosa en courbe, puis en disque, puis les voyageurs se retrouvèrent en orbite.

Les étoiles flottaient tout autour d'eux. Palmer, qui avait l'impression de nager dans l'espace revêtu de son scaphandre, ferma les yeux pour calmer un vertige croissant.

Il les rouvrit un instant plus tard, malgré ce que lui soufflait le simple bon sens, et découvrit à sa grande surprise que le vertige avait disparu, le laissant profiter du spectacle.

« Grille de localisation », ordonna Lingo.

Les lignes rouge et jaune cédèrent la place à un quadrillage blanc qui divisait le cosmos en carrés, dont chacun représentait un degré de l'hémisphère.

« Voyons voir Dogl », demanda Lingo.

Fran Shannon fixa d'un regard vide l'immensité étoilée, les milliers et les milliers d'astres rouges, verts, jaunes, bleus. Enfin, elle fit projeter à un indicateur du tableau de bord un cercle de lumière rouge autour d'un soleil jaune très pâle, proche du centre de l'écran. Comme Lingo pressait un bouton, un cercle rouge un peu plus large apparut à ce que Palmer estima en être le centre géométrique.

« Ça ira, pour l'instant », décida le Solarien.

Il manipula les commandes et le vaisseau accéléra encore, filant toujours plus vite...

Palmer perdit bientôt toute notion du temps. Les cieux infinis et l'accélération continue avaient quelque chose d'hypnotique... Des heures et des heures s'écoulèrent, tandis que le champ de résolution amenait l'astronef à une vélocité approchant celle de la lumière. Le jeune officier finit sans doute par somnoler, car il prit brusquement conscience de la voix de Lingo.

« Parfait. On a dépassé Olympia IX. Parés pour les dernières corrections avant l'entrée en espace-stase.

– Une minute ! s'écria Palmer. Vous ne pouvez pas entrer comme ça en espace-stase sans consulter un ordinateur ! »

C'était de la folie pure et simple ! Heureusement, *sortir* de l'espace-stase au sein d'un système solaire s'était révélé impossible – la masse de l'étoile exerçait une pression qui maintenait inexorablement les vaisseaux dans leur poche de stase jusqu'à ce qu'ils s'en trouvent assez éloignés ; en revanche, il n'était que trop possible de mettre en route un générateur de stase près d'une masse aussi importante. Dans ce cas, non seulement ledit générateur explosait, si bien que les restes de l'astronef restaient à jamais prisonniers de la bulle de temps accéléré, mais les tensions induites déclenchaient au cœur du soleil le processus le transformant en nova. Tous les systèmes solaires, humains ou dogs, étaient donc surprotégés : un vaisseau suicide pouvait détruire un système entier. Même si, à ce stade de la guerre, il s'agissait d'un danger purement théorique. Un appareil chargé d'une telle mission était contraint d'approcher sa cible en propulsion à champ de résolution, ce qui le laissait totalement vulnérable aux patrouilles omniprésentes.

Et voilà que, par pur caprice, Lingo allait exposer Olympia même à se changer en nova. Prendre un tel risque – allumer le générateur sans que l'ordinateur de bord eût garanti au préalable que l'appareil était assez éloigné de l'astre – alors que rien ne le justifiait était pure folie...

« Vous avez oublié ? s'enquit Lingo, amusé. Il n'y a pas d'ordinateur, ici. Mais ça n'a rien de compliqué. Tout ce que j'ai à faire, c'est amener Dogl au centre du cercle rouge. Il représente notre ligne de vol. »

Il manipula ses leviers, pédales et volant. Le petit cercle rouge entourant la pâle étoile jaune se rapprocha lentement de l'autre cercle, plus grand, situé au milieu de l'écran. Bientôt, ils se touchaient...

Puis le grand cercle se retrouva centré sur le petit, lui-même centré sur Dogl – le cœur de la cible.

Mais si Lingo se trompe, si on est trop près, c'est Olympia, la cible, se dit Palmer.

« Verrouillage des commandes ! ordonna Lingo. Passage en espace-stase ! »

Palmer retint son souffle. Soudain, la nuit cloutée d'étoiles disparut, remplacée par le labyrinthe de couleurs tourbillonnantes, vibrantes, informes, en lequel le temps distordu changeait l'univers visuel.

Le générateur n'avait pas explosé. Lingo avait réussi. Son vaisseau était bel et bien assez loin d'Olympia ! Le système en avait réchappé...

Et ils étaient en route pour Doglaar !

4.

« Vous voyez, général, nous sommes toujours de ce monde, observa Lingo, et il est permis de croire qu'il en est de même pour Olympia.

– J'espère juste qu'il ne s'agissait pas d'un coup de chance, répondit l'interpellé, peu aimable. Et je continue à penser que c'était un risque stupide. »

Lingo quitta son siège en souplesse.

« S'il y avait vraiment eu un risque, j'aurais été du même avis. Transformer un soleil en nova n'a rien de drôle. Mais vous ne voyez aucun risque à confier une responsabilité aussi terrible à un ordinateur, une simple machine. Il se trouve que nous avons plus confiance en l'être humain qu'en l'électronique. Après tout, si vous y réfléchissez bien, le plus performant des ordinateurs n'est jamais qu'une extension de l'esprit humain.

– C'est une manière plutôt superficielle de considérer les... », commença Palmer.

Lingo l'interrompit en agitant la main.

« Le voyage promet d'être long. Nous aurons tout le temps de discuter, alors ne gaspillons pas ce sujet dès le début. Les autres sont sans doute déjà au foyer. Je prendrais bien un verre. Pas vous ? »

Le foyer n'avait tout simplement pas l'air d'appartenir à un vaisseau spatial. Les murs en étaient lambrissés de pin, le sol couvert d'un tapis vert moelleux, les meubles imposants, pour la plupart en bois et cuir véritables, d'une opulence inouïe. Contre une des longues parois s'étendait un bar qui eût fait la fierté du club des généraux, à Pentagon City. Une autre se composait presque entièrement d'un écran. Dans un angle de la pièce était rassemblé l'équipement de loisir : chaîne hi-fi, orgue à parfums, ce qui ressemblait à un synthétiseur, plus une demi-douzaine d'autres gadgets inconnus de Palmer. Il y avait aussi des étagères chargées de véritables livres reliés, aux feuilles en papier.

Un meuble évoquant une table de billard elliptique occupait le centre de la salle ; à la place des trous se trouvaient des sortes de boîtes emplies de sable multicolore.

Palmer resta un long moment figé, à contempler tout cela. Cette pièce avait dû coûter plus cher que tout le reste du vaisseau réuni !

Dirk Lingo fit signe à Raul Ortega, qui se tenait derrière le bar.

« Et si on offrait un Neuf Planètes au général ? » proposa-t-il.

Ortega entreprit de faire valser bouteilles, verres, shakers et cuillers.

« C'est... euh... un sacré décor pour un astronef, commenta Palmer. Pas vraiment ce à quoi je suis habitué. »

Robin Morel, paresseusement étendue sur une chaise longue très rembourrée, eut un rire musical.

« La guerre, c'est l'enfer, général », déclara-t-elle d'une voix traînante.

Ortega en avait terminé avec le Neuf Planètes, quoi que ce fût. Il tendit à l'officier un grand verre givré abritant un cocktail à neuf couches : bleu glacier, brun, pourpre, incolore, marron, rouge brique, vert, jaune et orange.

« Une couleur par planète du système solaire », expliqua-t-il en adressant à Lingo un clin d'œil de conspirateur.

Palmer, dubitatif, considéra l'énorme boisson. Elle avait vraiment l'air imposante.

« Allez-y doucement, lui conseilla Fran Shannon, arrivée en même temps que Lingo et lui. Un ingrédient à la fois. »

Portant le verre à ses lèvres, il avala une gorgée prudente. Le premier liquide était d'un froid mordant. Pluton, sans doute, songea-t-il, s'efforçant de se rappeler la géographie solaire. Les quatre suivants se révélèrent très frais, mais de moins en moins agressifs. Le sixième donnait sans qu'il comprît pourquoi une impression de pulvérulence, de sécheresse, d'antiquité – Mars, probablement. Le septième était apaisant, tiède et doux. Il ne pouvait s'agir que de la Terre. Le huitième était de feu.

Quant au dernier, il faillit lui faire exploser le crâne.

« Houou... », murmura-t-il d'une voix rauque, vaguement conscient d'avoir, il ne savait trop comment, vidé son verre.

Tous les Solariens se trouvaient à présent au foyer, souriants, hochant la tête d'un air entendu.

« Ce Raul, quel barman, s'exclama Max Bergstrom, amusé. Si vous en avez le courage, demandez-lui de vous préparer une Supernova, un de ces jours. »

Palmer secoua la tête. Le mouvement lui sembla incroyablement long.

« Je crois que ça suffit pour l'instant, déclara-t-il, un peu étourdi. Au nom de la Galaxie, qu'est-ce qu'il y avait là-dedans ?

– Il me faudrait toute la journée pour vous l'expliquer, général, répondit Ortega, un sourire tors aux lèvres.

– Appelez-moi Jay », proposa impulsivement Palmer.

Il se sentait la tête légère et les jambes molles, comme s'il avait passé des heures à boire.

« J'espère que ce cocktail n'était pas... euh... toxique », ajouta-t-il en se laissant tomber sur la chaise la plus proche.

Il n'avait voulu lancer qu'une remarque désinvolte, mais lorsqu'il parvint au terme de la phrase, qui lui parut interminable, il se demandait sérieusement si la boisson n'avait pas bel et bien été empoisonnée. Après tout, on ne pouvait pas faire confiance aux Solariens...

« Ne vous inquiétez pas, Jay, répondit Robin Morel avec un rire léger. Ce n'est pas vraiment mortel, ça en donne juste l'impression. »

À présent, la tête de Palmer lui tournait lentement. Outre qu'il perdait toute notion du temps, il lui devenait difficile de compter les Solariens, qui semblaient être des centaines. L'air, comme doté de corps et de goût, s'était transformé en un épais sirop où il flottait mollement. Jamais il n'avait été aussi ivre, et de très loin. D'ailleurs, il n'était pas sûr d'apprécier. Il se sentait bien, léger, euphorique, un peu étourdi, mais penser qu'il risquait de rester des heures dans cet état lui faisait un peu peur et lui donnait franchement la nausée.

Soit Bergstrom avait fouillé dans son esprit, soit les autres avaient lu son angoisse sur son visage, car ils s'étaient mis à rire, Ortega de toutes ses forces.

« Ne vous inquiétez pas, Jay, intervint Lingo. Ça aussi, ça passera. »

Linda Dortin parut dériver jusqu'à la chaîne hi-fi, et une musique douce, agréable, assez vague, ne tarda pas à s'élever. Fran Shannon, prenant place à l'orgue à parfums, se mit à jouer.

La pièce se mua en un jardin printanier. Une odeur chaude et lourde de trèfle fraîchement coupé subsistait toujours en fond, tandis que se succédaient sans répit d'éphémères bouffées fleuries – rose, lilas, volubilis. Étrangement, les senteurs enflaient puis refluaient au rythme de la musique.

Palmer avait l'impression que sa tête allait exploser. Une partie de lui, détendue, jouissait de cette synthèse bizarre, enveloppante, entre l'ivresse, les odeurs et la musique. Jamais il n'avait été aussi emporté...

Ce qui était bien le problème. Jamais il n'avait bu quoi que ce fût évoquant, même de loin, ce Neuf Planètes. Il en ignorait complètement les effets. Les Solariens affirmaient le cocktail sans danger, mais pouvait-il vraiment s'y fier ? Peut-être comptaient-ils le maintenir dans cet état d'hébétude en permanence... Peut-être la boisson allait-elle annihiler sa volonté... Et peut-être, au bout du compte, quoi qu'en dît Robin, avait-elle été empoisonnée.

Il se rendait confusément compte que ces pensées pouvaient être considérées comme paranoïaques et lui venir elles-mêmes du cocktail. Le problème était qu'il ne disposait d'aucun critère d'après lequel juger la situation. Pour peu que les Solariens soient dignes de confiance, s'inquiéter des effets de la boisson était tout simplement stupide. S'ils préparaient une traîtrise quelconque, en revanche, leur passager avait été idiot de seulement vider son verre.

Palmer n'était pas un grand buveur, mais il lui était arrivé, comme à tout soldat en permission, de boire un peu trop. Il savait donc ce que c'était que d'être plus saoul qu'on ne l'avait voulu, de rester assis en espérant ne pas être malade, d'attendre stoïquement le retour à la sobriété.

C'était ce qu'il éprouvait à cet instant. Il ne se sentait ni malade, ni larmoyant, ni angoissé, mais il avait son compte et n'appréciait plus l'ivresse. Aussi ne désirait-il qu'une chose : la voir cesser.

Comme il avait hélas perdu la notion du temps, il ignorait totalement s'il se trouvait dans cet état depuis un bon moment. Qui pis était, il ne savait pas non plus quand les effets du Neuf Planètes étaient censés s'interrompre.

Il lui semblait baigner dans un chaud brouillard rose, qui l'avait enveloppé aussi loin que remontaient ses souvenirs, et devoir rester ivre à jamais...

Puis, soudain, la brume commença à se lever, à se dissoudre telle une barbe à papa dans l'eau chaude : il se retrouva sobre avec une surprenante rapidité.

À sa grande surprise, il avait la tête froide et la vue nette. Pas de mal de tête, pas de difficulté à réfléchir. Pas la moindre impression de gueule de bois. Au contraire, il lui semblait avoir passé une bonne nuit de huit heures. Il avait même faim.

« Ah ah, remarqua Ortega, souriant. Je vois que ça a passé. C'est ce qui fait tout le charme du Neuf Planètes. Les sept premiers niveaux sont des alcools de plus en plus forts, le huitième un désenivrant à retardement et le dernier un revitalisant. Une cuite, une bonne nuit de sommeil et un réveil en pleine forme, le tout en moins de vingt minutes !

– *Vingt minutes ?* s'exclama Palmer. C'est tout ?

– C'est tout, confirma Ortega.

– Comment vous sentez-vous ? intervint Lingo.

– Très bien ! répondit l'officier. Ça m'a même ouvert l'appétit.

– C'était fait pour, déclara Linda Dortin. Le repas ne va pas tarder à être prêt. »

Elle pressa un bouton derrière le bar. Une portion de mur coulissa, dévoilant une grande table chargée de sept couverts – serviettes en tissu, porcelaine de Chine décorée, véritable argenterie – et entourée de sept fauteuils apparemment très confortables.

Palmer et les trois autres hommes y prirent place. L'officier s'attendait à ce que les femmes les imitent, puisque la pièce, visiblement équipée de tout le nécessaire, disposait sans le moindre doute d'un serveur robot.

Au lieu de quoi elles se dirigèrent vers une autre partie du mur, où elles pressèrent un bouton. Un panneau coulissa, révélant une soupière pleine de potage fumant, des tranches de melon, un rôti et divers légumes.

À la grande surprise du jeune militaire, les Solariennes entreprirent de faire le service avec grâce.

Mais ça date d'avant les fusées ! songea-t-il. Pourtant, ce genre de repas avait quelque chose d'apaisant, d'harmonieux, qui semblait également agréable aux trois femmes.

« On dirait presque un de ces repas de famille dont parlent les vieux livres, remarqua-t-il.

– Ça n'en est pas loin, répondit Lingo. À une certaine époque, la "famille" rassemblait trois ou quatre générations, vous savez. Un repas était un événement social assez complexe. Ça présentait toutes sortes d'inconvénients, bien sûr. On était lié à cette grande famille, la plupart du temps à vie, et si c'était un ramassis de brutes détestables... ma foi, tant pis.

– Mais je suppose que ça donnait aux gens l'impression de faire partie d'un tout, reprit Palmer, rêveur. Je veux dire :

je sens presque comment c'était. Très... réconfortant, d'une certaine façon.

– Oui, s'immisça Ortega, mais les membres de ces familles à l'ancienne étaient aussi capables de s'entre-déchirer. La structure sociale obligeait les individus à vivre ensemble sur la base du hasard pur et simple. Alors que les regroupements involontaires créent toujours des problèmes.

– Tu es un vrai cynique professionnel, Raul, protesta Fran Shannon. À mon avis, c'était très romantique.

– Oh oui, *très*. Tu sais que ces merveilleux *romantiques* avaient l'habitude d'*assassiner* des gens pour la simple raison qu'ils avaient trouvé leur femme au lit avec un autre ?

– Allez, Raul, protesta-t-elle, amusée. Tu inventes !

– Vraiment ? ironisa-t-il avec un petit sourire. Non seulement je n'invente pas, mais ce genre de choses *existe toujours,* sur les planètes de la Confédération. Pas vrai, Jay ? »

Palmer rougit.

« Bien sûr ! lâcha-t-il. En... enfin... si vous voulez dire ce que je pense que vous voulez dire. Heu... aucun d'entre vous n'est... heu... marié ?

– Oui et non, répondit Ortega.

– *Oui et non ?* répéta Palmer. Ou vous l'êtes, ou vous ne l'êtes pas !

– Alors c'est non, d'après votre manière de penser, annonça Lingo, mais oui d'après la nôtre. En un sens, nous constituons un ménage à six. Nous représentons tout les uns pour les autres. De bien des façons, nous fonctionnons comme ce que vous appelez une famille. D'un autre côté, nous sommes aussi des individus totalement indépendants, parfaitement libres de développer les relations de leur choix en dehors du groupe. »

Palmer secoua la tête. Il ne comprenait pas.

« Vous, par exemple, vous n'appartenez pas à notre groupe, expliqua Robin, mais il n'y a aucune raison que vous passiez vos nuits tout seul, pas vrai ?

– Bien sûr que si ! » s'exclama Palmer.

Pourtant, alors que les six Solariens partaient d'un grand rire bon enfant, il commença à se demander lesquelles.

Ortega papillonnait autour du bar. Fran Shannon, installée dans un coin, lisait. Max et Linda...

Palmer, assis dans un fauteuil, entouré de Lingo et Robin, n'arrivait pas à imaginer ce que faisaient Max et Linda. Blottis sur le canapé, ils se fixaient dans les yeux sans bouger un cil ou proférer un son.

L'officier jeta un coup d'œil à Robin, dont il accrocha le regard, se retourna vers l'étrange couple, revint à sa voisine. La question qu'il se posait était évidente.

Robin lui adressa un sourire chaleureux.

« Ce n'est pas à moi qu'il faut demander ça, prévint-elle. Je ne suis pas télépathe. Ils... eh bien, ils communiquent comme seuls peuvent le faire des télépathes, et qui plus est des télépathes qui s'aiment profondément. J'avoue qu'en ce qui me concerne je préfère exprimer mon affection de manière moins cérébrale. »

Elle adressa un clin d'œil à Palmer.

Ce dernier se tortilla dans son fauteuil, mal à l'aise, puis se tourna vers Lingo afin de voir s'il avait remarqué quoi que ce fût. Le Solarien regardait ostensiblement en l'air, souriant pour lui-même, comme à quelque plaisanterie connue de lui seul.

« Qu'en pensez-vous, Jay ? demanda Robin.

– Hein ? De quoi ?

– De l'affection. Vous ne croyez pas que quand les gens s'apprécient, ils devraient se le montrer ? Je veux dire de la manière la plus naturelle. Ce qui, pour un homme et une femme, signifie... »

Elle le fixa bien en face, longuement, franchement. Palmer jeta un nouveau coup d'œil nerveux à Lingo, qui ignorait toujours aussi ostensiblement la conversation.

« Oui, bien sûr, quand on est amoureux, on... C'est-à-dire... L'abstinence de principe a disparu depuis Freud.

– Non, non, protesta Robin. Je ne parlais pas d'amour

mais d'*affection*. Ne me dites pas que vous croyez qu'un homme et une femme doivent être amoureux pour...

– Évidemment non ! admit Palmer. Il n'y a rien de mal non plus à pratiquer le sexe pour le sexe. C'est tout à fait naturel... »

Robin se mit à rire.

« Je ne parlais pas de ça non plus ! s'exclama-t-elle. Vous ne savez donc pas ce que c'est que l'*affection* ? Ça veut dire qu'on n'est pas amoureux, mais qu'on aime bien quand même la personne concernée. Je suis amoureuse de Dirk, par exemple. Mais... ça ne m'empêche pas d'éprouver de l'*affection* pour vous, d'accord ? »

Si les mots étaient ambigus, il n'en allait pas de même du regard profond, chaleureux et amical. Palmer, peu désireux de le retourner, ne savait trop ce qu'il lui inspirait. Après tout, Lingo était juste à côté de lui.

Il lui jeta un nouveau coup d'œil. Cette fois, le Solarien le lui rendit. Il ne semblait ni furieux ni jaloux ; juste franchement amusé, bien que l'officier ne pût imaginer pourquoi.

« Vous m'aimez bien, Jay ? insista Robin. Vous ne me trouvez pas affreuse, ou stupide, ou ennuyeuse ?

– Hein ? Bien sûr que non. Je devrais ? Bien sûr que je vous aime bien, Robin. »

Elle rit doucement, les yeux rivés aux siens, levant puis rabaissant les sourcils en un mouvement rapide, plein de sous-entendus.

Il avait beau comprendre la question, il ne savait trop comment y répondre. Qui pis était, il ne savait trop comment il avait *envie* d'y répondre. Aussi joua-t-il les innocents.

Lingo laissa échapper un bref grognement étouffé, assez semblable à un éclat de rire virilement réprimé. Se tournant vers Robin, il haussa les épaules puis lui fit signe de le rejoindre.

Haussant les épaules à son tour, elle sourit gentiment à

Palmer et se leva pour aller s'asseoir sur les genoux de Lingo.

Rieur, ce dernier lui posa sur le nez un baiser léger.

« Je crois que tu perds la main, Robin, observa-t-il.

– On ne peut pas toujours gagner », déclara-t-elle, l'embrassant en retour.

Palmer, honteux et confus, gagna la bibliothèque et fit mine de s'absorber dans la contemplation d'un livre.

Quelques minutes plus tard, Max et Linda détournaient les yeux l'un de l'autre puis se levaient en silence. Max s'approcha de Fran Shannon, lui adressa quelques mots, et ils quittèrent le foyer.

Pendant ce temps, Linda chuchotait brièvement à l'oreille d'Ortega. Eux aussi partirent ensemble, bras dessus, bras dessous.

Palmer s'était allongé, mal à l'aise quoique, dans un sens, soulagé, sur la couchette de sa cabine. Cette dernière offrait avec le reste du vaisseau un contraste qui le détendait agréablement – c'était un petit cube tout simple avec couchette, table et placard, comme n'importe quelle cabine de n'importe quel vaisseau. Spartiate et donc rassurante dans sa familiarité.

Tout bien considéré, la journée avait été fatigante. Plus il observait les Solariens, moins il les comprenait. Ils semblaient encore plus étranges dans leur habitat normal que sur Olympia III...

L'officier secoua la tête. S'agissait-il juste d'un ramassis d'hédonistes ? Jamais il n'avait vu tant de luxe sur un astronef, et compte tenu de leur mission, cela paraissait presque criminel.

Mais peut-être se montrait-il injuste ? Après tout, quand on y réfléchissait, à quoi bon pratiquer l'ascétisme pour l'ascétisme ?

En fait, ce qui le troublait vraiment, c'était le réseau relationnel des Solariens – si ce réseau existait bien. Par moments, ils apparaissaient presque comme une famille...

Mais il y avait cette histoire de nuits solitaires... et de l'*amour* par opposition à l'*affection...*

Et Robin.

La manière dont elle le regardait... C'était une invite ou il ne s'y connaissait pas. Alors que Lingo se trouvait juste à côté d'eux. Mais Lingo s'en fichait... Et puis voilà que tout d'un coup ils se conduisaient en vieux couple. Quant au temps que Max et Linda passaient les yeux dans les yeux, juste avant de s'en aller chacun avec une personne différente... Ça n'avait tout simplement aucun sens.

Palmer n'était pas naïf. Il n'était pas resté seul toutes les nuits de sa vie, loin de là, et il n'avait pas fréquenté que des femmes vraiment importantes pour lui. Ou la relation qu'on entretenait avec une femme était sérieuse, ou elle ne l'était pas. Les deux cas de figure étaient admissibles, suivant les circonstances.

Mais comment pouvait-il exister quelque chose entre les deux ?

Pourtant, tel était bien le cas pour les Solariens. Leur culture reposait forcément sur certaines règles, au moins de bon goût, mais l'officier était incapable de les discerner.

Il y avait de quoi devenir fou. Le jeune général eût plus facilement compris six Dogs.

Le voyage allait être long.

Palmer se tenait, incertain, devant le foyer. Son esprit rationnel lui disait qu'il n'avait aucune raison d'hésiter à affronter Lingo et Robin, mais ses entrailles refusaient de se laisser convaincre.

Il haussa les épaules, résigné, avant de franchir le seuil. Alors qu'il pénétrait dans la pièce, un pincement soudain, une sorte de déplaisante mélancolie, l'empoigna brièvement. Les Solariens, réunis autour de la curieuse table elliptique, discutaient avec animation, rieurs, détendus. Il émanait de leur groupe une impression de camaraderie bouillonnante, d'amitié, de chaleur.

Palmer reconnut le désagréable sentiment qui l'avait traversé : la solitude, l'impression d'être un étranger. Et l'envie. Ces gens avaient *quelque chose.* Quelque chose qu'ils partageaient sans en être étouffés, qui leur permettait de passer les longues semaines du voyage vers Doglaar avec entrain et bonne humeur tout en leur évitant de sombrer dans l'ennui ou l'hédonisme pur et simple.

Ils avaient des *racines.* Chacun d'eux en avait dans les cinq autres : aussi longtemps qu'ils resteraient ensemble, ils se trouveraient chez eux dans toute la Galaxie.

Alors qu'un militaire de carrière n'avait pas de chez lui. Palmer se sentait attiré par ses chaleureux compagnons, mais il ne pouvait oublier une seule seconde qu'ils étaient des étrangers, des habitants de Sol, dont les motifs et les buts étaient aussi incompréhensibles que suspects.

Pourtant...

« Ah, Jay, appela Lingo. Voilà qui devrait vous intéresser. C'est un jeu fascinant. Venez voir. »

L'arrivant s'approcha de la table. Sept petits tas de ce qui ressemblait à du sable diversement coloré y reposaient, quelques centimètres sous une grande plaque transparente recouvrant tout le meuble.

« Qu'est-ce que c'est ? s'enquit Palmer.

– Une table à télékinésie, expliqua Robin. Peu de gens possèdent un réel talent télépathique, à la manière de Max et Linda, mais tout le monde est doté d'une *certaine* capacité télépathique latente. Ce plateau est conçu pour permettre à n'importe qui de s'amuser grâce à ses facultés psy.

– Comment ça marche ? interrogea-t-il.

– La surface de la table ne provoque presque aucun frottement, déclara Ortega. Le "sable" se compose en fait de minuscules billes d'acier coloré micropolies qui possèdent un coefficient de friction minimal. Quant au couvercle, on le scelle, avant d'évacuer l'air en dessous pour créer un vide correct. Les entraves au roulement et la résistance de l'atmosphère sont donc aussi proches de zéro que possible, ce qui réduit la force psychokinétique nécessaire pour déplacer le "sable". Bien sûr, la masse individuelle des billes est très réduite. Je ne possède moi-même que des facultés psy moyennes, mais regardez ! Je prends le tas vert. »

Il fixa intensément la table. Comme Palmer, aussi fasciné que surpris, suivait son regard, le monticule de particules vertes s'aplatit lentement jusqu'à former un disque coloré, épais d'une seule bille. Puis ce disque se déforma peu à peu. Quelques minutes plus tard, les minuscules sphères traçaient grossièrement les initiales « R.O. ».

« Pas mal, pour un amateur, apprécia Max Bergstrom. Bien sûr, Linda et moi, on réussit ce truc-là l'esprit bandé. »

Soudain, le tas rouge s'anima comme si chacun de ses petits composants était un insecte empli d'énergie. En quelques secondes à peine, un cœur se dessina sur la table.

Le tas jaune se transforma à toute vitesse en une flèche perçant le cœur, puis quelques-uns de ses grains bondirent sur l'organe pour former la légende « M.B. + L.D. ».

« *Franchement !* » grogna Ortega en plissant le nez.

Tout le monde se mit à rire – même Palmer.

« Allez, Jay, vas-y, essaie.

– Ça m'étonnerait que...

– Allez, essaie !

– Bon..., accepta-t-il, dubitatif. Qu'est-ce que je suis censé faire au juste ?

– Penser au sable, c'est tout, assura Ortega. Prends le tas bleu. »

Palmer haussa les épaules, avant de fixer les grains bleus d'un regard intense quoique embarrassé. Allez, bouge ! Bouge ! se dit-il. Vas-y, nom de Dieu, aplatis-toi !

Il ne se passa pas grand-chose : tout juste si quelques billes roulèrent du sommet au bas du monticule. L'officier se concentra de toutes ses forces plusieurs minutes durant. Peut-être la périphérie du tas bleu accueillait-elle ensuite des grains supplémentaires, peut-être la pile était-elle imperceptiblement plus basse, mais...

« Bravo ! C'est très bon, pour un premier essai ! s'exclama Robin Morel quand il releva les yeux.

– Vraiment ? » questionna-t-il, ravi.

Elle lui sourit chaleureusement.

« *Vraiment*, Jay, assura-t-elle. La plupart des gens ne déplacent pas une seule particule, la première fois. Je me demande s'il n'y a pas un télépathe latent parmi nous. »

Palmer eut un rire quasi enfantin. Ses compagnons semblaient réellement s'intéresser à lui, de tout leur cœur et sans la moindre affectation. Peut-être...

« Peut-être avons-nous mal jugé la Confédération, déclara Ortega. Peut-être ses planètes sont-elles couvertes de talents. »

Bien qu'il eût parlé d'un ton léger, ces mots firent éclater la bulle de bonheur où flottait l'officier. Après tout, il était entouré de Solariens, dont la mission risquait de se révéler fatale à la Confédération humaine. Ils l'avaient bel et bien dépouillé de ses armes, et il ne pouvait leur accorder sa confiance. Se laisser absorber par leur groupe serait pure folie, voire trahison, si séduisante qu'on lui rendît cette perspective.

« Ça ne va pas, Jay ? s'inquiéta Robin.

– Euh... non... Je crois que je... euh... vais me prendre un livre. »

En s'approchant de la bibliothèque puis en fouillant sans but parmi les ouvrages, il sentit sur lui les regards des Solariens, qui n'avaient pourtant pas abandonné leurs jeux psy. C'était horriblement gênant. Ces coups d'œil en coin lui donnaient plus que jamais l'impression d'être un intrus et, qui pis était, de l'avoir cherché.

Pourtant, le pire restait ce qu'ils exprimaient. Non l'agacement, mais la pitié.

Le sommeil ne venait pas. Assis, tendu, au bord de sa couchette, Palmer se sentait hésitant, égaré.

Conscient que ses compagnons lui proposaient *quelque chose*, il ne parvenait cependant pas à comprendre de quoi il s'agissait au juste. Pourtant, l'essentiel de lui-même avait désespérément envie de ce qu'ils lui offraient. Le jeune général avait grandi dans une civilisation en guerre depuis trois cents ans. Il était un soldat et, il le savait en toute simplicité, un bon soldat. Il ne se rappelait pas avoir jamais désiré autre chose. Apparemment, il existait malgré tout dans sa vie un grand manque, qu'il n'avait pas même soupçonné avant de rencontrer six personnes n'en étant pas affligées... et il ne savait toujours pas ce qui lui faisait défaut...

Il y avait aussi la mission, la plus importante peut-être de toute l'histoire de la Confédération. Quel but poursuivaient les Solariens ? Était-ce réellement celui des Confédérés – gagner la guerre – ou ne voulaient-ils en fait que sauver Forteresse Sol aux dépens du reste de l'espèce humaine ?

En d'autres circonstances, peut-être Palmer se fût-il senti libre de s'intégrer à leur groupe, mais pouvait-il se permettre de leur faire confiance à ce point alors qu'il ignorait ce qu'ils préparaient ?

D'un autre côté, s'intégrer au groupe représentait sans doute sa seule chance d'en apprendre davantage. Après tout, s'il montrait à ses compagnons de voyage qu'il avait confiance en eux, ne commenceraient-ils pas à avoir confiance en lui ?

À moins qu'ils n'eussent effectivement quelque chose à cacher.

C'était tout simplement trop...

Quelqu'un frappa à la porte.

« Entrez », lança Palmer à contrecœur.

Robin Morel pénétra dans la cabine et s'assit près de lui sur la couchette. Elle l'examina un long moment.

« Quelque chose vous tracasse, Jay, dit-elle enfin.

– Ce n'est pas vraiment une croisière d'agrément », riposta-t-il, plus cinglant qu'il ne l'eût voulu.

Il prenait désagréablement conscience de discuter avec une femme séduisante.

« Ce n'est pas à ça que je pensais, répondit-elle d'une voix douce. Vous dégagez de l'hostilité. Nous le sentons, et vous aussi, j'en suis sûre. La mission se déroulerait beaucoup mieux sans ce genre de sentiment.

– Vous croyez que je vais vous faire confiance ? Vous le faites, vous ? Vous m'avez dépouillé de mes armes, il me semble. Vous appelez ça de la confiance ?

– Être armé jusqu'aux dents n'est pas vraiment non plus une preuve de confiance, observa Robin, un léger sourire aux lèvres.

– Touché, admit Palmer, un peu plus conciliant. Alors disons que nous nous méfions les uns des autres.

– Nous ne sommes pas *obligés* de continuer.

– Je ne vois pas comment nous pourrions faire autrement Je suis un officier confédéré, et vous êtes des Solariens. Nous n'avons eu aucune relation depuis trois siècles, et ce n'est pas la Confédération qui l'a voulu.

– Mais nous combattons le même ennemi.

– *Vraiment ?* riposta Palmer. Nous avons passé trois siècles à contenir les Doglaaris en le payant de nos vaisseaux et de nos vies. Qu'est-ce que vous avez fait, vous ?

– Nous avons mené la même guerre d'une manière différente, affirma Robin d'un ton égal. Mais vous ne le comprendrez vraiment que lorsque vous accepterez de vous intégrer à notre groupe. Pourquoi ne pas essayer ?

– Ne pas essayer *quoi* ? demanda-t-il, sur la défensive.

– Ne pas *nous* essayer. Nous sommes des êtres humains, pas des monstres. Nous aimerions être vos amis. Voire plus, quoique vous ne soyez pas encore capable de vous en rendre compte.

– Qu'entendez-vous par là ? » s'enquit-il, le visage soigneusement inexpressif.

Elle se mit à rire.

« Pas ce que vous croyez. Bien qu'il n'y ait aucune raison que vous dormiez seul si vous n'en avez pas envie.

– Je pensais que Lingo et vous...

– Bien sûr, admit-elle, mais je ne lui appartiens pas et il ne m'appartient pas. Un être humain n'appartient à personne, Jay.

– Vous voulez dire qu'il ne serait pas jaloux ? Qu'il ne m'en voudrait pas ?

– Pourquoi vous en voudrait-il ? Vous croyez que vous lui voleriez quelque chose ? Que, d'une manière ou d'une autre, il y aurait moins de moi pour lui ? Ce n'est pas comme si j'étais amoureuse de vous autant que de lui. Il le sait très bien. Et puis ça ne sortirait pas du groupe.

– On croirait presque vous entendre dire que "ça ne sortirait pas de la famille".

– C'est un peu ça. Un groupe... ma foi, si vous n'en avez jamais fait partie, je ne peux pas vous expliquer ce que ça représente. Une famille, oui, dans un sens, sauf qu'il n'y a pas de *pater familias*. Tous ses membres sont égaux. Et ils n'y appartiennent que parce qu'ils le veulent bien. Ils sont libres de nouer des relations différentes à l'extérieur et dans le groupe même, comme Dirk et moi ou Linda et Max, qui sont encore plus proches. Ils n'en composent pas moins un tout harmonieux... Écoutez, c'est impossible à décrire à quelqu'un d'extérieur. Il faut le *sentir*. »

Palmer se sentait attiré par le groupe tel qu'elle l'évoquait, non parce qu'il comprenait de quoi il s'agissait – il n'en saisissait que vaguement le concept – mais à cause de la manière dont elle en parlait. D'une certaine manière, se laisser aller, s'intégrer à la structure qu'elle dépeignait, reviendrait à rentrer chez lui. Bien qu'il n'eût jamais vraiment eu de chez-lui...

Mais peut-être était-ce exactement ce que les Solariens voulaient lui faire ressentir ? Peut-être était-ce un piège ? L'appât était plus qu'attirant...

« Qu'est-ce que vous en dites, Jay ?

– Je vais passer une bonne nuit là-dessus.

– Seul ? insista-t-elle, avec un petit sourire.

– Seul. »

5.

Une fois Robin partie, Palmer resta assis au bord de sa couchette, tendu, aussi incapable que peu désireux de dormir.

Depuis combien de temps était-il à bord ? Il lui semblait que cela faisait des années...

Il grimaça. Maintenant qu'il y pensait, la majeure partie de sa vie était passée en un éclair – combat, repli, permission, combat. Lorsqu'une guerre durait des siècles, un officier recommençait sans fin les mêmes choses. En deux jours, Palmer avait connu plus de nouveauté que durant les deux années précédentes. Il ne parvenait pas à tout digérer d'un coup...

Il y avait Robin... les Solariens... la mission. La mission, surtout. C'était le plus important. Mais en quoi consistait-elle au juste ? Kurowski avait ordonné à son subordonné de soutenir les Solariens jusqu'à ce que ces derniers cherchent à le doubler. Il était alors censé prendre les commandes du vaisseau, voire, en dernier ressort, le détruire.

Mais comment, alors qu'il n'avait plus aucune arme et que ses compagnons pouvaient aussi bien lire dans son esprit que maîtriser son corps ?

Agité malgré sa fatigue, il se leva et se mit à faire les cent pas. À vrai dire, le problème se réduisait à une simple question : les Solariens étaient-ils, oui ou non, dignes de confiance ? Ils donnaient certes l'impression d'être les créatures les plus amicales de la Galaxie. Jamais Palmer n'avait vu gens aussi chaleureux, ouverts, décontractés. Ils semblaient totalement imperméables à la jalousie et prêts à partager... *tout ce qu'ils avaient à partager.* En temps normal, il eût été enchanté de devenir leur ami... voire plus.

Toutefois, ils avaient envahi son esprit et l'avaient entraîné dans une supposée mission dont l'issue paraissait être une mort certaine, bien inutile. Quoi qu'ils fussent en tant qu'êtres humains, ils n'en restaient pas moins des *Solariens.* Or Forteresse Sol était synonyme de secret et d'inconnu. En trois siècles d'isolement, ses habitants avaient pu changer de manière inimaginable.

Les six compagnons du jeune homme se révélaient différents et incompréhensibles à bien des égards dans leur vie personnelle... Ne pouvait-on raisonnablement supposer que leurs motivations politiques étaient tout aussi différentes ?

Il se rassit sur la couchette puis entreprit de se déshabiller. Une chose, une seule, était claire – il lui fallait en apprendre plus. Il devait découvrir la vérité sur Forteresse Sol et la mission des Solariens avant de pouvoir seulement envisager d'agir.

Peut-être, songea-t-il, peut-être le plus malin serait-il de me laisser aller, de m'intégrer à leur groupe ?

Un sourire las joua sur ses lèvres. Il serait difficile de considérer comme un sacrifice le fait de se laisser aller avec Robin.

Raul Ortega, seul dans le foyer, accoudé au bar, sirotait un grand verre quand Palmer entra.

Il salua l'arrivant de la tête, avant de prendre un pichet embué pour lui verser également une bonne rasade de liquide rouge.

« Tenez, Jay, à votre santé. »

L'officier s'approcha du bar afin de s'emparer du verre, qu'il considéra d'un œil méfiant en le faisant lentement tourner entre ses doigts.

Ortega se mit à rire.

« C'est juste du vin rouge tout ce qu'il y a de normal, cette fois-ci. Sympa et frais. »

Palmer sirota une gorgée prudente.

« C'est bien du vin, reconnut-il. Et du bon.

– Rien que du bon », affirma son compagnon, affectant une voix traînante. Avant d'ajouter soudain : « Pourquoi n'avez-vous pas confiance en nous, Jay ?

– Pourquoi ? répéta Palmer. Vous lisez dans mon esprit contre mon gré. Vous me dépouillez de mes armes. Vous m'obligez à une mission suicide. Et pour couronner le tout, vous êtes solariens, et personne n'a été autorisé à pénétrer dans le système solaire depuis trois siècles. Pour quelle raison devrais-je avoir confiance en vous ?

– Vous êtes encore en vie, déclara Ortega avec calme.

– Ce qui signifie ?

– Réfléchissez. Vous êtes désarmé. Max et Linda sont capables de lire dans votre esprit et de prendre le contrôle de votre corps à volonté. Vous ne pouvez absolument rien contre nous, alors que nous pouvons faire de vous tout ce qu'il nous plaît. Voilà pourquoi vous devriez avoir confiance en nous.

– Vous trouvez que c'est une raison ? s'exclama Palmer.

– La meilleure, affirma Ortega, avalant une longue gorgée de vin. Vous n'avez strictement rien à gagner à *ne pas* nous accorder votre confiance. Vous ne pouvez rien contre nous, alors que vous devez bien admettre que nous pouvons disposer de vous comme nous l'entendons. Pouvez-vous me dire ce que ça vous rapporte de ne pas nous faire confiance ?

– Le raisonnement se tient. En gros, ça signifie que j'ai le choix entre être un prisonnier ou un visiteur.

– Exactement, approuva Ortega. Nous vous offrons notre amitié en toute sincérité, Jay. Prenez-nous comme nous sommes, le voyage sera beaucoup plus agréable. Si vous vous débattez, vous n'y gagnerez que des insomnies. Donnez-nous une chance. »

L'officier haussa les épaules avant d'avaler une bonne gorgée.

« Vous avez peut-être raison », admit-il.

Mais pas forcément comme vous croyez, ajouta-t-il en son for intérieur.

Palmer adressa par-dessus son café un sourire volontairement enfantin à Robin Morel. Il s'était décidé : pas question de rester à l'écart ; il ferait ce qu'il plairait aux Solariens, jusqu'à un certain point. Au moins tant qu'il n'aurait pas découvert ce qu'ils tramaient et s'ils étaient réellement dignes de confiance. De toute évidence, le devoir lui ordonnait d'infiltrer le groupe.

Un devoir qui ne serait peut-être pas si désagréable.

« Qu'est-ce qui vous amuse, Jay ? s'enquit Lingo, négligemment. Robin et vous... ?

– Certainement pas !

– En tout cas, pas encore », ajouta Robin.

Palmer rougit, tandis que les autres éclataient de rire. Il se contraignit à les imiter.

« Il me semble que je ne vous avais pas encore vu rire, remarqua Lingo. Ça vous va bien. Cette mission a induit trop de tension. Nous avons tous...

– Robin lui en a parlé, la nuit dernière, intervint Max Bergstrom.

– Comment le savez-vous ? » s'exclama Palmer, surpris.

Bergstrom sourit en se tapotant la tempe droite de l'index.

« Quant à vous, ajouta-t-il, vous avez décidé de nous donner une chance. Bienvenue dans le groupe, Jay.

– Personne n'a donc la moindre intimité avec vous autres, télépathes ? demanda l'officier, feignant la bonne humeur.

– Toute l'intimité que vous voulez, ni plus, ni moins, assura Linda Dortin.

– Qu'est-ce que ça veut dire au juste ?

– Si vous y réfléchissez, l'existence d'une minorité télépathe pose des problèmes sociaux très délicats, expliqua

Lingo. De même d'ailleurs que celle des autres possesseurs de talents. Sans le groupe organique, ma foi...

– Le groupe organique ?

– Nous en composons un, acquiesça-t-il. L'espèce humaine a toujours engendré des individus dotés de talents inhabituels. Il y a toujours eu de grandes différences entre ses membres – bien plus qu'entre les Dogs. Mais jusqu'à une date récente, ça présentait un *inconvénient*, parce que les hommes d'un même type avaient tendance à se rassembler en groupes hostiles aux autres types. Par exemple, la famille représentait l'unité sociale de base. Or une famille se compose de gens génétiquement très proches. Les semblables avaient tendance à s'attirer, à former de petits groupes, puis de plus grands – les plus petits étant les cellules familiales, les plus grands les nations, dont les planètes, avec leurs gouvernements séparés, descendent en droite ligne.

– Je n'ai jamais réfléchi à la chose de ce point de vue, admit Palmer. Vous voulez dire que les nations ne sont que des extensions de la famille ?

– Bien sûr. Les plus grandes entités d'une structure sociale sont toujours déterminées par la nature de ses entités de base.

– Qu'est-ce que ça a à voir avec les télépathes ? »

Max Bergstrom prit la parole :

« Imaginez ce qui se passerait si tous les télépathes – et nous sommes des millions, dans le système solaire – se considéraient comme une race, un clan, et voyaient le reste de l'humanité comme...

– *D'accord !* interrompit Palmer, frissonnant. Je comprends.

– Vous comprenez *en partie*, affirma Lingo. Il existe d'autres talents. Regardez-nous : deux télépathes, un maître de jeu...

– Maître de jeu ? Vous avez déjà employé cette expression, à la réunion des généraux. Ça veut dire stratège, c'est ça ?

– De la même manière que “soldat” veut dire “tueur appointé”, glissa Ortega.

– Devenir maître de jeu, ça ne s'apprend pas, déclara Lingo. C'est un véritable talent, une forme de génie instinctive, au moins partiellement héréditaire. Ainsi que la télépathie. Raul possède la capacité innée de se représenter les luttes militaires et géopolitiques, comme par exemple la guerre contre les Dogs, à la façon d'une simple partie de cartes ou d'échecs.

– C'est-à-dire qu'il est un ordinateur de stratégie humain, de même que vous êtes un ordinateur de pilotage humain ?

– Vous allez avoir du mal à le croire, Jay, mais Raul est bien meilleur que n'importe quel ordinateur de stratégie, y compris le Central informatique d'Olympia IV. Parce qu'il ne s'occupe pas seulement des données objectives, mais aussi des facteurs subjectifs : la psychologie de l'adversaire, la possibilité de bluffer, un tas de choses subtiles qui échapperont toujours aux machines. On construit des ordinateurs qui jouent très bien aux échecs – parce que c'est un jeu de logique – mais aucun ne concurrencera jamais sérieusement un bon joueur aux cartes.

– Et nous sommes des millions, nous aussi, intervint Ortega. Qu'arriverait-il si nous nous considérions comme une race à part ?

– Fran est une eidétique, reprit Lingo. Elle possède une mémoire totale. C'est un almanach, une encyclopédie, une banque mémorielle vivants. En ce qui concerne Robin, on passe à beaucoup plus subtil : c'est une spécialiste de la non-spécialisation. On n'a pas trouvé de meilleur mot pour désigner son talent, alors on l'appelle la “colle”.

– Et le système solaire tout entier est peuplé de gens qui possèdent des talents aussi divers ? demanda Palmer.

– Je vois que ça vient. Plus l'espèce humaine évolue, plus les différences entre ses membres s'accentuent, au lieu de s'effacer. La spécialisation est de plus en plus nette. Donc si l'humanité persiste à s'organiser en nations, clans, familles ou autres groupes semblables...

– Elle finira par exploser !

– Exactement. Le groupe organique est une nouvelle entité de base, fondée non sur la ressemblance mais sur les dissemblances entre ses membres. Ce n'est pas seulement une bonne idée mais une nécessité de l'évolution. Des gens aux talents et aux personnalités très diverses se rassemblent pour composer l'unité sociale de *base*. Et bien sûr, cette unité étant bâtie sur la coopération fonctionnelle, la civilisation tout entière s'en trouve stabilisée, unifiée.

– Mais comment arrivez-vous à prendre des décisions ? s'inquiéta Palmer. Et qu'est-ce qui unit des gens si différents ?

– Ça va être le plus dur à avaler, pour vous, prévint Ortega, mais le fait est que le sens du commandement est aussi un talent, au même titre que la télépathie ou la maîtrise de jeu. Dirk est notre chef. Il ne lui viendrait jamais à l'idée d'essayer de jouer les télépathes ou les eidétiques, pas plus qu'il ne nous viendrait à l'idée d'essayer de jouer les chefs.

– "Dans quoi est-ce que je me suis embarqué ?" voilà ce que vous pensez, affirma Linda Dortin. Vous n'en revenez pas, c'est normal. Votre civilisation tout entière est bâtie sur des bases différentes. Nous vous comprenons... Après tout, comment des télépathes pourraient-ils ne pas éprouver d'empathie ? Nous avons conscience de la difficulté que ça présente pour vous. Et nous vous aiderons de notre mieux. En ce moment, vous avez envie de solitude pour digérer tout ça, hein ?

– Oui », murmura Palmer.

À sa grande surprise, il n'en voulait pas à Linda d'avoir lu dans son esprit et exprimé ses pensées à sa place. Ce n'était pas de l'espionnage mais de la générosité, il s'en rendait parfaitement compte.

« Je passerai vous voir quand vous aurez envie de compagnie, Jay, lança Robin tandis qu'il quittait la table.

– Comment saurez-vous... ?»

Il s'interrompit. Bien sûr. Elle saurait quand il voudrait

la voir. À présent, il comprenait en partie l'éthique télépathe. Max et Linda ne liraient dans ses pensées que lorsque ce serait bon pour le groupe.

Ou quand lui-même le désirerait.

Il n'existait qu'un seul mot pour ça, songeait Palmer en faisant les cent pas dans l'espace étroit séparant sa couchette de son placard : *étranger.* Cette manière de procéder était *étrangère* aux lois les plus élémentaires de la seule civilisation qu'il eût jamais connue.

S'intégrer à *ça ?* Accorder sa confiance aux membres d'une civilisation à ce point *différente ?* Y parviendrait-il, même s'il le voulait ?

Accepter l'altérité des Dogs était une chose – après tout, ils n'étaient pas humains. Contrairement aux Solariens qui, d'une certaine manière, en devenaient encore plus étrangers qu'eux.

Pourtant... *étranger* signifiait-il forcément *mauvais ?* Différent était-il synonyme de nuisible ?

Une structure sociale autre ne pouvait-elle se révéler meilleure ? Les habitants de Forteresse Sol étaient peut-être plus *humains* que ceux de la Confédération.

Comment obtenir une certitude ? Si personne n'y parvenait, jamais la confiance ne fleurirait entre la Confédération et Forteresse Sol, pas plus que la paix ne naîtrait entre l'homme et le Dog. Mais les Solariens, eux, étaient bel et bien des hommes... et des femmes...

Peut-être, si Robin...

Un sourire chaleureux illumina un recoin de l'esprit du militaire, qui en déduisit que Robin avait pris le chemin de sa cabine.

Quelques minutes plus tard, elle en ouvrait la porte. Elle n'avait pas eu besoin de frapper, il s'en rendit compte à cet instant.

S'asseyant sur la couchette, elle sourit à Palmer – un sourire séduisant de femme séduisante. Pourtant, il ne pouvait s'empêcher de penser à elle comme à une femme certes séduisante, désirable même, mais *étrangère.*

« Ça va mieux ? » demanda-t-elle, avec un petit mouvement de tête qui anima de manière provocante sa soyeuse chevelure rousse.

Palmer avait une conscience aiguë, sans doute stupide, de la solitude qu'il partageait avec ladite femme séduisante, désirable mais étrangère, chaleureuse mais effroyablement différente.

« Ça va de mal en pis, oui, avoua-t-il. J'ai l'esprit encore plus embrouillé qu'avant.

– À notre sujet ? Ou au vôtre ?

– Les deux, sans doute. Nous avons si peu en commun. Je n'ai aucun moyen de vous comprendre, je veux dire, de vous comprendre *vraiment*. Au moins, Max et Linda sont télépathes. Ils peuvent entrer dans ma tête. Savoir ce que je suis, ce que je veux...

– Ils *pourraient*, rectifia Robin, mais ils ne le feront pas. Ça ne se fait pas. Pas plus que vous ne vous introduiriez dans la chambre de quelqu'un sans sa permission.

– Je ne peux pas dire que ça me soit d'un grand réconfort, soupira Palmer. Je ne vous en comprends pas mieux pour autant. C'est comme si j'avais affaire à une bande de Dogs.

– Nous avons beaucoup plus en commun, vous et moi, que nous n'en aurons jamais avec les Dogs, vous pouvez me croire. Les Doglaaris sont logiques, à la base ; les humains sont illogiques, ou plutôt, *a*logiques. Après tout, nos deux cultures, à vous et moi, ont eu la même histoire durant des millénaires. Nous faisons bien partie de la même race, et nous avons bien un ennemi commun. » Elle se mit à rire. « Et puis, bien sûr, je suis biologiquement plus proche de vous que de n'importe quel Dog.

– Comment suis-je censé prendre ça ? » interrogea-t-il, lui jetant une œillade mi-sérieuse, mi-amusée.

Elle le fixa avec une certaine timidité.

« Comment aimeriez-vous le prendre, Jay ?

– Comment aimeriez-vous que je le prenne ? rétorqua-t-il, un léger sourire aux lèvres.

– Vous n'en avez vraiment aucune idée ? »

Rieuse, elle tendit la main d'un geste lent pour lui caresser les cheveux, laissant ses doigts s'y emmêler.

En réponse, il lui posa sur l'épaule une main légère, hésitante. Puis il lui passa lentement l'autre sur le front.

« Je pense que si », admit-il en l'attirant à lui.

Robin Morel roula sur le ventre, se haussa sur les coudes et leva les yeux vers Palmer, appuyé au dosseret de la couchette.

« Tu me trouves si étrangère que ça ? » demanda-t-elle, malicieuse.

Le jeune homme eut un sourire forcé.

« Non, non..., marmonna-t-il.

– Alors qu'est-ce qui se passe, Jay ?

– La mission risque de prendre des semaines. Je veux dire qu'on va rester tous les sept entassés sur ce petit vaisseau un bon bout de temps...

– Où est le problème ? »

Il fit la grimace.

« Eh bien... euh... *Dirk.* Enfin, Dirk et toi... Les choses vont devenir sacrément difficiles, si on commence à se chicorner, Dirk et moi.

– Pourquoi irais-tu chicorner Dirk ?

– Je n'irais pas. Mais il ne réagira peut-être pas de la même manière. »

Robin soupira.

« Je croyais qu'on en avait fini avec ça. Écoute, soyons clairs. Dirk est mon amant. Tu ne lui fais pas concurrence, et il ne te fait pas concurrence non plus. Je t'aime bien, mais je ne ressens pas pour toi ce que je ressens pour lui. Je le sais, il le sait, et j'ose espérer bien que tu le sais, toi aussi. Personne n'a la moindre raison d'être jaloux. »

Palmer fronça les sourcils.

« De *ton* point de vue, bien sûr, Robin, répondit-il, non sans gentillesse. Mais tu n'es pas un homme. Les hommes ressentent ça différemment. Les cerfs s'encornent et toutes ces sortes de choses. *Moi*, si j'étais Dirk...

– Mais tu ne l'es pas », interrompit Robin. Elle eut un petit sourire. « Pas plus que tu n'es un cerf. Ou que ne l'est Dirk. Nous sommes des êtres humains, pas des animaux. Tu veux que je te dise ce qui t'inquiète *vraiment* ?

– Vas-y.

– Tu as peur que Dirk *ne soit pas* jaloux.

– Hein ? grogna Palmer, mal à l'aise. Qu'est-ce que ça veut dire ?

– Tu le sais très bien. Sois honnête, Jay. Ce n'est pas ta faute si tu réagis comme ça. Toute ta culture t'a conditionné dans ce sens. Reconnais-le. Si tu arrives à l'admettre, tu seras capable d'y faire face et de le dépasser.

– Je ne vois pas de quoi tu veux parler, protesta-t-il, avec peut-être un peu trop de véhémence.

– Tu voudrais que Dirk soit jaloux, affirma Robin.

– Pourquoi voudrais-je une chose pareille ? demanda-t-il en se tortillant. Je n'ai rien contre lui.

– Non, bien sûr. Aucun rapport. Mais dans ta civilisation, on apprend aux hommes à se mesurer les uns aux autres. Si Dirk est jaloux de toi, ça veut dire que tu l'as dépassé. S'il ne l'est pas, c'est terrible – tu n'es même pas assez viril pour qu'il t'en veuille !

– Tu présentes les choses d'une manière monstrueuse ! protesta Palmer. Comme si la vie était une longue bagarre de matous en chaleur...

– C'est vrai, admit Robin avec calme. Mais franchement, est-ce que tu ne la vois pas comme ça depuis le début ? Je t'ai dit que Dirk ne serait pas jaloux. Lui-même te l'a pratiquement dit aussi. Alors tu ne crois pas que cette compétitivité idiote vient de toi ? »

Il resta un long moment silencieux. La remarque avait fait mouche. Je ne veux pas la séparer de Lingo, songea-t-il, et il le sait sans doute. Alors pourquoi devrions-nous être jaloux l'un de l'autre ?

Pourtant, en disséquant sa propre psychologie, force lui

était d'admettre qu'il éprouverait bel et bien un puissant sentiment d'infériorité si le Solarien ne se montrait pas jaloux ; qu'il se sentirait quasi insulté. Comme si Lingo le trouvait négligeable au point de ne rien avoir à craindre de lui.

Si blessant que ce fût, Robin avait probablement raison.

« Peut-être..., murmura-t-il. Je dis bien peut-être... n'as-tu pas tout à fait tort. »

Souriante, elle posa sur lui une main très douce.

« Je sais qu'il t'a fallu beaucoup de courage pour le reconnaître, ne serait-ce que vis-à-vis de toi-même. C'est *ça* qui fait qu'on est un homme, pas les coups de cornes. Si tu l'as vraiment compris, je pense que tu peux commencer à comprendre qu'il existe des gens différents de toi, dont la culture, la psychologie, les valeurs reposent sur des bases complètement différentes des tiennes, mais qui ne sont pas pour autant étrangers, *moins* humains que les membres de la Confédération. Peut-être au contraire sont-ils *plus* humains.

– Vous, hein ? Ma foi, tu n'as pas forcément tort. Allons au foyer. Puisqu'on a décidé d'être francs, je vais te faire un aveu : je serai vraiment convaincu que Dirk ne veut pas me casser la figure quand il me l'aura montré, pas avant. »

Lorsque le jeune homme pénétra dans la pièce en compagnie de Robin, Lingo lui adressa un sourire entendu. Palmer rougit en jetant à Bergstrom, qui se trouvait également là, un regard mauvais équivalant à une question.

Le chef solarien, à qui le coup d'œil n'avait pas échappé, se mit à rire gentiment.

« Non, Jay, assura-t-il. Tu as bénéficié d'une intimité mentale parfaite, et tu en bénéficieras aussi longtemps que tu le voudras. Bien sûr, si tu as envie de partager avec le groupe une... heu... expérience particulièrement agréable, Linda et lui *peuvent* lier tous nos esprits, mais ce genre de choses ne se pratique que lorsque tout le monde est d'accord.

– Ça ne... heu... te dérange pas ? balbutia le jeune homme. Je veux dire...

– Pourquoi est-ce que ça me dérangerait ? répondit Lingo avec un sourire franchement amical. Je n'y ai rien perdu, et toi, tu y as beaucoup gagné. Pourquoi ne devrais-je pas être content pour toi ? Tu te sens dix fois mieux qu'avant. Tu es plus détendu, plus calme. Ça se voit. La différence est évidente.

– Je n'ai pas l'impression d'avoir changé d'allure, marmonna Palmer.

– Pour un œil aussi exercé que le mien, si. Tes muscles sont plus relâchés, par exemple – je suis même prêt à parier que ton tour de cou mesure deux ou trois millimètres de moins que quand tu es monté à bord. Ta démarche aussi s'est modifiée – tu marches à plat, alors qu'avant tu te tenais sur la pointe des pieds. Tu as changé d'un tas de manières discrètes. Tu es plus décontracté, plus à l'aise, moins hostile.

– Mais je te trouve plus effrayant que jamais, Dirk », répondit Palmer, moins amusé qu'il n'y paraissait, avec un rire nerveux.

Il n'avait remarqué les modifications de ses attitudes et de son tonus musculaire qu'après les explications de Lingo. Sans doute ce dernier les avait-il notées grâce à son talent de commandement. Quelles autres capacités inconnues de l'officier impliquaient donc ces dons particuliers ?

« Tu nous trouves toujours étrangers, remarqua Bergstrom. C'est un peu normal. Pourtant, je pense que tu t'es rendu compte qu'étranger ne signifie pas mauvais – changement subtil mais significatif. D'ailleurs, je peux te le prouver. Viens, approche-toi de la table à télékinésie. »

Bergstrom, Lingo, Robin et Palmer se rassemblèrent autour de la table de jeu.

« Nous en savons plus sur les pouvoirs de la télépathie que sur son mode de fonctionnement, reprit Bergstrom, mais nous avons tout de même appris que les performances dépendent en partie de l'état d'esprit et de la sérénité. Tu te rappelles ? La dernière fois que tu as essayé de déplacer le “sable”, tu n'as réussi qu'avec quelques grains. Alors que

Raul, qui possède vraiment le minimum de talent télépathique, est capable de dessiner ses initiales. La pratique explique en partie la différence, d'accord, mais il faut aussi tenir compte du fait que Raul appartient à un groupe organique. Le degré d'intégration à un groupe affecte les performances, même si on ne sait pas trop pourquoi.

– Vas-y, Jay, encouragea Robin. Prends le tas vert. Essaie juste de l'aplatir. Tu vas avoir une sacrée surprise. »

Palmer, souriant avec embarras, fixa son attention sur le cône de microbilles d'acier poli. Une, deux, trois, quatre d'entre elles glissèrent sur ses pentes. Cinq... neuf... quinze...

Le militaire tendit son esprit au maximum, souhaitant de toutes ses forces voir les particules métalliques dégringoler le monticule, puisant sans savoir comment au désir qu'avaient les autres de le voir réussir. Vingt-cinq... trente... cinquante...

Il expira profondément, épuisé mais satisfait, et releva les yeux. Le tas vert était presque complètement aplati.

« Nom de Dieu ! murmura-t-il. Ça marche ! »

Robin, faussement cérémonieuse, l'embrassa sur les deux joues.

« En vertu des pouvoirs qui me sont conférés, je te déclare solarien et membre honoraire de notre groupe », déclara-t-elle, amusée.

Palmer, souriant, lui répondit par une petite révérence. Il se sentait réellement accepté, à présent, et il acceptait ce changement.

Pourtant, cette histoire avait quelque chose de bizarre. Apparemment, un groupe organique constituait une entité sociale étroitement unie. Ses compagnons formaient bel et bien une *famille*, ou du moins son équivalent solarien.

Alors pourquoi étaient-ils si désireux d'accueillir un étranger parmi eux ? Qui plus était, pourquoi se donnaient-ils tant de mal pour que cet étranger se joignît effectivement à eux ?

Ils avaient *forcément* une raison. Mais laquelle ? Ils n'avaient pas peur – Palmer ne pouvait de toute évidence rien contre eux, à cause des deux télépathes. Il s'agissait donc de quelque chose concernant la mission proprement dite. Mais quelle était la *vraie* mission des Solariens ?

L'officier avait beau se sentir mieux disposé à leur égard, le mystère demeurait entier.

Le militaire remarqua en passant dans le couloir que Lingo avait laissé ouverte la porte de sa cabine. Assis sur une chaise, il lisait un livre. Seul. Peut-être Palmer tenait-il l'occasion attendue...

« Tu as une minute, Dirk ? demanda-t-il en pénétrant dans la petite pièce.

– Bien sûr, acquiesça son hôte en posant le volume sur ses genoux sans le refermer. Assieds-toi donc. »

Le jeune homme prit place au bord de la couchette.

« Écoute, Dirk, je vais être franc, prévint-il. Personnellement, je vous aime bien, mais je n'ai toujours pas confiance en vous, et je me méfie de ce que vous mijotez. Pas de vous en tant qu'individus, mais des motivations de Forteresse Sol.

– Je réagirais de la même manière, à ta place, déclara Lingo, souriant. Tu es un soldat, et d'après ce que Max et Linda ont lu dans ton esprit, un sacrément bon soldat. *A priori*, tu as fini par comprendre que nous en savions pas mal sur toi avant la réunion des généraux, et que nous voulions dès le début t'emmener en mission. Comme je l'ai déjà dit, je compatis. Après tout, s'il fallait en arriver là, la Confédération sacrifierait sans problème Forteresse Sol pour gagner la guerre, non ? »

Palmer se tortilla, mal à l'aise. C'était vrai, il le savait.

Lingo se mit à rire.

« Ne t'en fais pas pour ça, reprit-il. Si le choix se présentait, la Confédération aurait *raison* de trancher dans ce sens. “La guerre, c'est l'enfer”, a dit je ne sais plus quel ancien. Mais en fait, ce qui te préoccupe, c'est...

– C'est qu'à mon avis vous voulez aller sur Doglaar pour passer un marché avec le Kor, débita Palmer. Voilà, je l'ai dit, et je ne le regrette pas. Finalement, c'est logique. Les

Dogs acceptent de ne pas toucher à Forteresse Sol, et Sol accepte de ne pas entrer en guerre, peut-être en déclarant publiquement sa neutralité. Si les vôtres admettent que la Confédération doit renoncer à voir s'accomplir la Promesse, nous perdrons toute combativité, je suis sûr que vous en êtes conscients. Les Dogs aussi, d'ailleurs, étant donné la manière dont notre propagande a mis l'accent sur le mythe de Sol. Ils ne penseraient peut-être pas trop cher payer une victoire aussi facile en épargnant un système humain... »

Lingo secoua la tête avec une grimace.

« Tu ne comprends pas Sol, Jay, affirma-t-il, et encore moins les Doglaaris.

– Comment le pourrais-je ? riposta le jeune homme. Vous nous avez laissés nous battre et mourir... nous sacrifier, pendant que vous restiez isolés, bien en sécurité... »

Une ombre passa sur les traits du Solarien, tandis que des lignes dures se creusaient autour de sa bouche.

« Alors tu crois que vous vous êtes sacrifiés, hein ? dit-il violemment. Tandis que nous, on se la coulait douce ? Pourtant, tu as vu un groupe organique, et tu sais que Sol a vécu de grands changements sociaux. À ton avis, ça s'est fait sans douleur ? MacDay a compris la nature de la guerre, c'est vrai. C'était un grand homme, d'une grandeur dont tu n'as même pas idée. Il a vu que l'humanité était condamnée. Tout se passait comme les Dogs le voulaient, tout. Ils n'avaient pas seulement l'avantage du nombre et du matériel, ils nous avaient forcés à nous battre suivant des critères doglaaris. Leur informatique supérieure les rendait efficaces à cent pour cent. Si l'humanité n'atteignait pas le même niveau, elle allait être balayée de la Galaxie en quelques décennies – on ne parlait pas de siècles. Alors les hommes ont essayé de surpasser les Dogs. Pas de se surpasser, eux, Jay. Les *Dogs*. Ils ont abandonné la guerre aux ordinateurs, *comme les Dogs*. Ils se sont mis à lutter de manière parfaitement logique, *comme les Dogs*. Seulement les Doglaaris forment une race logique, eux, alors que l'homme est à la base *alogique*. *Jamais* un homme ne surpassera un Dog de ce point de vue-là. MacDay s'en est rendu compte. L'effort de guerre était futile, condamné depuis le début.

– Tout le monde sait ça, admit Palmer. Mais *certains d'entre nous* ne se sont pas contentés de s'allonger en attendant la mort. Au moins, ils *essaient !*

– Peuh ! cracha Lingo, les yeux étincelants. Il faut être fou pour se vouer à une cause perdue. MacDay ne l'était pas. Il a compris qu'il restait une inconnue de taille dans cette guerre – dont il a aussi compris le *pourquoi !* Pourquoi les Dogs l'ont-ils déclenchée ? Pourquoi une race aussi logique a-t-elle jeté tout son potentiel contre l'humanité, alors que, logiquement, cette dernière ne pouvait pas la battre, qu'elle ne représentait pas un réel danger, que l'Empire doglaari se développait *deux fois plus vite* qu'elle, qu'il lui suffisait d'isoler l'homme quelques siècles pour le dominer non pas à quatre contre trois mais à quatre ou cinq contre un ? N'empêche que les Dogs ont attaqué ! *Pourquoi n'ont-ils pas attendu ?*

– Je... Je n'y avais jamais réfléchi de ce point de vue. Ça paraît tellement évident, mais...

– Bien sûr que tu n'y as jamais réfléchi ! Personne ne l'a fait. À part *une seule* personne – MacDay ! Il connaissait la réponse, dans toute son évidence : les Doglaaris ont *peur* de nous, terriblement, mortellement peur !

– *Quoi ?*

– Réfléchis, nom de Dieu ! » s'exclama Lingo, martelant du poing le livre ouvert sur ses genoux. « Les Dogs sont efficaces à cent pour cent, mais même l'étude la plus superficielle du passé humain nous apprend que, dans des conditions assez extrêmes, l'homme peut l'être à *plus* de cent pour cent ! Quand il ne se donne pas la peine de nier sa propre nature, l'impossible lui est possible, littéralement. L'histoire le prouve. L'homme est par nature *alogique* ! Donc capable de choses qu'aucun Dog ne tenterait jamais, parce qu'il les *sait* irréalisables. L'être humain, lui, essaie quand même, et parfois, quoi qu'en disent les probabilités, il réussit ! *Voilà* ce qui fait peur aux Dogs. Parce qu'ils ne le comprennent pas. Voilà pourquoi ils sont *obligés* de nous considérer comme de la vermine. Pour eux, nous sommes soit de la vermine... *soit des dieux*.

– Mais... en quoi cela explique-t-il l'isolement de Sol par MacDay ?

– N'oublie pas que nous parlons d'un des plus grands hommes qui aient jamais existé. MacDay s'est aperçu que l'être humain craignait sa nature alogique, lui aussi. Il ne la comprenait pas plus que les Doglaaris, si bien qu'il en avait peur et s'efforçait de la nier depuis toujours. MacDay définissait notre espèce comme "le seul animal incapable de se comprendre". L'intelligence redoute ce qu'elle ne peut appréhender... Toutes les sociétés humaines avaient nié l'alogisme de l'homme... alors que sa seule chance consistait à en fonder une qui *favoriserait* cette nature alogique, une société totalement *humaine*, de même que la société dog est totalement *dog*. MacDay appartenait trop à son époque pour imaginer ce que ça donnerait, mais il savait que nous devions en passer par là ou mourir.

« Alors il a pris le pouvoir et isolé Sol. Puis il a entrepris de réduire systématiquement notre civilisation en pièces ! Tous les ordinateurs ont été mis au rebut. Tous les gouvernements abolis. Il n'a préservé que l'organisation militaire nécessaire pour maintenir notre isolement. MacDay a précipité l'homme du sommet d'une falaise droit dans le chaos, avec l'espoir qu'il apprendrait à voler avant de s'écraser. C'était l'acte le plus courageux jamais accompli de mémoire humaine. Il en est résulté une souffrance inimaginable. Tu n'as pas la moindre idée des horreurs qui ont été sciemment lâchées sur nous. MacDay *savait* que ce serait terrible. Il savait aussi qu'il ne vivrait pas assez vieux pour en voir le bout, qu'il ignorerait s'il laisserait le souvenir d'un héros ou du pire monstre de l'histoire humaine. Mais il avait un tel courage qu'il a agi malgré tout. »

Palmer était bouleversé jusqu'au tréfonds de lui-même. La vérité se révélait plus terrifiante que ne l'avait jamais été l'énigme.

« Et... ça a marché ? murmura-t-il.

– Ça a marché, acquiesça Lingo. Du chaos et de la démence a lentement émergé une nouvelle société, fondée sur les talents et le groupe organique. Elle s'est stabilisée il y a moins d'un siècle. Certaines choses, auxquelles je refuse de penser, avaient été balayées. Jusqu'à maintenant, cette nouvelle société n'était pas prête à engager la bataille avec les Dogs. À présent, elle l'est. Notre mission représente la première étape.

– Mais nous n'allons pas faire... ce que tu as dit aux généraux, hein ? Nous allons tenter quelque chose... d'*inhumain ?*

– Non ! s'exclama Lingo. De *complètement* humain, au contraire. C'est la stratégie de la Confédération qui est inhumaine.

– Tu me dis de quoi il s'agit ?

– Non, Jay. » Une mélancolie qui ressemblait presque à un regret adoucit les traits du Solarien. « Je sais que c'est dur pour toi, mais tu n'es pas encore capable d'accepter ça. Nous allons essayer quelque chose d'alogique. Tu ne comprendrais pas ; tu serais juste terrifié. Tout ce que je peux te dire, c'est que j'espère que tu nous feras confiance. Pense à ce que Sol a enduré pour accomplir cette mission. Je t'en prie, *je t'en supplie*, accorde-nous ta confiance. »

Palmer ne s'interrogeait plus avec une méfiance lancinante sur les motifs de ses compagnons. Il n'y avait plus de place dans son esprit pour une telle suspicion ; des sentiments bien plus puissants l'habitaient : le respect... *et la peur.*

« Je vais essayer, affirma-t-il. Vraiment.

– Merci. Je...

– Dirk ! » Ortega venait de passer la tête par la porte. « On est arrivés en territoire doglaari. »

Lingo se leva.

« Viens, Jay. Je vais sur le pont. Il est temps de sortir de l'espace-stase. »

6.

Fran Shannon était déjà installée dans un des fauteuils de pilotage lorsque les trois hommes arrivèrent. Lingo prit place dans le sien et désigna à Palmer un des sièges passagers, relié à un micro de la radio principale. Ortega s'assit près de l'officier.

Le chef des Solariens alluma le grand écran hémisphérique, et ils se retrouvèrent tous au sein du maelström coloré de l'espace-stase.

« Tu es sûre qu'on est bien en territoire doglaari, Fran ? s'enquit Lingo.

– Certaine. On arrive à moins d'un quart d'année-lumière d'un soleil périphérique dog.

– Raul, appela-t-il. Tu crois qu'il y aura une patrouille, à cette distance des soleils centraux ?

– Je dirais oui à quatre-vingt-dix pour cent. N'oublie pas que ce sont les Doglaaris qui attaquent depuis le début de la guerre. Aucun vaisseau humain ne s'est avancé très loin dans leur empire. Il est donc logique de supposer qu'ils concentrent la majorité de leurs forces défensives aux limites de leur territoire, en laissant le reste autour des systèmes solaires individuels.

– D'accord, mais nos chances de rencontrer une patrouille interstellaire ici doivent quand même être proches de zéro, déclara Lingo. On va se rapprocher du soleil dont Fran a parlé.

– Bonne idée, acquiesça Ortega. Si on passe dans l'espace normal, on tombera fatalement sur une patrouille systématique.

– On est à combien au juste de ce système, Fran ?

– Environ 0,221 année-lumière, Dirk.

– Très bien. Préparez-vous à la rentrée en espace normal.

– Vous êtes malades ou quoi ? s'écria Palmer, incapable de se contenir plus longtemps. Qu'est-ce que vous faites, nom de Dieu ?

– On quitte l'espace-stase, répondit Lingo d'un ton égal. Tu n'as pas entendu ?

– Il y a des manières plus agréables de se suicider, protesta l'officier. Si on se montre à cette distance d'un système dog, on risque de se retrouver nez à nez avec une patrouille armée jusqu'aux dents !

– Bien sûr, admit Ortega. Et c'est exactement ce qu'on veut. »

Le chef des Solariens fit jouer un interrupteur, et le chaos bigarré de l'espace-stase disparut, aussitôt remplacé par la nuit étoilée. Un gros soleil jaune, trop éloigné pour apparaître comme un disque, éclipsait cependant tous les autres astres.

« Le voilà, déclara le maître de jeu. Les Dogs ont un faible pour les étoiles de type G, tout comme nous.

– Grille de localisation, s'il te plaît », lança Lingo.

Fran pressa un bouton. Aussitôt, le quadrillage blanc se juxtaposa à l'espace environnant. Le grand cercle rouge représentant la ligne de vol du vaisseau se trouvait au centre exact de l'écran. L'eidétique se servit de son indicateur pour entourer le soleil dog d'un cercle rouge plus petit.

Lingo brancha le champ de résolution puis ajusta la position de l'appareil afin que le petit cercle entourant l'astre glissât jusqu'au centre de celui correspondant à la ligne de vol. Les voyageurs se dirigeaient à présent droit vers le système !

« Verrouillez le cap, ordonna le pilote. Allumez la balise.

– *La balise !* hurla Palmer. Est-ce que quelqu'un aurait la gentillesse de m'expliquer ce qui se passe ? Vous êtes tous devenus fous, c'est ça ? On fonce droit vers un soleil dog, et vous allumez votre *balise ?* Tous les vaisseaux des environs vont nous tomber dessus !

– C'est le but du jeu, expliqua Ortega. Ils nous repéreraient tôt ou tard, n'importe comment, mais avec la balise, ce sera plus sûr et plus rapide.

– C'est de la folie ! Qu'est-ce qui nous empêche d'aller en espace-stase tout droit jusqu'à Dogl ? On serait indétectables, au lieu de jouer les appâts.

– Réfléchis, Jay, intervint Lingo. Le système d'Olympia est la capitale de la Confédération, d'accord ? Il est gardé par une concentration de vaisseaux prodigieuse. Qu'est-ce qui arriverait si un astronef dog apparaissait tout d'un coup juste à ses portes ? Que ferait le chef de la défense systématique, à ton avis ?

– C'est un gag ? Il le réduirait en pièces, bien sûr ! Qu'est-ce que tu crois ? Qu'on le laisserait approcher assez pour transformer Olympia en nova en allumant son générateur de stase ?

– Exactement, lâcha Ortega. Tu crois que Dogl est moins bien protégé ? Que les Dogs ne se feraient pas un même plaisir d'appuyer sur la détente ? Qu'on aurait la moindre chance d'arriver à moins de trois milliards de kilomètres de leur soleil avant d'être volatilisés ?

– Mais... c'est ce que je dis depuis le début ! s'exclama Palmer. On risque autant d'atteindre Doglaar en un seul morceau qu'une boule de neige de ne pas fondre en enfer ! Et maintenant, vous admettez que c'est mission impossible ?

– Pas du tout, riposta Ortega. Juste que...

– On n'a pas le temps de s'expliquer, Raul, coupa Lingo. Regarde ! » Un minuscule point terne se déplaçait près du soleil dog. « Pas vraiment confiants, hein ? Fais-nous un gros plan, Fran. »

L'eidétique manipula les commandes. L'écran qui entourait la pièce clignota avant de se rallumer, l'astre y apparaissant à présent comme un disque.

Droit devant le vaisseau flottait un nuage de petites lumières.

« Une... deux... douze... quinze... vingt ! compta le maître de jeu. Ils foncent droit sur nous, et ils se rapprochent drôlement vite.

– En avant, toute ! lança le pilote. Prends le micro, Jay ! »

Palmer, égaré, obéit.

« Je n'ai pas le temps de t'expliquer, reprit Lingo, mais tu as promis d'essayer de nous faire confiance. C'est le moment. Voilà ce que j'attends de toi : dis-leur qui tu es, et prétends être en route pour Doglaar afin de présenter ta reddition au Kor. Ensuite, répète. Ils sont à portée de radio.

– Mais...

– S'il te plaît, Jay ! »

L'officier haussa les épaules, résigné. D'accord. Il allait se fier aux Solariens. Que pouvait-il faire d'autre ?

« Ici, le général Jay Palmer, ambassadeur plénipotentiaire du Commandement militaire humain unifié. Nous sommes en route pour Doglaar, afin d'apporter au Kor la reddition de la Confédération humaine. Je répète. Ici, le général Jay Palmer, ambassadeur plénipotentiaire du Commandement militaire humain unifié... »

La flotte dog filait de plus en plus vite ; le vaisseau solarien aussi. Le gouffre qui les séparait se refermait à une rapidité effarante, sans cesse croissante, puisque les deux camps accéléraient toujours.

« ... Nous sommes en route pour Doglaar, afin d'apporter au Kor la reddition de la Confédération humaine. Je répète... »

Les appareils dogs s'étaient disposés en un grand hémisphère creux – la formation de combat finale. Si l'astronef solarien poursuivait sa course, il se retrouverait emprisonné dans cet hémisphère ; lequel se redisposerait en globe, l'écrasant dans son champ de résolution...

« ... ambassadeur plénipotentiaire de la Confédération humaine. Nous sommes en route pour... »

Les Dogs étaient presque sur les intrus ! Leurs vaisseaux apparaissaient clairement, plats, noirs, redoutables. Dans quelques minutes, l'hémisphère envelopperait le petit appareil telle une amibe monstrueuse.

Lingo pressa un bouton. Il y eut une minute d'indécision, tandis que le générateur chauffait, puis soudain la flotte adverse disparut. De même que les étoiles. Et que l'espace lui-même. Les voyageurs étaient de nouveau en sécurité dans l'espace-stase.

Palmer poussa un profond soupir de soulagement. Ils s'étaient éclipsés juste à temps. Une minute de plus, et...

« O.K., Jay, lança Lingo. Détends-toi un peu.

– Et *maintenant*, est-ce que quelqu'un veut bien m'expliquer pourquoi on a pris un risque pareil ? demanda le militaire.

– Tu ne devines pas ? interrogea Ortega. On ne peut pas se matérialiser comme ça à côté de Dogl. Nos chances d'atteindre Doglaar seraient très exactement nulles. Ce qu'on a fait était risqué, d'accord, mais on n'a pas le choix. Il faut préparer notre acceptation. Éveiller la curiosité des Dogs pour qu'ils ne nous annihilent pas à l'instant précis où on émergera près de leur système. Qu'ils établissent au moins le contact avant de tirer.

– Ce n'est pas gagné, remarqua Palmer. On ne peut pas dire que les Dogs soient très curieux. Ils préfèrent mettre toutes les chances de leur côté, ce qui voudra dire en l'occurrence nous prendre pour cibles jusqu'à ce qu'il ne reste personne à qui poser des questions. Vous croyez vraiment que nous être montrés et annoncés comme ça va les empêcher de nous tirer dessus une fois qu'on arrivera à Dogl ?

– Non, admit Ortega. Il faut qu'on recommence au moins deux fois.

– *Quoi ?* Mais maintenant, ils sont au courant ! Ça va être encore plus dangereux !

– On n'a pas le choix, répéta le maître de jeu. Il faut leur prouver qu'on ne s'est pas promenés dans le coin par hasard, qu'on s'est mis à leur merci *volontairement*. Mais ils ne le comprendront que si on risque notre tête deux fois de plus.

– Et après, en admettant qu'on se tire de la gueule du loup, on aura vraiment des chances d'atteindre Doglaar ? s'enquit l'officier, dubitatif.

– Oui, et pas trop mauvaises, répondit le moustachu avec calme. Peut-être cinquante-cinquante, si on se débrouille bien. »

Palmer, sinistre, se cramponnait au micro. Un autre système dog attendait les voyageurs, qui allaient retourner tenter le diable. Que leur réservait l'ennemi, cette fois ?

Lingo pressa une fois de plus le bouton qui les renvoyait dans l'espace normal.

« Les voilà ! » s'exclama-t-il, désignant un imposant groupe de vaisseaux, lequel infléchit sa course avant même qu'il eût terminé. « C'est une flotte entière, ce coup-ci, pas une simple patrouille ! Ils sont déjà à portée radio, et ils se rapprochent à toute vitesse. On n'a pas beaucoup de temps. Vas-y, Jay !

– Ici, le général Jay Palmer, ambassadeur plénipotentiaire de la Confédération humaine. Nous sommes en route pour Doglaar afin d'apporter au Kor la reddition... »

Palmer ne quittait pas du regard les astronefs qui fondaient sur eux à une vitesse croissante. Leur formation lui semblait curieuse : ils étaient si proches qu'ils auraient déjà dû se ranger en hémisphère pour se préparer à la manœuvre d'enveloppement.

Au lieu de quoi ils restaient disposés en un disque épais d'un unique vaisseau, dressé droit devant les intrus.

« ... afin de présenter au Kor la reddition de la Confédération humaine... »

Soudain, des gouttes de flammes jaillirent du disque. Une salve de missiles piqua droit sur les voyageurs, combinant la vitesse que lui conféraient ses propres systèmes de propulsion à celle de la flotte dog.

« Sors-nous de là, Lingo ! rugit l'officier. *Vite !*

– Que...

– *Tout de suite !* »

Un simple coup d'œil à Palmer, et le Solarien obtempéra, pressant le bouton du générateur de stase. Une longue minute s'écoula tandis que l'appareil chauffait.

Et qu'un éclair démentiel étincelait : les missiles venaient d'exploser simultanément, expédiant au vaisseau, à la vitesse de la lumière, un tsunami de radiations dures.

Puis le soleil, la flotte et la mortelle déflagration s'effacèrent. Les voyageurs étaient en sécurité dans l'espace-stase.

« On est passés à un cheveu ! s'exclama Ortega. Quelques secondes de plus, et...

– Je ne comprends toujours pas bien ce qui s'est produit, intervint Lingo. Comment as-tu deviné qu'ils allaient utiliser des missiles équipés de détonateurs à distance, Jay ? Je pensais qu'ils chercheraient soit à nous envelopper, soit à nous opposer un tir de barrage. »

Palmer eut un sourire las.

« L'expérience, expliqua-t-il. Ils n'avaient pas eu le temps de nous envelopper la première fois, donc ils allaient essayer quelque chose de plus rapide – c'est-à-dire *pas* une attaque aux missiles contact. Dès que je les ai vus tirer, j'ai compris qu'ils espéraient nous avoir aux radiations. N'oubliez pas que ce genre d'onde se déplace à la vitesse de la lumière, ce qui n'est pas le cas des missiles eux-mêmes.

– Je me demande ce qu'ils nous auront préparé pour la prochaine fois », grimaça Ortega.

« Vous voulez toujours remettre ça ? s'étonna Palmer, tandis que Lingo se préparait à refaire émerger le vaisseau dans l'espace normal.

– Bien obligés, répondit le maître de jeu.

– Il y a quand même quelque chose que je ne comprends pas. Pourquoi ne pas leur dire que vous venez de Sol ? C'est un mot magique, y compris pour les Dogs. Surtout si, inconsciemment, ils ont peur. Pourquoi continuer à prendre des risques aussi déments ?

– Bonne question, Jay, assura Ortega. Tu apprends, mais tu ne sais pas encore tout. Notre identité, c'est l'atout dans notre manche. On ne l'abattra qu'au dernier pli. Les Dogs avec lesquels on joue en ce moment au chat et à la souris sont de jeunes commandants. On leur a ordonné de détruire *tous* les vaisseaux ennemis, et les Doglaaris obéissent aux ordres – point final. Ça ne servirait à rien de leur dire que nous sommes solariens. Notre seule chance, c'est d'arriver près de Dogl entiers, et *là*, de révéler qui on est au chef de la défense systématique. Considère les choses de leur point de vue. Ils sauront qu'un astronef arrive. Donc, le comité de réception sera dirigé par un des officiers les plus importants. Ce qu'on espère, c'est qu'en apprenant d'où on vient, il aura assez d'autorité pour retenir le feu le temps d'appeler Doglaar – voire le Kor en personne. À ce moment-là, si le Kor est assez intéressé...

– Ce n'est pas idiot », admit Palmer, admiratif.

Aucun ordinateur n'aurait raisonné de cette manière, il en était persuadé. Comme dans une partie de cartes ou un pari – choses que les machines ne comprendraient jamais. Les voyageurs misaient leur propre vie, voire le destin de l'espèce humaine tout entière.

C'était un bon plan, *à condition* qu'il fonctionne. Le seul problème étant qu'il fallait de nouveau jouer au chat et à la souris. Alors que cette fois-ci les Dogs attendaient les intrus.

« Prêts pour l'émergence en espace normal », annonça Lingo.

Il appuya sur le bouton.

Les étoiles apparurent. Au centre de l'écran brillait un imposant soleil jaune...

À son côté naquirent un point lumineux, puis un autre,

et encore un autre, tous grossissant à la vitesse de l'éclair, immenses colonnes de lumière aveuglante tombant droit vers les arrivants en un terrible éclair fulgurant de...

L'image disparut. L'astronef avait regagné l'espace-stase.

« Qu'est-ce que c'était ? murmura Palmer.

– On a eu plus chaud que je n'aime à le penser, déclara Lingo. Des mines. Des mines-robots à canons laser. Nous, on s'en sert pour isoler Forteresse Sol. Celles-là doivent être munies de toutes sortes de détecteurs – comme les nôtres. Radars, capteurs de chaleur ou de radioactivité, viseurs laser, caméras – tout ce que tu veux ! Il ne leur a fallu qu'une minute pour mettre au point sur nous. Ce qui nous a sauvés, c'est qu'elles se trouvaient à plusieurs minutes-lumière : j'ai eu le temps de renvoyer le vaisseau en espace-stase juste avant qu'il soit touché.

– Et maintenant ? demanda Palmer.

– On ne peut pas éviter ça et aller droit au système de Dogl, Raul ? » interrogea Lingo.

Ortega resta silencieux, les yeux perdus dans le chaos réconfortant de l'espace-stase.

« Impossible, lâcha-t-il enfin. Dans ce cas, ils s'imagineraient que nos premières apparitions n'ont été que des erreurs. Et s'ils apprennent qu'on a battu en retraite devant des mines-robots, ils laisseront celles de Dogl en mode automatique, ce qui réduira nos chances à zéro. Il faut *absolument* trouver un moyen de communiquer avec les Dogs de ce système-ci, malgré les mines. La question, c'est : lequel ? Je...

– Une seconde ! s'écria Palmer. Je crois que j'ai une idée ! Ce n'est pas gagné, mais... Ces mines envoient un rapport en cas d'incident, non ?

– Les nôtres, oui, acquiesça le moustachu. À mon avis, on peut tenir pour acquis que celles-là aussi.

– Alors une patrouille va venir enquêter ?

– Continue.

– Eh bien, ça ne va pas être simple, mais si on arrive à sortir de l'espace-stase *derrière* la patrouille, elle nous protégera des mines. Les robots sont sans doute programmés pour ne pas tirer sur les appareils de leur camp. Donc une fois les Dogs entre eux et nous... Il risque d'y avoir une deuxième vague de vaisseaux, évidemment, ce qui fait qu'on sera pris en sandwich, mais en calculant bien, on devrait disposer de la minute nécessaire au retour en espace-stase...

– Ça, c'est pensé ! s'exclama Ortega. Tu as peut-être ce qu'il faut pour devenir un maître de jeu.

– Après tout, répondit Palmer, souriant, j'étais un commandant de flotte très correct, avant de devenir un général sacrifiable.

– Tu crois que tu y arriveras, Dirk ? » demanda Ortega.

Lingo fit la moue.

« Espérons-le. De toute façon, je vais essayer. Voyons voir... La patrouille devrait être en route, à l'heure qu'il est... Fran, je veux une estimation de l'instant auquel nos trajectoires vont se croiser, en partant du principe que notre vaisseau progresse dans l'espace-stase à vitesse constante et que les Dogs ont quitté l'orbite de la planète la plus éloignée du soleil depuis, disons, trois minutes. »

Palmer se crispa. Il n'aimait pas l'idée de confier pareil problème à un être humain. C'était tout à fait le genre de choses réservées à l'ordinateur de bord.

Mais dans cet astronef, Fran Shannon était ce qui se rapprochait le plus d'une telle machine. Elle se laissa aller contre le dossier de son fauteuil, regardant droit devant elle sans rien voir. Bien qu'elle ne bougeât pas un muscle, Palmer devinait l'activité frénétique qui animait son cerveau d'eidétique.

Enfin, elle leva les yeux.

« Sors de l'espace-stase dans cinq minutes trente secondes très exactement, Dirk. Il est impossible d'avoir une certitude sans aucun moyen d'observation extérieure, mais c'est l'estimation la plus fine que je puisse faire.

– Espérons que ça suffira, répondit Lingo, sinistre. Tiens-toi prêt au micro, Jay. Il va falloir que tu parles drôlement vite. »

Lorsqu'il ne resta plus que trente secondes d'attente, il ajouta :

« Commence dès qu'on sort de l'espace-stase. N'attends pas de voir si les Dogs sont là. Vingt-cinq... vingt... quinze... dix... cinq... trois... deux... un... »

Il appuya sur le bouton, et ils se retrouvèrent dans l'espace normal.

« Ici, le général Jay Palmer, ambassadeur plénipotentiaire du Commandement militaire humain unifié... »

Alors qu'il débitait son texte le plus rapidement possible, Palmer découvrit une flotte dog entre eux et les mines-robots. Ils avaient réussi !

« ... en route pour Doglaari, afin d'apporter au Kor la reddition de la Confédération humaine... »

Il jeta un coup d'œil en direction du soleil... D'autres navires filaient vers les confins du système ! Les Solariens et lui étaient pris en sandwich. Les Dogs les plus proches tirèrent une salve de missiles nucléaires : ils avaient déjà repéré les intrus... qui, dans moins d'une minute et demie, affronteraient les explosions !

« Ici, l'ambassadeur Jay Palmer... », répéta l'officier, s'efforçant d'accélérer encore son débit.

La deuxième formation réagit à l'apparition du vaisseau étranger en faisant demi-tour pour se ruer dans sa direction, avant de lâcher une salve, elle aussi. Les voyageurs se trouvaient pris entre deux vagues de missiles nucléaires telle une mouche entre deux immenses mains prêtes à claquer...

« ... au Kor...

– C'est bon, petit frère ! » s'écria Lingo en enfonçant le bouton.

Ils retrouvèrent l'espace-stase... entiers !

Ortega riait.

« Je trouve ton sens de l'humour bizarre, Raul, observa Palmer. On est passés à un cheveu de la pulvérisation, et ça t'amuse ?

– Non... ce n'est pas ça..., rugit Ortega. C'est les Dogs !

La flotte de devant nous a envoyé une salve, celle de derrière aussi. Nous, on n'est plus là, mais les missiles, si ! Ils continuent à foncer ! » Le maître de jeu claqua des mains. « *Boum !* La plupart ne passeront pas, mais les commandants ont quand même agi un peu vite. J'imagine les explications tordues qu'ils vont devoir trouver au fait qu'ils se sont tiré dessus !

– Comme je les plains ! ironisa le militaire.

– Grâce à toi, Jay, on a gagné haut la main à ce petit jeu du chat et de la souris, intervint Lingo. Mais ce n'était que le premier round. Prochain arrêt – *Doglaar !* »

7.

Ils avaient tous gagné la passerelle de commandement. Lingo et Fran occupaient leurs fauteuils de pilotes. Robin Morel et Linda Dortin les sièges passagers. Max Bergstrom se tenait près de Linda, Ortega et Palmer autour du chef des Solariens.

Ils y étaient.

Leur long voyage tirait à sa fin. Lorsque Lingo presserait le bouton, ils se retrouveraient juste à l'extérieur du système de Dogl. Le militaire parcourut des yeux le petit groupe. Les deux télépathes étaient tout occupés l'un de l'autre. Fran examinait son tableau de commandes. Robin fixait la nuque du pilote en se mordillant la lèvre. Quant à Ortega, l'esprit ailleurs, il regardait sans le voir le chaos de l'espace-stase.

Lingo gardait les yeux rivés à ses instruments ; son doigt s'immobilisa au-dessus du bouton qui renverrait le vaisseau dans l'espace normal.

À sa grande surprise, Palmer se sentit traversé par une vague d'affection pour les six Solariens. Une impression qui ne lui était pas inconnue : il l'avait ressentie bien des fois, juste avant de se lancer dans la bataille avec sa flotte. C'était l'étroite camaraderie unissant des hommes qui, ensemble, ont affronté la mort et vont l'affronter à nouveau ; la loyauté de groupe tacite qu'éprouve une équipe ensanglantée par les combats.

Quoi qu'il arrivât, quel que fût le plan énigmatique des Solariens, Palmer et eux avaient affronté les Dogs, ensemble ; ils avaient survécu en s'unissant. Si grand que fût le gouffre séparant leurs deux cultures, ils étaient humains ; et ils s'enfonçaient au cœur des rangs ennemis, seuls mais ensemble.

Une clairvoyance fugitive permit à l'officier de comprendre ce que devait être la réelle appartenance à un groupe organique : ce sentiment qui précède la bataille, cette proximité engendrée par l'imminence d'un danger mortel, cette confiance et cette dépendance mutuelles, non seulement pour un instant, face à la mort, mais toujours et à jamais. Quelque chose de vraiment étranger.

Mais de *bon*.

« Allez, lança Lingo, un micro à la main, le doigt au-dessus du bouton. On y va. »

Son doigt s'abaissa, et ils retrouvèrent l'espace normal.

Palmer ne vit d'abord qu'une chose : Dogl. Un soleil jaune, un peu plus petit que Sol, entouré de six planètes. La deuxième à graviter autour de cet astre banal avait engendré une race incompréhensible, un empire voué à la destruction des êtres humains de tout l'Univers. Il fallait que périssent les enfants de la deuxième planète de Dogl ou ceux de la troisième planète de Sol.

Ensuite, il vit les vaisseaux.

Par centaines ; les croiseurs doglaaris, gonflés, noirs comme la mort, à l'aspect improbable ; disposés en un immense hémisphère évidé entre l'appareil solarien et leur système d'origine.

Palmer laissa échapper un hoquet incrédule. Cette formation devait comprendre trois flottes entières. Si elle enveloppait le petit intrus, il ne faudrait pas une minute à son champ de résolution pour le réduire en une minuscule boule de métal fondu.

Lingo contemplait calmement le gigantesque piège, micro branché mais silencieux.

La super-flotte se mit en branle, telle une énorme amibe affamée.

Elle fondit droit sur les arrivants, accélérant de tout son champ de résolution, de plus en plus, jusqu'à former une immense muraille de vaisseaux qui emplissait le grand écran hémisphérique. Et elle se rapprochait toujours, s'épanouissant dans la direction des voyageurs comme le vaste nuage de gaz surchauffé et de radiations issu de l'explosion d'une étoile.

Enfin, Lingo prit la parole d'une voix glacée, terriblement inhumaine, emplie d'une force surnaturelle :

« Soldats de l'Empire doglaari ! Nous venons en paix. Ce vaisseau transporte un ambassadeur plénipotentiaire de la Confédération humaine venu discuter la reddition des siens avec le Kor de tous les Doglaaris. Nous n'avons nul désir de nous battre. » Une nuance nouvelle, d'une arrogance monstrueusement méprisante, se glissa dans sa voix, comme si un démon omnipotent s'était soudain emparé de lui.

« Ne brisez pas notre paix. » Cela ressemblait à un ordre. « Vous attaqueriez cet astronef à vos risques et périls. Bien que transportant un ambassadeur de la Confédération humaine, il n'appartient pas à la Confédération.

« *Il vient de Forteresse Sol.* »

Palmer, fasciné, contemplait le pilote. La voix du Solarien renfermait une qualité de *commandement* terrible. C'était une de ces voix que les hommes suivent jusqu'à la mort, auxquelles nul ne peut désobéir. Elle faisait plus que l'impressionner, *lui*. Qu'en serait-il des Doglaaris ?

Quelques secondes durant, la flotte dog poursuivit son inexorable manœuvre d'engloutissement. Puis elle ralentit, pour finalement s'immobiliser, demeurant comme suspendue dans l'espace, figée et silencieuse.

Le calme qui régnait sur la passerelle de commandement semblait ne faire qu'un avec celui qui s'était établi à l'extérieur.

« Bon, finit par lâcher Ortega, les yeux fixés sur les menaçants croiseurs noirs. À l'évidence, nous sommes encore de ce monde. Le commandant dog doit être en grande discussion avec Doglaar et – sans doute – le Conseil de Haute Sagesse. La question, c'est : le Kor sera-t-il assez intéressé pour nous laisser passer ?

– Tu ne crois pas que Dirk y est allé un peu fort ? s'enquit Palmer. Après tout, ce n'était que du bluff. Le Kor ne va-t-il pas être tenté de riposter plus qu'autre chose ?

– Tu raisonnes en être humain, Jay, répondit Ortega. Un Dog n'a pas d'émotions humaines. Si tu parlais de cette façon à un homme, il te mettrait sans doute son poing dans la figure, mais un Dog va considérer la situation sous l'angle de la logique. Primo : jusqu'ici, nous avons été engagés dans deux échauffourées, mais nous n'avons accompli aucun mouvement hostile. Secundo : nous nous jetons délibérément dans la gueule du loup – ils peuvent nous détruire à n'importe quel moment, et nous le savons forcément. Tertio : la manière dont Dirk s'est adressé à eux est en totale contradiction avec le primo et le secundo. Il n'est donc pas possible de tirer de tout cela une conclusion logique. Ce qui devrait infiniment ennuyer les Doglaaris, puisque le concept de bluff leur est inconnu. Or ils sont très, très prudents. Ça m'étonnerait qu'ils détruisent une énigme sans l'avoir comprise. Espérons que je ne me trompe pas...

– Regardez ! » s'écria Robin.

Un des navires dogs, rompant les rangs, s'approchait lentement d'eux.

« On dirait le vaisseau amiral, murmura Palmer.

– Je pense que c'est ça. »

L'astronef s'arrêta à mi-chemin de la flotte et des intrus.

Soudain, une voix s'éleva dans le poste de pilotage, étrangement plate, dénuée de modulations et d'émotion :

« Vermine de Sol jusqu'à Dogl venue, sa reddition à notre Kor offrir, ce vaisseau sur Doglaar vous suivrez, où le Conseil de Haute Sagesse votre sort discutera.

– Gagné ! s'exclamèrent Ortega et Lingo.

– Ouais, marmonna Palmer, dubitatif. Mais quoi ? »

Le bâtiment dog partit en direction de Dogl. Lingo activa son propre champ de résolution, et les Solariens suivirent, veillant à ne pas trop resserrer ni creuser l'écart.

Ils n'étaient en route que depuis quelques minutes lorsque Palmer s'aperçut que la flotte ennemie se mettait également en branle.

« Regarde, Dirk ! » appela-t-il, montrant du doigt l'énorme hémisphère creux.

Ce dernier gagnait lentement du terrain. En fait, les vaisseaux disposés à sa périphérie avaient dépassé les voyageurs, se rapprochant plus qu'eux du navire amiral, si bien qu'ils se trouvaient aussi enfoncés dans la poche pratiquée au cœur de la formation qu'un pois au fond d'une antenne radar.

« Tu sais ce que ça veut dire ? poursuivit Palmer. Ils peuvent nous envelopper quand ça leur chante. En moins d'une minute – jamais on n'aurait le temps de passer en espace-stase. On est à leur merci.

– Bien sûr, admit Ortega. Tu croyais vraiment que, sans ça, ils nous laisseraient pénétrer dans leur système ? Ils ne prennent pas de risque, juste au cas où on aurait l'idée de transformer Dogl en nova en allumant notre générateur de stase. Il lui faut environ une minute pour chauffer, ce qui leur laisserait le temps de le détecter et de nous écraser avec leur champ de résolution. On ne peut qu'admirer leur perfectionnisme.

– Tu l'admires si tu veux, répondit Palmer. Moi, ça me fiche une trouille bleue.

– Il faut apprendre à connaître l'ennemi, s'obstina Ortega. Tu te rends compte qu'on est plus près de Doglaar qu'aucun autre être humain avant nous ?

– Vive nous, murmura l'officier. Je ne sais pas pourquoi, mais ça me fait penser à des cobayes s'introduisant dans un laboratoire. »

Ils dépassèrent un petit rocher dépourvu d'atmosphère, l'avant-poste que constituait Dogl VI, la planète la plus excentrée du système. Comme ils la frôlaient presque, Palmer constata que la majeure partie de ce caillou était occupée par un astroport d'espace profond où s'alignaient des centaines de vaisseaux.

Dogl V et IV, des géantes gazeuses dotées de plusieurs satellites, ressemblaient fort à Jupiter et Saturne. Tandis que les voyageurs poursuivaient leur route, de plus en plus proches de Doglaar proprement dite, le militaire éprouvait un malaise croissant. Les Solariens savaient au moins ce qu'ils tenteraient une fois arrivés, alors qu'il était plongé dans une ignorance totale. Ses compagnons n'affronteraient qu'une inconnue : les Doglaaris. Lui devrait en maîtriser deux. Il se sentait plus étranger auprès d'eux qu'à aucun moment depuis sa nuit avec Robin. Pourtant, il lui *fallait* leur faire confiance, faute de quoi il serait pris au piège entre deux altérités. Il se trouvait au point crucial, à l'apogée de sa mission. Si seulement il avait su en quoi elle consistait...

Dogl III, une planète de type terrestre située à une UA et demie environ de son soleil, était à peu près aussi chaude que Mars. Ornée de grandes cités sous dômes curieusement réparties en figures géométriques, elle se divisait en rectangles de centaines de kilomètres de long, verts et jaune sable. On l'eût dite tout entière soumise à un unique maître plan agricole.

Alors qu'ils en coupaient l'orbite, Lingo consulta ses instruments. Il releva la tête, un sourire sinistre aux lèvres.

« Ça y est, ils sont en plein dedans, lança-t-il à Ortega.

– En plein dans quoi ? » demanda Palmer.

Le pilote lui montra une série de cadrans où des aiguilles s'agitaient, progressant vers le rouge.

« Voilà nos contre-détecteurs, expliqua-t-il. À les en croire, les Dogs sont en train de passer le vaisseau au peigne fin avec des détecteurs de radiations. Ils vérifient qu'on n'a pas à bord une masse critique de matériaux radioactifs. Une bombe à fusion.

– Ils pensent à tout, hein ? commenta Palmer.

– Sauf à l'impensable », répondit Ortega, cryptique.

La planète était abritée par une couverture nuageuse si épaisse que sa surface en était presque invisible.

« Solariens ! appela la voix du commandant dog. Ce vaisseau jusqu'au terrain d'atterrissage suivez. Une centaine de canons laser vous braque. Le moindre écart par rapport à la trajectoire approuvée votre destruction immédiate causera.

– Il ne parle pas très bien anglais, mais ça ne l'empêche pas de se montrer *extrêmement* clair », remarqua Lingo.

Le vaisseau dog s'enfonça en spiralant dans l'atmosphère, aussitôt imité par l'astronef solarien. À trois mille mètres d'altitude, ils traversèrent les nuages, et pour la première fois de l'Histoire Doglaar se dévoila à des yeux humains.

Ce fut, bien sûr, une déception. À trois mille mètres de haut, toutes les planètes habitées se ressemblaient.

Palmer distingua une côte – l'eau avait toujours le même aspect, où qu'elle fût. Le croiseur noir descendait vers la plaine littorale, où se dressait une grande cité, à laquelle l'officier trouva quelque chose de bizarre, sans pouvoir vraiment dire quoi. Elle était un peu trop... géométrique. Comme ils s'en rapprochaient, il constata qu'elle se composait de cercles concentriques d'une netteté inhumaine, des routes centrifuges partant du cercle intérieur – le plus petit – à intervalles réguliers, tels les indicateurs de degrés portés sur une boussole. L'ensemble évoquait davantage le diagramme d'une ville qu'une ville proprement dite.

L'astronef dog piqua droit vers le cercle intérieur, d'un ou deux kilomètres de diamètre, réussissant un atterrissage parfait à quelques centaines de mètres d'une affreuse construction semblable à une énorme boîte.

Lingo suivit, se posant à côté de son guide. L'homme avait enfin atteint la surface de Doglaar.

Vue du sol, la capitale de l'Empire doglaari était étonnamment laide et peu impressionnante. L'architecture en tant qu'art semblait y être inconnue. Les arrivants se trouvaient sur un grand terrain d'atterrissage ouvert, entouré par une barrière d'aspect très fonctionnel qui courait sur toute la circonférence du cercle intérieur.

Un gigantesque cube de verre s'y dressait, flanqué des accrétions de bâtiments plus petits qui n'en différaient que par la taille. Plusieurs gros globes argentés, montés sur pilotis, apportaient à l'ensemble un peu de variété.

Le reste de la cité, qui s'étendait jusqu'à l'horizon dans toutes les directions, semblait reproduire sans fin ces éléments : de grandes boîtes en verre et des globes sur pilotis ne se distinguant que par la taille s'étalaient à perte de vue, d'une parfaite uniformité de forme et de laideur. Le ciel composait une terne couverture de nuages épais, délayant la lumière de Dogl en un badigeon gris sale.

L'effet d'ensemble, affreux, évoquait le rêve d'un monomaniaque un peu fruste ; le tableau dans des pastels délavés et encrassés d'un peintre abstrait totalement dépourvu de talent. Par comparaison, le moindre clapier industriel terrestre préstellaire serait passé pour un jaillissement de spontanéité enjouée.

« Bienvenue dans la capitale gaie et animée de l'Empire doglaari, grogna Robin. Beurk ! Rien que pour ça, ils méritent l'extermination ! »

La remarque ne parut guère à ses compagnons qu'une simple constatation.

« Voilà le comité d'accueil », annonça Max Bergstrom.

Une des petites boîtes laissait échapper des véhicules trapus, des sortes de chars qui filaient à travers le terrain d'atterrissage. Il y en avait près de deux douzaines, tous ornés de canons laser portables menaçants. Ils encerclèrent le vaisseau solarien, qu'ils placèrent dans leur ligne de mire, puis s'immobilisèrent.

L'un d'eux s'ouvrit sur une demi-douzaine de Doglaaris, lesquels s'avancèrent vers le navire étranger au trot de leurs longues jambes puissantes. S'il était difficile de distinguer leurs traits à pareille distance, les longs fusils à énergie dont ils étaient tous armés, excepté leur meneur, étaient bien visibles.

« Raul, Jay, on va au sas accueillir nos hôtes », lança Lingo.

Lorsqu'ils parvinrent au sas, les Dogs avaient atteint le vaisseau, et leur chef s'était hissé jusqu'à l'écoutille sur une échelle portable. À peine le panneau ouvert, les trois hommes se retrouvèrent pour la première fois nez à nez avec un Doglaari.

Il paraissait tout en membres et en cou. C'était un bipède possédant deux bras, une tête et pas de queue. Là s'arrêtait sa ressemblance avec un être humain.

Ses jambes puissantes, de même que le reste de son anatomie, étaient couvertes d'une belle fourrure brune. Elles jaillissaient d'un petit corps sphérique évoquant un gros ballon de plage, dont l'équateur donnait naissance aux longs bras musculeux qui se terminaient en mains à six doigts, y compris deux pouces opposables.

Un grand cou, apparemment flexible, portait une tête triangulaire massive ornée de deux énormes oreilles semblables à celles des chauves-souris. Le visage, seule portion de la créature à ne pas être velue, consistait en deux immenses yeux rouges aux iris noirs entourant un gros nez encastré dans la peau épaisse et en une bouche étonnamment humaine.

Le Dog, à peu près de taille humaine, portait de petites bottes noires et une tunique gris-brun toute simple, sans manches.

Il se fraya un chemin parmi ses hôtes pour attendre sur le côté que dix de ses congénères se déversent également dans le sas. Ils ne se distinguaient de lui que par leurs tuniques grises et leurs affreux fusils à énergie.

« Qui est votre chef ? » aboya Lingo.

Le Dog en gris-brun le fixa sans ciller, ce qui ne lui était pas difficile, puisqu'il n'avait pas de paupières.

« Je suis *Haarar* Ralachapki Koris, le chef de cette escadre, annonça-t-il, dans un anglais grammaticalement parfait mais étrangement dépourvu d'accentuation.

– Vous parlez très bien anglais, *Haarar* Koris, le complimenta le Solarien.

– Je suis diplômé de l'Institut des études humaines. Mes fonctions nécessitent une capacité de distorsion des schémas de langage destinée à les adapter aux humains », répondit Koris.

Il prononçait chaque syllabe séparément, avec une grande clarté et une totale absence d'accent tonique.

Palmer se sentit aussitôt une préférence pour l'anglais embrouillé du commandant de flotte.

« Cette pièce est-elle la plus grande dont vous disposiez ? interrogea le Dog.

– Bien sûr que non. Pourquoi ?

– Nous nous trouvons trop à l'étroit dans cette cabine pour y prolonger notre séjour. Comme vous devez le savoir, vous dégagez une odeur extrêmement désagréable. Me tenir un long moment si près de la vermine humaine finirait par induire dans mon appareil digestif un dérangement analogue à ce que vous appelez la nausée ; ce n'est pas souhaitable. »

Palmer serra et desserra convulsivement les poings, mais Lingo et Ortega restèrent de marbre.

« Le dernier des imbéciles ne peut manquer de voir que cette *cabine* est en fait un sas, qui ne sert qu'à pénétrer dans le vaisseau et à le quitter, répondit sèchement le premier.

– N'étant pas le dernier des imbéciles, je n'ai pas eu accès à cette information, déclara Koris, sans la moindre trace d'humour ou de rancœur. Allons poursuivre notre discussion ailleurs. Je détecte déjà des frémissements infinitésimaux mais peu souhaitables dans mon appareil digestif.

– Le foyer me semble tout indiqué, décida Lingo. Je vous prierai juste d'avoir la gentillesse de ne pas vomir sur les tapis.

– Nulle gentillesse n'est due à la vermine », riposta le Dog en lui emboîtant le pas et en faisant signe à ses troupes de les suivre dans le couloir. « Je me retiendrai néanmoins autant que possible de vider mon appareil digestif. Le gaspillage des nutriments n'est pas souhaitable. »

Les autres Solariens se trouvaient déjà au foyer quand Lingo, Ortega et Palmer s'y présentèrent, Koris et ses subordonnés sur les talons. À peine Koris avait-il passé la tête dans la pièce qu'il lança des ordres d'une voix perçante, dans une langue qui écorcha les oreilles de ses hôtes – des variations de hauteur inouïes mais un volume constant, et pas le moindre accent tonique.

Les dix Dogs armés se postèrent contre les murs à intervalles réguliers, encerclant les humains, sur lesquels ils braquèrent leurs fusils. Puis ils s'immobilisèrent, en alerte.

« Je n'ai pas été informé de l'étonnante importance numérique de la vermine transportée par ce vaisseau », déclara leur chef, d'une voix toujours aussi monocorde.

Ses grandes oreilles membraneuses s'agitaient convulsivement, signe peut-être d'une émotion indéchiffrable.

« Ça ne vous regarde pas, trancha Lingo.

– Vous vous trouvez sur la planète Doglaar, vermine », récita Koris. Ses oreilles battaient follement, telles des ailes de chauve-souris. « En tant que prisonniers de l'Empire doglaari, vous n'avez pas à décider de ce qui me regarde ou non. Vous n'avez pas à discuter les déclarations, questions ou ordres d'un officier de l'Empire doglaari. Vous êtes prisonniers. Vous devez m'obéir et répondre quand je vous interroge. Ni plus ni moins.

– Nous ne sommes *pas* prisonniers », répondit Lingo.

Koris cria quelques mots doglaaris d'une voix perçante. Les gardes se tendirent, leurs mains à six doigts crispées sur leurs fusils.

« Si vous tentez de vous échapper, vous serez tués, avertit leur officier. Si vous parvenez à reprendre le contrôle de ce vaisseau, il sera détruit par les véhicules armés qui l'entourent. Au cas statistiquement très improbable où vous parviendriez à le faire décoller, un millier de canons laser sont déjà braqués sur lui. Si les treize virgule sept pour cent de chances que vous avez d'atteindre les limites supérieures de l'atmosphère s'appliquaient, les trois flottes patrouillant autour de la planète parviendraient...

– Il suffit, coupa Lingo, tranchant. Je suis convaincu qu'une évasion est impossible. Épargnez-moi les détails sanglants.

– La quantité de sang versée dépendra entièrement de vous, vermine. Soit vous remplissez correctement vos fonctions de prisonniers, soit vous affrontez une mort immédiate.

– Je vous ai déjà dit que nous ne sommes pas prisonniers. Nous sommes ici en mission diplomatique et demandons à être traités en conséquence.

– Vous êtes des ennemis. Vous êtes sur le territoire de l'Empire doglaari. Vous êtes donc prisonniers. Vous ne correspondez à aucune autre classification. Je ne comprends pas ce concept de mission diplomatique.

– Je vois que je me suis trompé, déclara le chef des Solariens avec calme. Je n'aurais pas dû m'attendre à ce que vous le compreniez. Vous n'en êtes pas capable. Vous êtes soldat, c'est ça ? Quelles sont vos fonctions ?

– En effet, vermine, acquiesça Koris, dont les oreilles se calmèrent un peu. Je suis un soldat de l'Empire doglaari. Mes fonctions consistent à apporter défaite et mort aux ennemis de l'Empire. Les fonctions d'un soldat consistent à détruire l'ennemi.

– Qu'est-ce qui lui prend ? murmura Palmer *sotto voce* à Ortega. Il veut les pousser à bout ou quoi ?

– La ferme, siffla l'autre en réponse. Il sait ce qu'il fait.

– Les fonctions d'un soldat ne consistent-elles pas parfois à se rendre ? interrogea Lingo.

– Ce concept ne m'a pas été inculqué.

– C'est bien ce que je pensais. Se rendre signifie déposer les armes de soi-même et se remettre aux mains de l'ennemi, dans l'espoir que cette action se traduira par une issue plus bénéfique que la poursuite du conflit. »

Les oreilles de Koris s'agitèrent furieusement.

« Seule la vermine a besoin d'un tel concept. Il est inutile aux soldats de l'Empire doglaari, puisque la seule issue possible du conflit est la victoire doglaari. Il n'est même pas souhaitable, pour le bien de mes fonctions, que je possède la connaissance d'un pareil concept. Je le ferai effacer de ma mémoire dès que cette tâche déplaisante sera terminée. »

Il a démarré au quart de tour ! songea Palmer, qui comprenait à présent ce que cherchait Lingo. La logique faisait la force des Doglaaris ; ne faisait-elle pas aussi leur faiblesse ?

« Vous diriez donc que vous refusez de seulement envisager une reddition ? Que vous n'êtes pas équipé pour comprendre pareille chose ?

– C'est un concept à l'usage de la vermine, venu d'un dérangement du misérable cerveau humain auquel un soldat doglaari est immunisé.

– Eh bien, il se trouve que nous sommes ici pour présenter la reddition de la Confédération humaine tout entière à l'Empire doglaari, déclara Lingo avec affectation. Essayez de comprendre *ça !* »

Koris ne répondit pas, mais ses oreilles s'affaissèrent soudain, comme si leur cartilage s'était gélifié.

Palmer eut un sourire féroce. Apparemment, envisager qu'une espèce entière se rendît à l'ennemi avait mis la créature en état de choc. Qui eût pu l'en blâmer !

« Que se passe-t-il ? reprit le Solarien. Vous n'êtes pas équipé pour envisager cette proposition ?

– Non, admit son interlocuteur, dont les oreilles s'emplirent d'une furieuse vitalité.

– Vous voulez dire que les Dogs sont si stupides qu'aucun d'eux n'est capable de réfléchir à une simple offre de reddition ? » insista Lingo, cinglant.

Les oreilles de Koris s'agitèrent follement.

« Assez d'arrogance, vermine, récita-t-il. Rien n'échappe à la compréhension du Conseil de Haute Sagesse. Il entre à l'évidence dans ses fonctions, et non dans celles d'un simple soldat tel que moi, de s'occuper de concepts aussi étrangers que ceux auxquels vous faites allusion.

– Vous avez donc l'intention de nous emmener devant le Conseil de Haute Sagesse et le Kor ? s'écria le Solarien, feignant la stupeur.

– C'est exact, vermine. » Les oreilles de Koris s'apaisaient enfin. « Ils sauront résoudre ce curieux problème.

– Nous n'avons pas le choix, à ce que je vois, soupira Lingo. Si vous voulez bien patienter, le temps que nous adoptions la tenue appropriée...

– Ce que vous portez conviendra parfaitement. »

Il haussa les épaules.

« Comme vous voudrez. Mais je dois vous informer que ces vêtements sont emplis de parasites terrestres microscopiques, alors que ceux auxquels je pensais ont été stérilisés. J'admire votre courage, sinon votre prudence.

– Allez mettre vos vêtements stériles, vermine.

– Très bien. Nous serons prêts tous les six dans quelques minutes.

– Vous êtes sept.

– *Je vous en prie,* couina Lingo en roulant horriblement les yeux. Nous ne sommes que six – quatre hommes et deux femmes.

– Vous êtes fou, vermine. Il y a *trois* femelles ; une brune de poil, une rouge et une jaune. »

Tous les Solariens, à l'exception de Linda Dortin, poussèrent de terribles gémissements en agitant les mains.

« Que se passe-t-il ? » demanda Koris.

Lingo soupira, avant de se tourner vers ses compagnons.

« Après tout, c'est un extraterrestre, leur dit-il. Il ne faut rien en attendre. » Il revint au Dog. « La blonde que vous prétendez voir n'a pas d'existence officielle. Elle n'en a plus depuis deux jours et n'en aura pas avant deux autres jours. Cela fait partie de notre fonctionnement social, mais c'est tabou au point qu'on n'en parle même pas. Cette femme non existante ne doit pas quitter le vaisseau. Ce serait insulter inimaginablement votre Kor, et nous aurions tous à répondre des terribles conséquences de l'événement. »

Koris resta un instant muet, digérant sans doute cette nouvelle preuve de l'illogisme humain.

« Très bien, acquiesça-t-il enfin. La femelle jaune de poil peut rester ici. Toute évasion est impossible, et il sera aussi facile de s'en débarrasser dans cet astronef que devant le Conseil de Haute Sagesse.

– S'en débarrasser ? De quoi parlez-vous donc ?

– N'étalez pas davantage votre stupidité. Vous avez atteint la surface de Doglaar même. Vous allez pénétrer dans la salle de Haute Sagesse. Vous devez bien être conscients que nous ne pouvons laisser la vermine conserver les informations que vous détenez à présent. Après tout, il existe une chance sur un milliard que vous vous échappiez. Cette probabilité doit être réduite à zéro. Donc, dès que le Kor et le Conseil de Haute Sagesse auront terminé votre interrogatoire, vous serez tous mis à mort. »

8.

Lingo entra dans sa cabine pour en ressortir avec une pile de vêtements.

« Tiens, Jay, mets ça.

– Qu'est-ce que c'est ? » s'enquit Palmer, méfiant.

La chose ressemblait à un uniforme d'opérette, tout en vert, pourpre et passementerie dorée.

« Un uniforme de parade, murmura son compagnon. Disons qu'on a... euh... prévu que tu en aurais peut-être besoin, alors on en a fait tailler un. »

Le militaire tripota les vêtements avec mauvaise humeur.

« Ça ne ressemble à rien que j'aie jamais vu.

– Mets-le, c'est tout, s'énerva Lingo. Il est censé exercer une action psychologique, pas être élégant. Il faut qu'on donne une certaine impression, et cet uniforme nous y aidera. Ce n'est pas le moment d'en discuter. Saute dedans, et retourne au foyer avant que nos amis dogs ne deviennent chatouilleux de la gâchette. »

Sur ce, il pénétra dans sa cabine, dont il claqua la porte.

Palmer s'immobilisa, gêné, sur le seuil. Il se sentait dans la peau d'un maréchal d'opérette, dont il arborait en effet le costume. L'uniforme se composait d'une chemise et d'un pantalon vert vif, de grosses épaulettes soutachées d'or, d'un large ceinturon doté d'une énorme boucle en cuivre ornementé, de cuissardes noires à motifs repoussés vert et or, d'une casquette immaculée à la visière incrustée de bronze et d'une longue cape d'un pourpre flamboyant. Le plastron de la chemise disparaissait presque sous les rubans.

L'officier se demandait non sans animosité pourquoi Lingo ne lui avait pas en outre fourni une épée de cérémonie.

Les Solariens avaient déjà regagné le foyer, vêtus de manière à rendre l'arrivant encore plus ridicule. À part Linda Dortin, qui devait rester à bord, ils portaient tous du noir de la tête aux pieds. Un noir mat, dépourvu du moindre ornement : bottes, pantalon de coton, chemise en cuir. Tête nue, ils n'arboraient pour tout insigne qu'un minuscule soleil d'or sur le sein gauche.

L'effet d'ensemble, affreusement sinistre et infiniment sérieux, n'évoquait pas vraiment un uniforme – plutôt un costume de prêtre. Des prêtres qui célébreraient des rites très noirs...

Tandis qu'ils l'examinaient d'un air approbateur, Palmer avait douloureusement conscience des efforts héroïques qu'il leur fallait fournir pour ne pas éclater de rire.

Koris lui-même, en regardant ce paon perdu au milieu des faucons, semblait soulevé par une émotion indéchiffrable – sa tête s'agitait erratiquement au bout de son long cou flexible, tandis que ses oreilles se tordaient convulsivement.

« Venez, vermine, récita-t-il. Nous nous rendons à la salle de Haute Sagesse. »

Comme les humains et leur escorte atteignaient le béton du terrain d'atterrissage, la surface de la planète même, la parfaite étrangeté du lieu frappa Palmer de plein fouet. La cité qui s'étendait autour d'eux à perte de vue, verre et métal sous une terne lumière grisâtre, ressemblait plus à une gigantesque usine ou à une machine monstrueuse qu'à une véritable ville – l'officier ne parvenait pas à imaginer dans ce vaste conglomérat de globes et de cubes un parc, un quartier des distractions, un lac, voire un brin d'herbe égaré. Les sons qui en émanaient évoquaient, sans qu'il sût pourquoi, la constance du bourdonnement émis par un énorme moteur aux pièces parfaitement ajustées.

Et l'odeur... un âcre relent chimique de désinfectant, d'hôpital et de générateurs, de grands bâtiments publics impersonnels. Pas seulement une odeur artificielle, mais l'odeur de l'artifice lui-même.

Palmer frissonna convulsivement, malgré la douceur de l'air et le trot qu'il avait adopté pour suivre les enjambées des Dogs. Robin et Fran regardaient autour d'elles avec le même air dédaigneux. Max semblait avoir laissé la moitié de son esprit derrière lui, près de Linda. Lingo et Ortega étaient ailleurs, eux aussi, perdus dans leurs pensées, n'accordant à leur environnement qu'une attention machinale.

Ils approchaient à présent de la salle de Haute Sagesse. L'entrée principale de ce qui était, en un sens, la construction capitale de l'Empire doglaari tout entier se présentait simplement comme un grand trou rectangulaire pratiqué dans un mur en plastique lisse.

« Entrez, vermine ! » ordonna Koris.

Au lieu du vaste espace dégagé qu'on s'attendait à trouver en pénétrant dans un imposant bâtiment public, Palmer et les Solariens découvrirent une petite pièce dépourvue d'autre issue. Les parois latérales étaient de plastique translucide uniforme.

Face aux visiteurs s'alignaient dix panneaux coulissants, tous surmontés d'une petite lampe, et ce qui ressemblait fort à un terminal informatique.

Koris alla aussitôt tapoter sur les nombreux boutons du clavier.

« Je nous ai encodés pour le Conseil de Haute Sagesse, annonça-t-il. Nous allons attendre les instructions. »

Quelques instants plus tard, les lampes de deux panneaux s'allumaient tandis que les panneaux eux-mêmes glissaient vers le haut, révélant des tunnels aux murailles lisses, au sol couvert d'un tapis roulant. La console d'ordinateur émit un cliquetis, puis quelques lignes d'écriture doglaari convolutée apparurent sur le petit écran, au-dessus du clavier.

Koris jeta un coup d'œil au message.

« Vous prenez le tunnel d'entrée de droite, vermine, annonça-t-il. Les soldats de l'Empire prennent le gauche. Nous vous quittons. Vous avez été encodés pour accéder au Conseil de Haute Sagesse. Ne croyez pas que vous puissiez changer de direction parce que vous n'avez plus de gardes. Ils sont inutiles une fois que vous êtes encodés. Toute tentative de désobéissance se soldera par votre destruction immédiate. »

Lingo précéda ses compagnons sur le tapis roulant. Tandis que ce dernier emportait les six humains dans les entrailles du bâtiment, Palmer jeta un coup d'œil en arrière. Le panneau s'était hermétiquement refermé.

Tous les vingt mètres environ, les visiteurs franchissaient un carrefour de trois à cinq passages, mais ils n'avaient pas à s'interroger : quand ils approchaient de l'intersection, un panneau coulissant descendait bloquer chaque boyau, à l'exception de celui à travers lequel les entraînait le tapis roulant. Le Conseil de Haute Sagesse veillait à ce qu'ils progressent inexorablement vers leur destin, quel qu'il fût.

Palmer se sentait comme une molécule d'eau emprisonnée dans un système complexe de canalisations. Ce qui contrôlait la « pompe » contrôlait également le passage des molécules en fermant les valves appropriées, tout simplement. Que le contenu de ce système de canalisations particulier se composât d'êtres humains pensants n'avait aucune importance, car ils n'étaient en rien maîtres de leurs déplacements.

Les autres tunnels offraient au passage, avant la fermeture des panneaux, des visions attirantes quoique fugitives. L'un menait à une grande salle emplie de machinerie où des dizaines de Doglaaris s'activaient à des tâches inimaginables ; un deuxième à un entrepôt – probablement. Palmer entrevit aussi ce qui lui sembla bien être des ordinateurs ; un dépôt de vivres ; ainsi que des choses qui échappaient totalement à son champ d'expérience.

Enfin, le tapis roulant déposa ses occupants dans une sorte de salle d'attente ou de prison : une petite pièce vide ne renfermant qu'un banc dur et un haut-parleur, encastré au sommet d'un mur.

Le panneau se referma derrière eux, tandis que le haut-parleur s'allumait avec un cliquetis.

« Vous resterez ici jusqu'à ce que le Kor estime bon de vous interroger, vermine. Ne cherchez pas à sortir. »

Il s'éteignit avec un autre cliquetis. Les visiteurs se retrouvèrent complètement isolés, captifs des vastes entrailles du bâtiment.

Palmer, un peu assommé, se laissa tomber sur le banc.

« Ça... ça ne ressemble pas du tout à un immeuble, murmura-t-il. On a l'impression d'être à l'intérieur d'une énorme machine. »

Lingo sourit, sarcastique, en prenant place à son côté.

« Tu n'as pas la plus petite idée de la vérité, Jay, assura-t-il. On est *effectivement* dans une machine. Un ordinateur.

– *L'immeuble ?* Un ordinateur ? Mais je croyais que c'était le siège du Conseil de Haute Sagesse et le palais du Kor.

– Ça aussi, en un sens, intervint Ortega. Mais c'est surtout un ordinateur.

– Comment une construction pourrait-elle être en même temps une machine et... ?»

Lingo eut un rire creux.

« Il ne s'agit pas seulement de cette construction-ci mais de toute la cité. Et, d'une certaine manière, de tout l'Empire doglaari.

– *Quoi ?*

– La Confédération ignore bien des choses sur l'Empire doglaari, reprit-il en se levant afin de déambuler dans la petite cellule. Heureusement pour elle, d'ailleurs. MacDay en a découvert certaines – au début, tu sais, quand on se battait toujours jusqu'au bout et qu'on faisait parfois des prisonniers. Il n'en a été que plus décidé à isoler Sol. Parce que si la Confédération avait appris ça... » Le Solarien haussa les épaules avec amertume. « Les Confédérés se désespèrent déjà, alors qu'ils ne détiennent qu'une petite partie de la vérité. S'ils savaient tout, ils n'auraient plus la volonté de se battre. »

Il s'arrêta pour regarder Palmer, ses grands yeux verts trahissant le poids d'un terrible fardeau.

« Jay a le droit de savoir, intervint Robin. Sa vie est en jeu aussi bien que la nôtre.

– C'est vrai, admit Lingo avec un petit soupir. On lui doit au moins ça. Qu'est-ce que tu sais de l'histoire de l'Empire doglaari, Jay ? Les Dogs sont d'une parfaite logique ; tu ne t'es jamais demandé comment ils en étaient arrivés là ?

– Ce n'est pas seulement dû aux hasards de l'évolution ? » s'étonna Palmer.

L'expression de son compagnon lui apprit aussitôt qu'il se trompait.

« Non, répondit le Solarien. Aucune espèce n'évolue par enchaînements logiques – à moins de prendre son évolution en main. Ce qu'ont fait les Doglaaris, voilà au moins un millénaire. Nous ne savons pas tout. Il nous a fallu une douzaine de prisonniers pour apprendre ça, par bribes, si bien qu'il subsiste d'énormes points d'interrogation. Apparemment, les Doglaaris ont eu un grand dirigeant, il y a mille ans ou plus. Le premier à se proclamer Kor – il semblerait qu'à l'époque cela signifiait simplement qu'il exerçait une dictature totale. C'était un génie, mais malheureusement il était aussi à moitié fou, du moins selon nos critères. »

Lingo reprit ses allées et venues nerveuses, semblant s'adresser aux murs plutôt qu'à son auditoire.

« Il est très difficile à un être humain de comprendre ce qui s'est passé. Même à cette époque, les Doglaaris étaient bien différents de nous. Ils possédaient des individualités moins affirmées, mais aussi ce qu'on pourrait appeler une identité collective. Ils nous étaient étrangers. Pour vraiment les comprendre, il faudrait être capable de penser en Dog – en Dog paranoïaque. Le premier Kor, comme toutes les créatures pensantes, se savait condamné, puisqu'il était mortel. Mais dans sa folie, il ne l'acceptait pas. Il était décidé à régner sur l'Empire doglaari à jamais, même après sa mort.

« Voilà pourquoi il a construit le Conseil de Haute Sagesse.

– *Construit ?* Mais le Conseil est...

– Non, il n'est pas ! trancha Lingo, violent. Quand il en a découvert la véritable nature, MacDay s'est dit qu'il valait mieux la cacher. Le Conseil de Haute Sagesse n'est pas une quelconque institution doglaari, comme on l'a fait croire à la Confédération. C'est... *la cité*. Qui n'en est pas une, mais un immense ordinateur. Le premier Kor en a dirigé la construction puis lui a donné le pouvoir sur l'Empire doglaari. À notre avis, il en existe des doubles dispersés à travers tout l'Empire, désactivés mais prêts à prendre le relais au cas où celui-là serait détruit. Seulement, bien sûr, leur emplacement est le secret le mieux gardé des Dogs.

« Quoi qu'il en soit, nous savons qu'ils n'ont pas de gouvernement au sens où nous l'entendons. Leur gouvernement, c'est l'ordinateur. Lequel est bien plus encore : il ne s'agit pas d'un ensemble de machines comparable à celui que vous avez installé sur Olympia IV, d'un appareillage destiné à définir une politique. C'est un gigantesque ordinateur intégré qui n'envoie pas les résultats de ses calculs dans des banques de données – qui n'a rien d'un simple conseiller, puisqu'il décide le moindre mouvement militaire, le plus petit changement économique, tout, jusqu'à la forme des armes individuelles et à la vie intime du dernier des Doglaaris.

« Il ne conseille pas, il *ordonne !*

– Tu veux dire... tu veux dire que le Kor est juste une façade ? balbutia Palmer, stupéfait. Que l'Empire doglaari est dirigé par... par *une machine ?* »

Lingo eut un rire dur, le visage tordu en un rictus ironique.

« Ce n'est pas aussi simple, répondit-il. Une chose pareille serait impossible. Après tout, un ordinateur n'est jamais qu'une machine logique, qui définit le meilleur moyen de parvenir à un but donné. Ce but, lui, est fatalement fixé par un être vivant, puisqu'il ne dépend d'aucune logique. Et comme, en plus, une logique se fonde sur des bases qu'elle ne permet pas d'établir, aucun ordinateur n'est à même de déterminer ses propres fins. C'est à une intelligence de les choisir, *arbitrairement.*

– En d'autres termes, un ordinateur doit être *programmé*, sans quoi il ne fait rien.

– Exactement ! Les fonctions du Kor consistent à programmer le Conseil de Haute Sagesse. À lui indiquer quels sont les buts de l'Empire. Ensuite, la machine dirige tout en fonction de ces buts.

– Mais alors, le Kor règne bel et bien. Le Conseil de Haute Sagesse se charge juste des détails.

– Non, car voilà où la folie entre en jeu ! s'exclama Lingo en abattant la main sur le banc. Figure-toi que c'est *l'ordinateur* qui choisit le nouveau Kor quand l'ancien meurt. *Il sélectionne lui-même son programmeur !* Et n'oublie pas qu'il contrôle complètement l'Empire. Il y décide de *tout.* Y compris de la reproduction. Tels ont été la folie mais aussi le génie du premier Kor. Il a donné le pouvoir au Conseil de Haute Sagesse, un pouvoir absolu, sur tout et n'importe quoi. C'est l'ordinateur qui a fait des Doglaaris une race parfaitement logique – par un millénaire d'entraînement, d'endoctrinement et de reproduction sélective. Les Doglaaris ont tous la même personnalité, au sens strict du terme – *celle du Conseil de Haute Sagesse !*

– Mais pourquoi ? Il faut être un monstre pour rendre les siens à l'image d'une machine !

– Oui, et un monstre très particulier. Un monstre avide d'immortalité. L'ordinateur originel était inerte tant qu'on ne lui avait pas fixé de but, qu'on ne l'avait pas programmé. Le premier Kor a défini en personne les bases originelles qu'on lui a inculquées. Il a créé la “personnalité” de la machine... en prenant son propre esprit comme modèle !

– Je ne...

– Réfléchis, Jay ! Il a fait l'ordinateur à *son* image ! Une image affligée de la même folie, des mêmes buts et peurs paranoïaques que lui, mais capable de mettre à leur service les ressources d'une race entière ! Dotée d'une logique infaillible et efficace à cent pour cent, qui plus est. Enfin, pour boucler le cercle, le Conseil de Haute Sagesse choisit lui-même son programmeur. En se fondant, bien sûr, sur sa ressemblance avec le Kor originel – alors que depuis mille ans l'ordinateur croise les Doglaaris de manière qu'ils se rapprochent *tous* le plus possible de ce modèle. Il n'a donc qu'à prendre le double disponible le plus fidèle. Eh oui, Jay. L'Empire doglaari est à l'image d'une machine, qui est elle-même à l'image d'un être mort depuis plus de mille ans. »

Palmer restait assis sur le banc, figé, osant à peine penser. Ainsi donc, telle était la véritable nature de l'ennemi ! Ce n'était pas un gouvernement, voire une race, mais bel et bien *un organisme immortel intégré !* Pas étonnant que le Central informatique d'Olympia IV lui fût désespérément inférieur. Il définissait la stratégie des généraux, alors que le Conseil de Haute Sagesse *était* l'Empire doglaari. L'Empire était dirigé par... par... ?

« Mais alors, qui dirige vraiment l'Empire doglaari ? »

Lingo eut un rire sec et haussa les épaules.

« Les paris sont ouverts. Dans un sens, le premier Kor a effectivement atteint son but de fou en devenant immortel. L'ordinateur dirige l'Empire. Le Kor dirige l'ordinateur. Mais l'ordinateur choisit le Kor et le façonne à son image, alors qu'il a lui-même été créé à l'image du premier Kor. L'Empire doglaari est-il dirigé par le Kor ? Par le Conseil de Haute Sagesse ? *Ou par le fantôme d'un Dog mort depuis un millier d'années ?* Qu'y a-t-il eu, en premier ? L'œuf ou la poule ?

– Et vous croyez que vous serez les plus malins ? Six

Solariens contre un organisme immortel qui résume un empire tout entier ? »

Lingo, interrompant son va-et-vient, fixa Palmer droit dans les yeux, le regard empli d'un feu qui donna aussitôt à son interlocuteur la *foi*, quoiqu'il n'eût su dire en quoi.

« *Oui* », affirma Lingo dans un murmure aussi énergique qu'un hurlement. « Nous nous battrons contre l'ordinateur, le Kor et toute cette saleté d'Empire. Et nous vaincrons ! Il le *faut !* L'Empire doglaari est dément. C'est une tumeur maligne qui menace de mort notre Galaxie. Il faut le détruire pour protéger les créatures pensantes ! Au nom de MacDay, de la Promesse, une promesse sincère, Jay. Nous le détruirons ! Nous... »

Soudain, le panneau coulissa.

« Empruntez à l'instant le tunnel d'entrée, vermine, récita le haut-parleur. Le Kor vous attend. »

Le boyau débouchait dans une pièce rectangulaire caverneuse d'au moins cinquante mètres sur cent qu'on aurait bien pu diviser en trois étages. Le tapis roulant la parcourait tout du long, dans un couloir vivant quoique immobile de soldats doglaaris en armes – des centaines au coude à coude, d'un bout à l'autre de la salle.

Le mur du fond constituait le panneau de contrôle d'un immense ordinateur ; des centaines de mètres carrés de commandes, claviers, indicateurs de données, surveillés par une armée de techniciens dogs qui allaient et venaient sur des passerelles.

Juste devant cet énorme complexe, auréolé de ses lumières changeantes, une sorte de trône très simple reposait sur une estrade d'un mètre de haut. De petits écrans s'étalaient en demi-cercle à sa base.

Ce siège était occupé par un Dog âgé à la fourrure brune semée de gris, aux yeux baissés sur ces écrans, qui tenait d'une main négligente, tel un sceptre, un micro – l'être le plus puissant de la Galaxie connue –, le Kor de tous les Doglaaris !

Tandis que le tapis roulant rapprochait inexorablement les visiteurs du trône, Palmer prit conscience de l'aura entourant celui qui y était installé. Le jeune officier contemplait la volonté, la force, l'esprit d'une race entière, canalisés en un unique individu par l'intermédiaire de l'ordinateur géant. Cela transparaissait malgré la barrière raciale, l'impénétrabilité des traits extraterrestres. Le cœur du militaire se serra. Il se sentit stupide dans son uniforme d'opérette.

Car il se tenait devant le *pouvoir.*

Pourtant, un simple coup d'œil alentour lui révéla quelque chose de plus terrible encore. Cernés par des centaines de soldats dogs, face au pouvoir personnifié, Ortega, Max, Robin et Fran se laissaient transporter par le tapis roulant comme s'il s'était agi d'un simple appareil fabriqué tout exprès pour eux, en signe de respect – et relativement grossier. Dans leur costume noir sinistre, un léger sourire méprisant aux lèvres, ils incarnaient de la tête aux pieds la légende mystique que la propagande confédérée avait faite de Forteresse Sol. Leur attitude signifiait clairement que l'univers leur appartenait, et l'illusion était si parfaite que Palmer lui-même en vint à le croire.

Si ses compatriotes se tenaient tels des rois, Lingo, lui, était un dieu. Ses yeux verts étincelants balayaient les faces ennemies tels des canons laser jumeaux ; une telle puissance émanait de son regard que les Dogs détournaient les yeux sur son passage – chiens domptés par leur maître. Les mains négligemment posées sur les hanches, la bouche tordue en un rictus exprimant un sentiment auprès duquel le mépris n'existait même pas, Lingo arborait en outre une grimace qui transcendait le simple défi.

Bien qu'il sût au fond de lui cette façade dépourvue d'assise, la mise en scène suffit à ragaillardir Palmer. L'orgueilleuse froideur des Solariens se révélait peut-être factice, mais le courage qu'elle impliquait était bien réel, d'une réalité qui le rendait profondément fier de son humanité, et plus encore d'avoir été accepté comme membre de leur groupe par ces fascinants habitants du berceau de l'homme. L'idée qu'il ne quitterait sans doute pas cette pièce en vie s'éloigna aux confins de son esprit, le laissant empli de la beauté de l'instant. Les visiteurs allaient affronter le Kor, le Conseil de Haute Sagesse et l'Empire doglaari entier avec toute la fierté que pouvait rassembler l'espèce humaine, ce qui était en soi une sorte de terrible victoire.

Le tapis roulant les déposa au pied du trône.

« Chacun s'incline par respect de l'omnisciente Doglaar », récita le Dog grisonnant.

Des centaines de Dogs tombèrent sur un genou comme une seule entité. Lingo fit signe de les imiter à Palmer, qui obéit à contrecœur, maladroitement.

Seuls dans la vaste salle, les cinq Solariens restèrent debout.

« À genoux devant la puissance de Doglaar, vermine », reprit le Kor, ses oreilles parcheminées s'agitant telles des chauves-souris. « Sachez que je suis le Kor de tous les Doglaaris. Grâce au Microphone d'État que je tiens entre mes mains et aux Indicateurs de Vérité étalés à mes pieds, je suis en contact direct avec le Conseil de Haute Sagesse lui-même, l'esprit de l'immortel Empire doglaari. Nous sommes Doglaar. Apprenez, et agenouillez-vous.

– Ce sont aux *animaux* de s'agenouiller devant les Solariens, et non l'inverse », répondit Lingo froidement, l'air décontracté.

Les gardes les plus proches bondirent sur leurs pieds, l'arme prête, mais le Kor les arrêta d'un geste et fit signe aux autres de se relever.

« Nous ne sommes pas de la vermine humaine illogique, récita-t-il. On m'a informé que vous êtes ici pour vous rendre. Cette donnée a été encodée pour le Conseil de Haute Sagesse, qui a décidé d'accepter votre reddition. Il en a calculé les termes comme suit : toutes les forces humaines doivent immédiatement suspendre les hostilités à l'encontre des forces doglaaris. Tous les systèmes solaires pour l'instant contrôlés par les humains, y compris leur système d'origine, connu sous le nom de Forteresse Sol, vont être occupés au plus vite par les forces doglaaris. Toute la vermine des habitants est par la présente déchue de ses droits d'êtres pensants. Il lui est interdit de continuer à se reproduire. Il est interdit à ses membres de posséder des armes de même que tout objet personnel. Cette vermine est par la présente déclarée propriété de l'Empire doglaari. Tels sont les termes de la reddition. »

Lingo éclata d'un long rire moqueur, dont les échos sonores emplirent la salle par ailleurs silencieuse. Puis, plissant les lèvres, il cracha en un grand arc paresseux au pied du trône.

Les gardes pointèrent aussitôt leurs armes sur lui, les doigts crispés sur les détentes, à un cheveu du point de non-retour.

Soudain, ils se figèrent, statues vivantes, leurs yeux qui roulaient frénétiquement trahissant seuls leurs intentions. Max Bergstrom les fixait sans paraître les voir, le regard trompeusement calme, lointain. Palmer, lui, savait très bien ce que signifiait cette sérénité – les soldats avaient perdu le contrôle de leur corps.

« Je crains que vous n'ayez commis une légère erreur », annonça Lingo, d'une voix au timbre creux surnaturel qui fit de ces mots un glas funeste.

« Le Conseil de Haute Sagesse ne commet pas d'erreurs », répondit le Kor, dont les oreilles battirent furieusement. « Il est d'une logique parfaite. Sa nature ne lui permet pas les calculs incorrects. »

Lingo se remit à rire, cette fois avec l'indulgence d'un professeur face à un élève peu doué.

« Dans ce cas, disons juste qu'on lui a fourni des données incomplètes.

– Si vous désirez lui en fournir d'autres, faites-le. Cette pièce y est directement reliée. La moindre de vos paroles sera aussitôt encodée dans un de ses canaux d'accès.

– Parfait. » Le Solarien sourit. « Je vous remercie de vos bons offices. Voilà les données manquantes – *nos* conditions. Vous voyez là un ambassadeur confédéré. » Il désignait Palmer comme il eût montré une tache sur un tapis. « Le porte-parole de créatures que d'aucuns peuvent trouver amusantes mais qui ne nous intéressent plus. Nous les avons transcendées, de même que nos lointains ancêtres ont transcendé les primates dont ils étaient issus. Ces humains primitifs sont à vous, vous pouvez en faire ce qu'il vous plaira. Forteresse Sol leur retire sa protection. »

Il fallut un long moment à ces mots pour s'imprimer dans l'esprit stupéfait de Palmer. Il... *il avait été joué !* Tout ce pour quoi les Solariens avaient prétendu lutter ! L'amitié... le... Mensonge ! Un monstrueux mensonge ! Ils n'étaient que des traîtres, des lâches, des misérables, des monstres...

Avec un grognement sauvage, l'officier bondit à la gorge de Lingo.

Alors même que ses doigts se refermaient sur le cou offert, il perdit le contrôle de son corps ; les tentacules émanant de l'esprit de Max Bergstrom s'enroulèrent autour du sien ; malgré lui, il relâcha son étreinte, ses bras retombèrent à ses côtés ; il se retrouva incapable de bouger.

« Il suffit, lui dit Lingo avec une arrogance exaspérante. Si tu ne te contiens pas un peu mieux, Max s'occupe de toi tout de suite. »

Palmer comprit qu'il n'avait aucune chance – on ne pouvait combattre un télépathe. D'ailleurs, soudain, cela n'avait plus la moindre importance. Le monde s'était effondré autour de lui. Les Solariens l'avaient traité comme un frère – mieux qu'un frère –, il avait éprouvé au sein de leur groupe un sentiment inconnu de lui auparavant, à la fois fort, doux et tendre... mais ce n'avait été qu'un ignoble mensonge ! Une supercherie mesquine perpétrée par des lâches, en parfaite harmonie avec toutes leurs autres actions. Les Solariens étaient aussi traîtres qu'il était possible de l'être – faux jusqu'au plus profond de leur être, faussement courageux, faisant de fausses promesses, donnant un faux amour...

L'officier n'éprouvait plus la moindre envie de se battre. À quoi bon ? Il était seul, plus qu'aucun être humain ne l'avait jamais été, pris en tenaille entre l'ennemi mortel de l'homme et les pires traîtres de toute l'histoire. En quoi espérer ?

À peine eut-il éprouvé cette résignation de vaincu qu'il sentit Max Bergstrom se retirer de son esprit et lui rendre le contrôle de son corps. *Pourquoi pas ?* songea Palmer, amer. *Il sait ce que je pense. Je suis battu...*

« Comme je le disais avant d'être grossièrement interrompu, reprit Lingo, suavement arrogant, nous abandonnons la Confédération humaine aux bons soins de l'Empire doglaari. Sol pose néanmoins deux conditions à ce marché.

« Primo : l'Empire doglaari doit signer un traité d'allégeance éternelle à Forteresse Sol. Secundo : après avoir pris possession de la Confédération, l'Empire doglaari doit remettre quatre mille de ses vaisseaux à Forteresse Sol en gage de bonne foi. »

L'écho de ces mots ne s'était pas éteint dans la vaste salle que Lingo reprenait le fil de son discours, toute trace de pédanterie envolée.

« Si d'aventure vous étiez assez *stupides* pour refuser cet accord plus que généreux, siffla-t-il, adressant au Kor un rictus menaçant, il ne resterait que dix ans d'existence à l'Empire doglaari. Sol serait alors plus que prêt, ses forces s'abattraient sur l'Empire et y annihileraient jusqu'au dernier être vivant. Mais bien sûr, c'est à vous de décider. »

Le Kor resta assis, stupéfait, une minute entière, ses oreilles seules s'agitant en une danse coléreuse.

« Comment osez-vous poser pareil ultimatum à l'Empire doglaari, vermine ? demanda-t-il enfin. Comment osez-vous insulter le Kor, le Conseil de Haute Sagesse et tout Doglaar par de telles propositions ? »

Lingo eut un léger sourire et un petit haussement d'épaules.

« Ces conditions sont bien plus généreuses que vous ne le méritez, déclara-t-il. Ne poussez pas ma patience à bout.

– Vous êtes complètement fou ou complètement idiot, vermine. Les calculs du Conseil de Haute Sagesse montrent qu'il nous est possible d'achever la destruction de la Confédération humaine en vingt-sept ans. À la fin de ces vingt-sept ans, Forteresse Sol devra faire face, seule, à toute la puissance de l'Empire doglaari.

– Bien avant la fin de ces vingt-sept ans », riposta Lingo, imitant parfaitement le récitatif monotone du Kor, « l'Empire doglaari ne sera plus. Dans dix ans, Sol sera capable, *seul*, de vous réduire en atomes. Que le Conseil de Haute Sagesse digère cette donnée-ci : à l'heure actuelle, je dis bien *à l'heure actuelle*, il faudrait huit mille bâtiments de guerre doglaaris, plus qu'il n'en existe, pour détruire Forteresse Sol. Il n'y a nul besoin d'ordinateur pour comprendre ce que cela signifie. Et je ne parle que de *l'heure actuelle.* À la fin de la décennie, Sol aura achevé de mettre au point des armes que votre Conseil de Haute Sagesse ne peut même pas imaginer. » Il débita en une sinistre litanie :

« Écrans de force impénétrables. Explosifs exploitant la transformation totale de la matière en énergie. Détecteurs et viseurs de vaisseaux en espace-stase. Rayon permettant de transformer les soleils en novae à plusieurs années-lumière de distance, ce qui évitera d'avoir à s'en approcher, comme avec un générateur d'espace-stase...

« Et ce ne sont que quelques exemples parmi les plus simples. Si vous n'acceptez pas mes conditions *dès maintenant*, l'Empire doglaari aura cessé d'exister d'ici dix ans. Que le Conseil de Haute Sagesse se sorte de cette impasse ! »

Il se tut sur un rire saccadé qui se réverbéra contre le haut plafond telle une rafale de mitrailleuse.

Le Kor restait silencieux. Palmer devinait son profond malaise à la manière dont ses oreilles paraissaient se faner. Enfin, le vieux Dog siffla des ordres aux techniciens debout sur le réseau de passerelles qui recouvrait les immenses commandes de l'ordinateur. Ils s'activèrent furieusement pour présenter à la machine ces nouveaux problèmes.

On n'entendait pas un bruit dans la grande pièce, hormis les pas des programmeurs et les marmonnements étouffés du gigantesque appareil au travail. Le Kor, immobile, le regard rivé aux écrans étalés à ses pieds, attendait une décision du Conseil de Haute Sagesse, son maître et son esclave tout à la fois.

Les minutes s'étirèrent comme des siècles, jusqu'à ce qu'enfin les yeux du vieux Dog reprennent vie. Les réponses de la machine apparaissaient devant lui.

Au fur et à mesure qu'il les déchiffrait, ses oreilles tombantes se raidissaient, si bien qu'elles se retrouvèrent au bout du compte très droites. Le Kor se redressa pour fixer Lingo d'un regard intense, ses yeux rouges étincelants rencontrant les iris verts glacés du Solarien en un affrontement de démons également puissants.

« Le Conseil de Haute Sagesse a terminé ses calculs, vermine, annonça le Dog. Comme je m'en doutais, c'est *vous* qui avez commis une erreur. La volonté de Doglaar sera la plus forte. » Sa voix morne, où ne perçait ni jubilation ni aucune autre émotion, avait quelque chose de terriblement définitif.

« Le Conseil de Haute Sagesse a déterminé que les armes dont vous avez parlé sont dans le domaine du possible. Bien sûr, il ne lui est pas possible de décider si vous êtes à l'heure actuelle en position de les produire d'ici dix ans. Il a cependant établi que si tel est le cas, vous serez en mesure de défaire l'Empire doglaari, comme vous vous en vantez. »

Palmer retint son souffle. Était-il possible qu'en dépit de tout, Sol parvînt à se sauver aux dépens de la Confédération ? Les Solariens manqueraient-ils de cœur au point de sacrifier des centaines de milliards de gens pour bénéficier des dix ans nécessaires à l'achèvement des armes suprêmes qui les sauveraient, eux ?

Puisque nous sommes condamnés, songea-t-il rageusement, que Sol meure avec nous !

Lingo rendait son regard au Kor sans plus d'expressivité qu'un Dog.

« Toutefois, reprit le dirigeant après une longue pause menaçante, le Conseil de Haute Sagesse a calculé qu'à l'heure actuelle, malgré vos vantardises, il est mathématiquement impossible à un système de supporter seul l'attaque de quatre mille vaisseaux de guerre. Laissez-moi vous rappeler que l'Empire doglaari en possède sept mille, vermine. Le Conseil de Haute Sagesse a déduit que trois mille nous suffiront pour maintenir nos lignes de défense contre la Confédération humaine, avec des pertes acceptables, le temps que nos quatre mille bâtiments restants, constitués en une super flotte, gagnent Forteresse Sol et l'annihilent totalement. Vos armes suprêmes ne verront jamais le jour. Sol aura cessé d'exister d'ici dix semaines. Le Conseil de Haute Sagesse a déjà donné l'ordre de rassembler les quatre mille navires. Dans quelques mois, il n'y aura plus un Solarien vivant. » Le Kor se pencha en avant pour passer en revue les cinq humains vêtus de noir qui se tenaient devant lui. L'agitation de ses oreilles trahissait peut-être l'amusement, à présent.

« Il va être très satisfaisant pour nous de commencer immédiatement le processus d'extermination par les cinq Solariens ici présents et l'ambassadeur de la Confédération humaine qu'ils ont dompté. Vous allez être mis à mort sur-le-champ. »

9.

« Je crains que non, répondit Dirk Lingo avec un sourire affable. À moins que vous n'ayez envie de mourir, vous aussi. Ainsi que le Conseil de Haute Sagesse.

– Que racontez-vous là, vermine ? Le Conseil de Haute Sagesse couvre plusieurs kilomètres carrés. Il faudrait une bombe thermonucléaire puissante pour le détruire.

– Exactement. Nous le savions bien sûr longtemps avant de venir sur Doglaar. *Max !* »

Il fit signe à Bergstrom, qui se rapprocha du trône.

Le télépathe fixa sur le vieux Dog un regard calme, sans expression, puis se mit à débiter d'une voix suraiguë des syllabes incompréhensibles – approximation raisonnable de la langue doglaari.

Les oreilles du Kor battirent frénétiquement.

« Comment pouvez-vous le savoir, vermine ? interrogea-t-il. Il faudrait lire dans mon esprit ! »

Lingo hocha la tête à l'adresse de Max, qui détourna les yeux du souverain et interrompit son perçant monologue.

« Vous êtes plus malin qu'il n'y paraît, déclara le chef des Solariens, cinglant. Max est télépathe. Il lisait effectivement dans votre esprit. Comme vous pensiez en doglaari, une langue qu'il ne comprend pas, il n'en a rien tiré de sensé. Mais avec quelqu'un parlant anglais, un autre télépathe, par exemple, il peut communiquer sans problème à une distance relativement importante.

– Très intéressant, vermine. Merci de nous fournir ces données supplémentaires avant votre exécution. À présent...

– Une minute ! Le meilleur est à venir. Si vous vous renseignez auprès de votre *haarar* Koris, il vous confirmera que l'un de nous a obtenu de rester à bord du vaisseau. Une femme qui s'appelle Linda Dortin. Une autre télépathe. En ce moment même, elle est en communication avec Max.

– Et alors, vermine ? Vous croyez qu'elle va s'échapper ? Les canons laser du terrain d'atterrissage brûleraient votre appareil avant qu'il quitte le sol, et...

– Oh, elle n'a aucune intention de décoller, assura Lingo avec un sourire en coin. Au contraire. Elle attend que nous la rejoignions, sains et saufs, pour prendre congé. » Il ricana, avant d'adresser au Kor un rictus insolent. « Car vous allez nous laisser la rejoindre, je vous l'assure. Voyez-vous, notre vaisseau contient une bombe thermonucléaire de bonne taille, assez grosse pour détruire le Conseil de Haute Sagesse tout entier. Si Max retransmet mes ordres ou se fait tuer... »

Il se passa l'index droit sous la gorge.

Le Kor se radossa, nullement ému.

« Ainsi donc vous me prenez pour un idiot, vermine. Croyez-vous vraiment que nous aurions laissé votre appareil approcher de Doglaar sans le passer soigneusement aux détecteurs de radiations ? Je sais très bien qu'il ne peut s'y trouver ne serait-ce qu'un gramme de matière radioactive.

– Peut-être, répondit Lingo, impassible. Mais si j'étais à votre place, je me montrerais prudent et je vérifierais.

– Vous êtes prêt à tout pour prolonger de quelques instants votre misérable existence, n'est-ce pas ? Très bien. Nous allons réaliser un autre examen, afin d'obtenir une certitude absolue. Mais cela ne vous fera guère gagner de temps, puisque les véhicules qui entourent le vaisseau sont équipés de détecteurs de radiations. »

Le Kor siffla quelques mots en doglaari dans son micro puis reporta son attention sur les écrans, à ses pieds.

Soudain, ses oreilles s'effondrèrent tandis que ses yeux roulaient dans leurs orbites.

« Les détecteurs ont repéré dans votre vaisseau une forte concentration de matières radioactives, marmonna-t-il. Comment les avez-vous trompés ? C'est impossible.

– Pour *vous*, peut-être, riposta Lingo avec un petit rire mauvais. Après tout, vous n'êtes que des *Dogs*. À présent, mon cher ami à fourrure, la situation est claire. Laissez-nous partir, et vous survivez, ainsi que le Conseil de Haute Sagesse. Tuez-nous, et vous mourez aussi, pendant que la centaine de kilomètres carrés qui nous entoure est vaporisée. À vous de décider. »

Le Kor siffla des ordres aux techniciens des passerelles, qui s'activèrent devant le grand ordinateur.

« J'ai soumis votre proposition au Conseil de Haute Sagesse, dit-il. Nous allons attendre sa réponse. »

Quelques minutes plus tard, il releva les yeux de ses écrans, les oreilles très droites.

« Très bien, récita-t-il. Le Conseil de Haute Sagesse a terminé ses calculs. Vous êtes libres.

– Voilà qui est sage, fit Lingo d'une voix traînante, examinant son interlocuteur avec attention. Mais à votre place, je continuerais à faire preuve d'intelligence. Je n'aurais pas la bêtise de nous laisser quitter la surface de Doglaar puis de nous détruire dès que nous serions assez loin pour que la bombe ne présente plus aucun danger. Parce que au moindre mouvement hostile, après le décollage, nous n'aurions qu'à allumer notre générateur de stase pour que Dogl se transforme en nova. »

Les oreilles du Kor battirent de colère et de frustration.

« Vous vous croyez malins, vermine ? Parce que vous avez deviné quelle solution proposait le Conseil de Haute Sagesse ? Mais vous vous êtes montrés *trop* malins, car vous avez mis le doigt sur le défaut essentiel de votre plan. Qu'est-ce qui vous empêchera d'allumer votre générateur de stase dès que vous aurez quitté Doglaar, que nous vous attaquions ou non, et de détruire ainsi notre système solaire tout entier ?

– Cela nous tuerait, nous aussi, observa Lingo. Nous n'avons aucune envie de mourir.

– Prouvez-le. Il est vrai que des doubles du Conseil de Haute Sagesse sont dispersés à travers l'Empire pour parer à toute éventualité, mais ils sont évidemment en sommeil, non programmés. En lancer un demanderait des mois, ce qui retarderait d'autant la destruction de Forteresse Sol. Comment puis-je m'assurer que ce délai ne vous paraît pas valoir le sacrifice de vos vies ?

– Vous ne pouvez pas, admit le Solarien, souriant. Vous n'avez que ma parole.

– Pourquoi y croirais-je, si vous refusez de croire en la mienne ? Je vais laisser votre vaisseau quitter le système, mais entouré d'une flotte jusqu'à ce qu'il se trouve au-delà du point où il pourrait transformer Dogl en nova. Mes troupes seront en position de l'écraser grâce à leur champ de résolution, et assez près pour en venir à bout alors que son générateur, si vous l'allumez, sera encore inefficace. Un champ de stase devenant détectable bien avant d'être assez important pour causer des dégâts, elles auront tout le temps de détruire votre appareil. Mais je vous donne ma parole qu'elles n'en feront rien, à moins que vous ne branchiez votre générateur dans le système.

– Et comment puis-je être sûr que vous ne nous écraserez pas sans attendre ? »

Les oreilles du Kor se tordirent convulsivement.

« Vous ne pouvez pas. Vous n'avez que ma parole. »

Lingo fronça les sourcils. Pour la première fois, il paraissait hésiter sur la marche à suivre. De toute évidence, il ne pouvait accorder sa confiance au Kor ; de toute évidence également, la réciproque était vraie. Pourtant, il faudrait bien que l'un d'eux se décidât. Palmer grimaça un sourire : le Solarien s'était pris à son propre piège. Il s'était d'ailleurs fourvoyé tout du long. Le Kor n'avait pas cru à l'invulnérabilité de Sol – seul résultat des vantardises de son visiteur, les Dogs ne tarderaient pas à attaquer Forteresse Sol avec des forces écrasantes. Et voilà qu'en plus Lingo se retrouvait le dos au mur par sa propre faute !

L'officier en oublia presque que l'autre cherchait aussi à sauver sa vie à lui.

« Une minute, Dirk, intervint Raul Ortega. Laisse-moi m'occuper de ça deux secondes. » Il se tourna vers le Kor. « Le Conseil de Haute Sagesse est bien relié à cette pièce ? J'ai quelques calculs assez complexes à lui soumettre.

– Il l'est, acquiesça le vieux Dog.

– Très bien. Voilà en gros la situation : il nous est possible de détruire le Conseil de Haute Sagesse, à condition que nous acceptions d'y laisser la vie, et il *vous* est possible de nous détruire, à condition que vous acceptiez d'y laisser la vie et le Conseil de Haute Sagesse. Je pense cependant qu'on peut tenir pour acquis que vous préféreriez conserver le Conseil de Haute Sagesse, de même que nous préférerions conserver la vie. Vous seriez disposé à nous laisser gagner l'espace-stase, du moment que vous auriez la certitude que nous ne transformerions pas Dogl en nova.

– Bien sûr, admit le Kor. La mort de sept humains ne contrebalancerait pas la destruction du Conseil de Haute Sagesse, d'autant que, de toute manière, Sol ne tardera pas à être détruit.

– *Bien...* » Ortega se passa la langue sur les lèvres. « Nous nous trouvons donc devant un simple problème de confiance. Les deux camps préfèrent la sécurité à la destruction de l'adversaire, ou du moins le prétendent-ils. Malheureusement, vous ne pouvez être sûr que nous n'entrerons pas trop tôt dans l'espace-stase, sacrifiant nos vies mais détruisant Dogl, et nous ne pouvons être sûrs que votre flotte ne nous détruira pas à la première occasion. En d'autres termes, si elle se trouve assez proche pour nous écraser avant notre passage en espace-stase, *nous* devons *vous* faire confiance, et dans le cas contraire, *vous* devez *nous* faire confiance.

– Le dilemme est correctement exposé, vermine.

– Ah ! s'exclama Ortega. Mais il existe une alternative.

Une solution où la confiance n'entre pas en jeu. Le Conseil de Haute Sagesse n'a qu'à calculer pour notre vaisseau et les vôtres des trajectoires telles qu'il faille *exactement* aussi longtemps à la flotte pour nous détruire qu'à notre générateur de stase pour transformer Dogl en nova. Ainsi, quoi qu'il arrive, nous aurons autant de chances d'être écrasés avant de passer en espace-stase que de déclencher l'explosion de Dogl avant d'être écrasés. Bien sûr, nous referons les calculs de l'ordinateur pour vérifier qu'il n'y a pas d'entourloupe. Comme ça, personne n'aura intérêt à tabler sur un mouvement hostile, puisque tout le monde risquera autant d'échouer que de réussir. »

La tête de Palmer lui tournait. Les engrenages entraînaient des engrenages qui entraînaient d'autres engrenages... Il lui semblait qu'Ortega oubliait quelque chose, mais il se sentait dépassé, de même, apparemment, que le Kor. Les grandes oreilles du vieux Doglaari s'agitaient telles des chauves-souris affolées.

Toutefois, contrairement à l'officier, lui ne comptait pas sur son propre cerveau pour découvrir toutes les implications de la proposition. Agitant impérieusement son micro, il lança quelques mots en doglaari.

Les techniciens qui s'occupaient du Conseil de Haute Sagesse recommencèrent à s'agiter, afin de définir le nouveau problème pour le grand ordinateur.

La vaste salle resta de longues minutes silencieuse, hormis les cliquetis et ronronnements étouffés de la machine au travail.

Palmer regardait, tendu, les lumières s'allumer et s'éteindre sur la façade de l'engin. L'aboutissement des calculs effectués par l'ordinateur déciderait de sa vie ou de sa mort, mais après la perfidie des Solariens, cela ne lui semblait plus si important – puisque l'espèce humaine était de toute manière condamnée. Une partie de lui s'accrochait à la vie, une autre souhaitait voir échouer la stratégie solarienne. La vengeance n'apportait guère de satisfaction quand elle s'accomplissait dans la mort, mais peut-être était-ce tout de même mieux que rien.

D'ailleurs, Ortega oubliait bel et bien quelque chose. Palmer ne parvenait pas à mettre le doigt dessus ; ce n'était guère qu'une sensation au creux de son ventre. Pourtant, il *savait* que le maître de jeu avait omis un détail minime mais vital...

Enfin, après des siècles, lui sembla-t-il, le Kor se mit à scruter ses écrans. Quelques instants plus tard, il leva la tête, son visage extraterrestre figé, indéchiffrable, les oreilles immobiles.

« Le Conseil de Haute Sagesse a terminé ses calculs, vermine. Il accepte votre proposition, en précisant que la moindre tentative pour dévier de la trajectoire établie se soldera par une destruction immédiate.

– D'accord, répondit Ortega. En précisant aussi que si l'un de vos vaisseaux essaie de gagner sur nous, nous activerons aussitôt notre générateur de stase.

– Bien. Vous allez immédiatement regagner votre appareil. Les gardes vont vous conduire au canal de sortie approprié. »

À peine le Kor avait-il braillé quelques ordres en doglaari que les dix soldats les plus proches s'avançaient pour encercler les humains. Les Solariens, méprisants, tournèrent le dos au maître de l'Empire doglaari afin de gagner le tapis roulant qui les emporterait à l'extérieur. Cinq Dogs les précédaient.

Les cinq autres s'interposèrent entre eux et Palmer. Deux des gardes attrapèrent ce dernier par les bras pour le mettre à genoux, tandis que les trois autres levaient leurs armes.

Lingo fit volte-face, ses grands yeux verts étincelants.

« Qu'est-ce que ça signifie ? aboya-t-il.

– L'officier confédéré qui vous accompagnait va être exécuté, répondit le Kor, impassible. Rien de plus. Retournez à votre vaisseau.

– Une minute. » Le Solarien montra Palmer du doigt

comme s'il s'était agi d'un simple objet inanimé. « Il vient avec nous.

– Vous avez dit que les humains de la Confédération n'étaient plus sous la protection de Forteresse Sol, lui rappela le Kor. Cet officier ne s'y trouve donc pas. C'est donc un prisonnier. Il va donc être exécuté.

– Pas si vite. Nous avons accepté de retirer notre protection *à condition* que vous acceptiez notre marché. Puisque vous l'avez refusé, notre proposition ne tient plus. À moins que je n'aie mal compris ? Avez-vous finalement décidé de nous donner quatre mille vaisseaux ? Dans ce cas, pourquoi...

– Il suffit, vermine. » Les oreilles du Kor battirent furieusement. « Nous vous laissons repartir en vie. N'essayez pas de nous imposer d'autres conditions. Regagnez votre vaisseau, tant que vous le pouvez encore.

– Je n'ai pas d'ordres à recevoir d'un *Dog* ! rugit Lingo. Cet homme est venu jusqu'ici sous notre juridiction, et par Dieu, il en repartira de même, ou je donne l'ordre de faire exploser la bombe sur-le-champ ! »

Le souverain agita les oreilles, rageur, mais le penchant doglaari pour la logique l'emporta.

« Très bien. Je ne risquerai pas le Conseil de Haute Sagesse sur l'illogisme humain. Emmenez la vermine confédérée. »

Palmer fut remis sur ses pieds et poussé vers le tapis roulant en compagnie des autres visiteurs. Le dégoût que lui inspirait Lingo n'en fut pas amoindri. Le Solarien lui avait certes sauvé la vie, mais dans le seul but de prouver au Kor sa propre supériorité. D'une certaine manière, l'officier trouvait plus sympathique le Dog qui avait voulu le tuer que l'homme qui l'avait sauvé.

« Désolé, Jay, dit Lingo, mais on va être très occupés, et on ne peut pas prendre le risque de te laisser faire des bêtises. »

Le jeune homme se tordit dans ses liens, en vain. Il était

fermement attaché sur un des sièges supplémentaires du poste de pilotage.

« Ne t'inquiète pas pour ça, traître, riposta-t-il. Tu as bien d'autres raisons de te désoler. »

Déjà, Lingo préparait le vaisseau au décollage. Fran occupait son propre fauteuil, Ortega le deuxième siège passager.

« Les apparences sont parfois trompeuses, Jay, déclara leur chef en activant le grand écran hémisphérique.

– *Et comment !* riposta Palmer. Vous m'avez offert *l'apparence* d'êtres humains honnêtes, d'amis... et même plus. Toutes ces histoires sur mon intégration au groupe. Toutes ces conneries sur la noble mission de Forteresse Sol. Et qu'est-ce que vous êtes, en réalité ? Des lâches ! De vulgaires traîtres ! »

Lingo, les yeux fixés sur la couverture nuageuse grise, l'ignorait ostensiblement.

« Ça ne devrait pas tarder, murmura-t-il.

– Si vous aviez une once de courage, vous feriez exploser la bombe pour au moins détruire le Conseil de Haute Sagesse, poursuivit le captif. Comment pouvez-vous vous supporter, de toute manière ? »

Les trois Solariens éclatèrent de rire.

« La *bombe ?* répéta Ortega. Tu n'as pas entendu ce qu'a dit le Kor ? Il est impossible de passer une bombe au nez et à la barbe des détecteurs. On n'en a pas.

– Quoi ? Mais... mais la deuxième fois, les détecteurs ont montré que...

– Allez, sers-toi de ton cerveau, intervint Lingo, amusé. N'oublie pas que *Linda* était à bord, à ce moment-là. Les ondes mentales sont une forme d'énergie électromagnétique assez grossière, comparées à celles sur lesquelles travaillent les détecteurs de radiations. Si les télépathes sont capables de contrôler d'autres créatures, ils peuvent aussi imposer des illusions à des instruments, leur faire croire qu'il y a de la radioactivité là où il n'y en a pas, par exemple.

– Alors ce n'était que du vent ? Comme tout le reste ?

– Bien dit, Jay. Réfléchis-y : ce n'était que du vent, comme *tout* le reste.

– Les voilà ! » s'exclama Ortega.

Des croiseurs noirs crevaient la couverture nuageuse pour dégringoler vers eux. Dix... vingt... cinquante... cent... plus de deux cents, qui formaient un plafond solide au-dessus de l'aire d'atterrissage, à un peu plus de sept cents mètres.

« Vaisseau solarien à commandant doglaari... vaisseau solarien à commandant doglaari..., appela Lingo dans son micro. Nous décollons et adoptons la trajectoire fixée selon notre accord.

– Reçu. »

Il brancha le champ de résolution. L'appareil s'éleva, aussitôt imité par le plafond de navires de guerre, lequel maintenait constante la distance qui les séparait.

À peine sortie de l'atmosphère, sa vitesse de libération atteinte, la flotte se rangea en une grande demi-sphère creuse, concavité tournée vers l'avant. Le vaisseau solarien prit la position calculée par ordinateur, juste devant elle, donc sur sa trajectoire, en équilibre au bord du champ de résolution doglaari.

De cette manière, une légère accélération relative le placerait momentanément à l'écart dudit champ, tandis qu'une décélération tout aussi faible le jetterait à l'intérieur.

Il se mit à accélérer vers les limites du système, accompagné de son escorte disproportionnée, toujours immobile par rapport à lui, qui l'entourait presque, telle une onde de choc poussant devant elle une poussière. Le terrible spectacle des bâtiments de guerre doglaaris emplissant l'écran dans toutes les directions, sauf une, eut sur Palmer un effet apaisant. Là était la puissance brute ; là était la mort. Il se rappela avoir affronté la même mort avec les six Solariens, non pas une mais trois fois. Il se rappela la merveilleuse camaraderie, la confiance mutuelle tacite, de ces instants et en connut des regrets pervers, tel un petit garçon ayant enfin compris que son père n'est qu'un être humain faillible.

Il réfléchit désespérément aux paroles de Lingo : « C'était

du vent. Comme *tout* le reste. » Face au Kor, le Solarien n'avait fait que bluffer, mentir, jouer : en évoquant la bombe, l'inviolabilité de Sol, les... Oui, les armes suprêmes étaient peut-être tout aussi irréelles ! Les déclarations de Lingo rappelaient un peu trop la propagande confédérée... Pourtant... Pourtant, pourquoi avait-il menacé le Kor d'armes que Sol maîtriserait ou non d'ici une décennie ? Pourquoi avait-il assuré qu'il faudrait huit mille vaisseaux pour détruire Forteresse Sol, alors qu'il savait *forcément* son système condamné face à une flotte deux fois moins importante ? Il devait bien se douter que le Conseil de Haute Sagesse ne s'y tromperait pas.

Sans doute les Solariens poursuivaient-ils un but caché, de Palmer aussi bien que des Doglaaris. Et si tout le reste n'était qu'une ruse élaborée, ne pouvait-il en aller de même du sacrifice de la Confédération ? Après tout, les Dogs ne l'avaient *pas* accepté... En fait, Palmer s'en rendait soudain compte, Lingo avait fait sa proposition dans des termes d'une telle arrogance qu'il ne pouvait ignorer que le Kor la refuserait. Il devait donc l'avoir prévu !

Alors que le vaisseau s'éloignait de Doglaar, sur le fil d'un rasoir mortel, l'officier s'apercevait qu'il avait très envie de rendre sa confiance aux Solariens. Sans cela, plus rien n'avait de sens ; l'espoir disparaissait. Que les voyageurs parvinssent ou non à s'échapper, le mythe de Forteresse Sol avait soutenu la Confédération trois siècles durant. Si Sol se révélait être un mensonge hideux, un nid de traîtres, l'espèce humaine était finie. Le cauchemar paranoïaque de l'Empire doglaari détruirait la Galaxie.

Une crainte bien plus terrible rôdait derrière la simple peur de mourir qui étreignait Palmer – celle de mourir pour rien, seul, égaré et trahi, avec l'horrible certitude que l'humanité tout entière le suivrait bientôt dans le néant.

Entre lui et la plus terrible des morts ne se dressait que sa confiance en six personnes qui s'étaient conduites, il fallait bien le dire, comme les pires traîtres de toute l'histoire.

Il voulait désespérément se fier à elles, mais il ne savait que trop *pourquoi* et il en était incapable.

« Je n'aime pas ça, murmura Ortega, les yeux fixés sur la grande amibe qu'était la flotte. Ce n'est pas normal. Le Kor a cédé trop facilement, sans se faire prier. Qu'ils nous laissent partir comme ça n'est pas logique. Ils ont un atout dans leur manche, c'est sûr...

– Allez, Raul, arrête de t'inquiéter, lança Lingo. Fie-toi un peu à ton talent. Tu as été le plus malin, c'est tout. Il est logique qu'ils nous laissent partir en éliminant toute probabilité de perdre Dogl plutôt que d'essayer de nous détruire au risque de provoquer une explosion stellaire.

– Il serait bien plus logique de nous détruire *sans* prendre aucun risque, répondit le maître de jeu, mal à l'aise. Voilà comment le Conseil aurait dû voir la chose. C'est comme ça que moi, je l'aurais vue...

– Il ne peut pas. C'est simple : si la flotte cherche à nous envelopper, on a autant de chances d'activer notre générateur de stase qu'elle de nous écraser avec son champ de résolution. C'est prévu pour. Dès qu'on aura dépassé le point au-delà duquel on peut passer en espace-stase sans créer une nova... »

Lingo resta la bouche ouverte, livide.

« Oh, non ! s'exclama Ortega. *C'est ça !* Bien sûr ! Comment ai-je pu être aussi bête ? Ça ne vaut pas le coup de s'en prendre à nous tant qu'on a une chance de transformer Dogl en nova, mais qu'est-ce qui empêchera les Dogs de nous envelopper après ? Parce que tu peux être sûr que le Conseil de Haute Sagesse a calculé le moment où on atteindra le point critique à la microseconde près ! Ils tenteront la manœuvre à l'instant précis où ça ne présentera plus de risque. S'ils réussissent, on est morts ; s'ils échouent, ils n'ont couru aucun danger. Même s'ils n'ont toujours que cinquante pour cent de chances d'y arriver, ils n'ont rien à perdre !

– On est coincés, grogna Lingo.

– Tu t'es encore pris au piège tout seul, hein, sale traître ?

lança Palmer avec une joie mauvaise. Si les Solariens avaient fait la guerre à nos côtés, au lieu de s'isoler, vous auriez su que les Dogs sont de sacrés tacticiens. Qu'ils ne tentent pas le *moindre* mouvement à moins d'avoir toutes les chances de leur côté. La dernière fois que j'ai commandé ma flotte, on a... »

Bien sûr ! pensa-t-il soudain. Il existait un moyen de s'en sortir ! Les Solariens étaient peut-être de bons stratèges, mais ils n'avaient pas livré bataille depuis des siècles. Sans quoi ils s'en seraient rendu compte, eux aussi. Ça ne demandait pas un plan très compliqué ; ce n'était qu'une tactique de repli standard des Confédérés, qui marchait presque toujours. Les circonstances étaient un peu inhabituelles, mais...

Il eut un sourire amer. S'il y avait bien un domaine où les forces confédérées avaient de l'expérience, c'était l'art de la retraite.

« Qu'est-ce qu'il y a, Jay ? s'enquit Ortega en se tournant vers un Palmer au sourire mauvais.

– Pourquoi ne pas le deviner toi-même, maître de jeu ? riposta l'officier. Chez nous, le premier commandant de flotte venu saurait quoi faire. Tactique standard. Mais c'est peut-être un peu trop simple pour vos esprits retors. Dommage !

– Ne sois pas idiot ! le rabroua Lingo. N'oublie pas que tu es à bord, toi aussi. Ta vie est en jeu autant que la nôtre. Si tu sais comment nous sortir de là, tu n'as rien à gagner à ne pas nous l'expliquer.

– Sauf la vengeance.

– Il faut être fou pour payer de sa vie une vengeance insensée, et je ne pense pas que ce soit ton cas. »

La remarque fit mouche. Il ne servait à rien de mourir, quand cette mort n'avait pas de sens, qu'on mourait sans savoir si on tuait des traîtres ou... des amis.

« D'accord. Tu as gagné, comme toujours. »

Le vaisseau filait vers l'extérieur du système, suivi par la flotte dog, dépassait l'orbite de Dogl V. approchait celle de Dogl VI, la planète la plus éloignée du Soleil – et la limite de la vulnérabilité doglaari au générateur de stase. La limite de la sécurité des voyageurs.

« On en est où, Fran ? interrogea le pilote, examinant nerveusement la muraille de vaisseaux qui les talonnait.

– À dix minutes de l'orbite de Dogl VI.

– C'est maintenant ou jamais, intervint Palmer. Mais il faut y aller graduellement.

– Tu es sûr que ça va marcher ? s'inquiéta Lingo. Qu'ils ne vont pas s'en apercevoir ?

– Je ne suis sûr de rien. Mais ils n'ont pratiquement aucune chance de réagir à temps. À mon avis, la masse de la flotte est au moins trois cents fois supérieure à la nôtre. Notre vitesse combinée ne va donc décroître que de trois pour cent au total. Si on répartit ce ralentissement sur une dizaine de minutes, la décélération ne sera jamais supérieure à zéro virgule trois pour cent. Je ne vois pas comment ils s'en apercevraient. Et puis on va faire exactement l'inverse de ce qu'ils attendent.

– O.K. C'est parti ! »

Lentement, avec précaution, avec minutie, Lingo commença à diminuer la puissance du champ de résolution. Le vaisseau, perdant une minuscule fraction de sa vitesse, se rapprocha de la flotte doglaari d'environ cent mètres – une distance imperceptible à l'échelle de l'espace.

Pourtant, cet infinitésimal changement de leurs positions respectives suffisait à le placer au sein du puissant champ de résolution doglaari.

« On est au contact de leur champ, annonça le pilote, mais je ne crois pas qu'ils aient remarqué quoi que ce soit.

– Jusque-là, tout va bien, déclara Palmer. Continue à ralentir, doucement mais régulièrement. Il faut que notre champ à nous soit complètement éteint à l'instant précis où on croisera l'orbite de Dogl VI. »

Il regarda, tendu, Lingo continuer la décélération. La ruse avait toutes les chances de fonctionner. La masse de la flotte était tellement supérieure à celle de l'astronef isolé que les

Dogs ne se rendraient compte de rien quand les humains se serviraient de leur champ, après avoir coupé celui du vaisseau. Et une fois passée l'orbite de Dogl VI...

« Moteurs à quatre-vingts pour cent..., récitait Lingo. Soixante-dix... soixante... trente... vingt... dix... »

Il leva la main avec un soupir de soulagement.

« Ça marche ! Notre champ à nous est annulé, et on chevauche le leur. Je n'ai pas l'impression qu'ils s'en soient aperçus.

– Parfait, répondit l'officier. Mais attention, le minutage est essentiel. Il faut rebrancher le champ à pleine puissance dix secondes avant de croiser l'orbite de Dogl VI et allumer le générateur d'espace-stase dix secondes après. Si tu l'allumes trop tôt – *boum !* Trop tard, les Dogs compenseront notre accélération avec leur champ de résolution plus puissant et nous encercleront. Tout dépend du minutage. Et de l'effet de surprise.

– Ne t'inquiète pas pour le minutage. Quant à l'effet de surprise, on ne peut qu'espérer en profiter. Parce que s'ils devinent ce qu'on a derrière la tête...

– Pas la peine d'y penser ! intervint Ortega.

– Fran, reprit Lingo, j'ai besoin de toi : donne-moi le compte à rebours jusqu'aux dix secondes avant l'orbite de Dogl VI, puis un décompte normal à partir du moment où on aura de nouveau notre champ.

– D'accord, Dirk. »

Le convoi continuait sa route. *Nous, on est prêts,* se dit Palmer. *Je me demande à quoi pense le commandant dog...*

« On y est presque, Dirk, annonça Fran Shannon. Vingt secondes avant les dix secondes. Quinze... dix... »

Lingo saisit de la main droite le levier commandant le champ de résolution ; l'index de sa main gauche reposait sur le bouton du générateur de stase.

« Neuf... huit... cinq... quatre... trois... deux... un... zéro ! »

Il leva d'un geste sec la manette des gaz. Le champ de résolution s'alluma à pleine puissance.

Le vaisseau, qui naviguait à la même vitesse que la flotte

dog, dont il chevauchait le champ, se retrouva soumis à l'accélération colossale du sien propre – une propulsion dépourvue d'inertie, capable de le porter à une vitesse proche de celle de la lumière. Il bondit en avant, abandonnant le champ dog, creusant l'écart.

« Deux... trois... quatre... cinq... », comptait à présent Fran Shannon.

Palmer scrutait les navires qui diminuaient sur l'écran. Ils s'éloignaient toujours... *mais moins vite, à présent !*

Le commandant doglaari s'était remis de sa surprise ! La flotte accélérait ; le vaisseau solarien ne gagnait plus de terrain mais bénéficiait encore d'une avance trop importante pour que l'ennemi puisse entamer sa manœuvre d'enveloppement...

« Six... sept... huit... »

Les Dogs se rapprochaient ! Le champ de résolution de leur formation permettait à ses composants d'accélérer bien plus vite qu'un astronef isolé ; la distance de sécurité diminuait à toute vitesse.

« Neuf... dix... Top ! »

Lingo pressa le bouton. Il y eut une terrible minute d'attente, tandis que le générateur de stase chauffait et que la redoutable amibe enveloppante dog cherchait à attirer le vaisseau dans son étreinte mortelle...

Puis les Doglaaris, Dogl, les étoiles elles-mêmes disparurent soudain, remplacés par un maelström de couleurs tournoyantes. Les fugitifs étaient en sécurité dans l'espace-stase.

Lingo poussa un grand soupir.

« En route ! lança-t-il.

– Pour où ? s'enquit Palmer avec amertume.

– À ton avis ? *Forteresse Sol*, bien sûr ! »

10.

Après avoir réglé les commandes, le pilote s'approcha du siège sur lequel était ligoté l'officier.

« Je tiens à te remercier, Jay. Nous te devons la vie.

– Je ne veux pas de tes remerciements, riposta Palmer. La seule et unique raison pour laquelle j'ai sauvé ce vaisseau, c'est que j'ai la malchance d'être à bord. Comme tu l'as si bien dit, le suicide est un acte de fou. Mais en ce qui vous concerne, bande de traîtres, vous pouvez aller...

– Ne t'énerve pas, coupa Lingo avec une gentillesse étudiée. On est toujours amis. Le voyage va être long, alors autant le rendre le plus agréable possible. Aucun de nous n'a envie de se fâcher avec toi. Nous préférerions que tu te sentes intégré au groupe. Comme avant.

– Et bien sûr, pour me prouver votre affection, vous me laissez ligoté dans un fauteuil. Je suis profondément touché.

– Nous t'avons ligoté pour éviter que tu ne mettes l'astronef en danger, rappela-t-il, toujours aussi patient. Tu n'as pas d'arme, et nulle part où aller. Si tu promets de ne pas te montrer violent, je suis d'accord pour te détacher. »

Palmer haussa les épaules, autant que le lui permettaient ses liens.

« D'accord. Je ne peux pas faire tout le chemin jusqu'à Sol ficelé comme un rôti. Pas de bagarres. Mais pas d'histoires d'amitié non plus, je t'en prie.

– Si tu veux, répondit Lingo en le libérant. Tu vas avoir largement le temps de te calmer. »

Le militaire se leva maladroitement, se frottant les membres pour rétablir la circulation sanguine. Puis il tourna ostensiblement le dos au Solarien et se dirigea vers la porte.

« Où vas-tu ?

– Dans ma cabine, si ça ne te dérange pas. Ça pue, ici. Comme dirait notre ami Koris : Je détecte des frémissements peu souhaitables dans mon appareil digestif. »

Palmer passa des heures allongé sur sa couchette, regardant le plafond sans le voir. Gagner Sol prendrait des semaines. Autant dire des siècles.

Quelques jours dans ce nid de vipères lui paraîtraient plus longs qu'un millénaire, songeait-il avec amertume. Pourquoi s'était-il montré aussi lâche ? Il aurait dû laisser les Dogs casser cet immonde vaisseau comme une noix, ce qui n'aurait pas pris une minute. Il n'avait fait que prolonger sa propre agonie.

Car, après tout, qu'avait-il réellement gagné à sauver l'appareil et ses passagers ? Quelques semaines en compagnie des traîtres solariens, peut-être autant sur Terre, puis les Doglaaris envahiraient Forteresse Sol en nuées serrées. Le berceau de l'humanité serait complètement annihilé.

Peut-être Palmer aurait-il dû attendre ce moment avec impatience. Il aurait le plaisir de voir mourir le système félon.

Mais la satisfaction serait bien creuse : à long terme, la perte de Sol signerait celle de l'espèce humaine tout entière. Trois siècles durant, la Promesse avait soutenu la Confédération, malgré les défaites accumulées et les prévisions informatiques annonçant l'extinction de plus en plus proche. Tous les hommes, où qu'ils fussent, avaient placé leur foi en Sol. Il représentait le dernier espoir, le plus grand, de l'humanité ; son bastion, son roc, sa citadelle.

Et ce n'était qu'un mensonge.

Palmer se sentait absolument seul, plus que ne l'avait

jamais été aucun être humain. L'inacceptable vérité était là : le dernier dieu de l'homme était mort, un dieu qui n'avait été, comme tous les autres, que l'enfant bâtard de l'espoir et de la peur, le déni futile de l'ultime réalité – l'espèce humaine, de même que tous ceux qui la composaient, était mortelle, condamnée.

L'officier évoqua la masse immense, sans vie, de la Galaxie à travers laquelle filait le vaisseau ; des milliards d'étoiles, des millions de planètes. Un vide mort, glacé, que les lois froides de la physique régissaient d'une main de fer.

Qu'était l'homme, qu'était la vie, sinon un élément infime, un parasite insignifiant dans l'immensité inerte de l'Univers ? À l'échelle galactique, la vie était statistiquement négligeable. La masse totale de protoplasme vivant ayant existé depuis la nuit des temps n'égalait pas celle d'une minuscule naine morte. Quant à la conscience, elle ne représentait pas le milliardième de la vie.

Le milliardième qui s'intéressait à tout, qui donnait un sens à la pierre et aux gaz enflammés.

Qui s'accrochait désespérément à la moindre heure d'existence, au point d'être prêt à tous les sacrifices pour en gagner quelques mois supplémentaires.

Tel était le crime de Forteresse Sol.

Dirk Lingo avait accompli l'impossible – il avait inventé un nouveau péché. Non pas contre les hommes ou les dieux, mais contre la vie même. Après tout, l'Univers n'était qu'un vaste champ de bataille où la vie combattait la mort, où la conscience, la sensibilité, l'intelligence luttaient pour perdurer dans l'océan infini du néant.

Et Forteresse Sol était passée à l'ennemi. Il n'existait pas pire trahison. Car l'Empire doglaari n'était pas du côté de la vie ; c'était un agent du néant, de la mort.

À présent seulement, Palmer comprenait la nature de l'ennemi qu'il avait combattu des années durant. Les Dogs étaient malades. Ils ne guerroyaient pas pour agrandir leur territoire, s'enrichir ou ensemencer l'Univers, mais ne poursuivaient qu'un but : tuer – détruire toute autre vie intelligente. Lorsque ce but dément serait atteint, pourtant, auraient-ils encore une raison de vivre ? Le Conseil de Haute Sagesse ne se débrancherait-il pas de lui-même, et les Dogs ne le suivraient-ils pas dans le néant ?

Il ne resterait rien, nulle part, que des gaz enflammés et de la pierre glacée, des centaines de milliards de kilomètres cubes de néant sans vie...

L'officier se secoua, alarmé. Il se sentait au bord de la folie. Ces eaux étaient trop profondes pour qu'un homme seul s'y aventurât...

Si violents que fussent ses sentiments, si fort qu'il détestât ses compagnons de voyage, il conclurait tôt ou tard une trêve avec eux. Nul ne pouvait mourir ainsi, sans le moindre contact avec les siens.

Les Solariens étaient des lâches, des traîtres innommables, mais du moins étaient-ils humains.

Et malgré leurs péchés, malgré la haine qu'ils lui inspiraient, ils seraient peut-être les derniers hommes qu'il verrait de sa vie.

On frappa à sa porte.

« Va-t'en ! » cracha-t-il.

Les coups se firent plus insistants.

« Fiche le camp, nom de Dieu ! »

Plus tard, il lui faudrait les affronter, mais en cet instant il n'était que haine et voulait rester seul avec les braises mourantes de sa fureur.

« C'est moi », lança la voix de Robin.

Bien sûr, songea-t-il aigrement. Celle qu'il détestait le plus, à la possible exception de Lingo, mais qu'il aurait le plus de mal à chasser.

« D'accord, murmura-t-il. Entre. »

Elle ouvrit la porte du pied et resta immobile sur le seuil, arborant une insupportable expression de compassion et de compréhension, ainsi qu'un verre dans chaque main.

« Raul a préparé deux Supernovas, expliqua-t-elle en

s'asseyant sur la couchette, à côté du militaire. Prends-en une. Ça te fera le plus grand bien. »

Elle lui tendit un des petits cocktails bleus.

« Qu'est-ce qui me prouve que ce n'est pas du poison ? riposta Palmer.

– Ne sois pas puéril, Jay. Si on voulait te tuer, on n'aurait pas besoin d'avoir recours à ce genre de ruse.

– Je suis bien placé pour savoir que l'esprit solarien m'est impénétrable, répondit-il avec amertume.

– Jay... » Elle poussa un soupir résigné puis laissa échapper un petit rire. « D'accord. Voilà un très, très vieux toast terrien. » Intervertissant les deux verres : « S'il y eut poison, ami, que ma vie paye pour la tienne. »

Souriante, elle but d'un trait le cocktail qu'elle avait d'abord proposé à Palmer.

Son compagnon, gêné mais également ému, prit l'autre sans un mot.

Le souvenir du Neuf Planètes à l'esprit, il s'attendait à tout ou presque en avalant le liquide bleu clair – sauf à ce qu'il découvrit. La boisson n'avait aucun goût ; on eût dit très exactement un verre d'eau fraîche, qui descendait en douceur dans la gorge, puis l'estomac.

Soudain, l'officier éprouva une sensation étrange, comme si une part de lui-même se fondait dans le cocktail et non comme si ce dernier passait dans ses veines. Ses émotions – haine, peur, colère – lui furent arrachées pour être roulées en une boule massive de chaos émotionnel, à l'insupportable densité, logée au creux de son abdomen.

Le reste de son être, son esprit à présent purgé, devint serein, follement objectif et détaché. Palmer observa de l'extérieur, en badaud mi-amusé, mi-écœuré, le soleil miniature brûlant, bouillonnant, de ses propres émotions.

La sphère tumultueuse de haine, de fureur et de peur lui parut lointaine, étrangère, bizarre.

Puis elle explosa.

Durant un instant terrible, écœurant, ses sentiments en

expansion le traversèrent aussi irrésistiblement que les radiations traversent le papier. Puis la vague passa, s'évanouit.

Totalement. L'incendie de la déflagration avait nettoyé Palmer ; il se sentait calmé, ouvert. La haine n'avait pas été partie intégrante de son être mais simple produit de forces extérieures convergentes échappant à son contrôle ; lorsqu'elle avait explosé en une boule de feu purificatrice, elle s'était consumée, le laissant maître de son ego et de sa volonté.

Robin se mit à rire doucement.

« C'est pour *ça* que ça s'appelle une Supernova. »

En la fixant de ses yeux neufs, sereins, il ne vit pas une traîtresse mais simplement un être humain, une femme. Peut-être se débattait-elle, tout comme lui, dans les rets de forces extérieures bien qu'enkystées en elle, horribles, étrangères mais impossibles à fuir ; quoi qu'eussent fait les Solariens, si noir que fût leur crime, eux aussi étaient des victimes, en un sens. Victimes et bourreaux à la fois, lumière et ténèbres – humains.

« Je crois que je me suis montré un peu mélodramatique, avoua Palmer, penaud.

– Pas plus que nous, répondit Robin. La seule différence, c'est que nous, nous avions nos raisons. Notamment te pousser à te conduire comme tu t'es conduit.

– Je dois être complètement saoul. Je ne comprends rien à ce que tu racontes. »

Elle se mit à rire, d'un rire où flottait une note triste.

« Non, Jay, tu n'es pas saoul. La Supernova n'enivre pas ; elle te permet juste de te détacher un moment de tes émotions. De les voir de l'extérieur, d'une certaine manière, en observateur impartial, si bien que tu te retrouves parfaitement calme. En fait, tu es *plus sobre* maintenant qu'au moment où tu l'as bue.

– Si je ne suis pas saoul, qu'est-ce que tu as bien pu vouloir dire ? Ça m'a l'air franchement compliqué. »

Il sembla à Palmer que sa compagne l'examinait avec une attention quasi clinique.

« Je suppose que tu es prêt à accepter la vérité, dit-elle enfin. Du moins une partie.

– Je n'obtiens jamais rien d'autre, ici, riposta-t-il. Des petits bouts de vérité, et des grands de mensonges.

– Je vois que l'effet de la Supernova s'estompe déjà, remarqua-t-elle, ironique. Dommage qu'on ne puisse pas le rendre permanent. Mais essaie de te rappeler comment tu te sentais quand tu n'avais pas l'esprit obscurci par tes émotions. »

Palmer se rendit compte qu'en effet son état d'esprit s'était une fois de plus modifié. Il n'était plus totalement, froidement rationnel. Le mélange familier d'égarement, de fureur et de haine l'emplissait à nouveau. Pourtant, quelque chose avait changé ; rien ne serait plus jamais tout à fait comme avant : il s'était aperçu que ses sentiments possédaient une autre face. Ils revenaient à toute allure, mais tempérés par le souvenir de cet autre point de vue, à présent étranger.

« Vous vous êtes joués de moi depuis le début, hein ? demanda-t-il. Dès l'instant où je suis monté à bord. Pourquoi ? Qu'aviez-vous à y gagner ? »

Robin poussa un grand soupir, tandis que son visage et son corps se détendaient, comme si on l'avait enfin déchargée d'un lourd fardeau.

« Oui..., murmura-t-elle. En un sens, on t'a... transformé. Mais surtout à *ton* bénéfice. Essaie de te revoir tel que tu étais au début, avant de nous connaître, et compare cette image à ce que tu es devenu. Tu n'es pas *content* du changement ? »

Il étudia la question... et les dernières semaines lui parurent des années. Son univers mental s'était agrandi ; il avait expérimenté plus de relations humaines différentes, plus appris, plus réfléchi, plus évolué durant ces quelques jours que dans toute la décennie précédente. Il lui semblait avoir vécu dix ans ; non qu'il se sentît plus vieux, mais plus mûr, oui. Lorsqu'on l'avait élevé au rang de général, ce qui n'avait guère de sens, il était encore dans l'âme un petit commandant ; à présent, il comprenait beaucoup plus de choses sur les Doglaaris, la guerre, l'esprit humain ou Sol que le meilleur des grands maréchaux. Son grade n'était plus un simulacre vide de sens mais son dû, ni plus ni moins.

Il avait en effet changé, et il approuvait le changement, car il s'agissait d'une maturation.

« Ça t'épate, quand tu y repenses, hein ? reprit Robin. Tu t'es vraiment amélioré, en tant qu'être humain. Par exemple, si tu devenais commandant en chef, maintenant, tu ne douterais plus de tes capacités comme autrefois. Parce que tu te sais de taille à assumer le poste. En fait, ce serait plutôt le poste qui ne serait pas à ta taille.

– Même si tu as raison, qu'est-ce que ça peut faire ? riposta-t-il. Nous avons perdu la guerre. Sol va être détruit, et quand la nouvelle parviendra à la Confédération, plus personne n'aura le courage de se battre. À cause de vous.

– Tu ne sais pas encore tout, Jay. Je pense que tu es prêt à l'apprendre – du moins, presque tout. Il est temps que tu parles à Dirk. Il veut te présenter ses excuses.

– Des *excuses ?* Comment peut-on excuser une trahison ? »

Elle haussa les épaules.

« Si tu tiens à le savoir, va au poste de pilotage. »

Lingo se trouvait seul devant les commandes, les yeux fixés sur le tourbillon chaotique de l'espace-stase, un sourire étrange, mi-amer, mi-triomphant, aux lèvres.

« Assieds-toi, Jay, proposa-t-il en s'installant confortablement dans son fauteuil.

– D'après Robin, tu as des excuses à me présenter, répondit l'officier d'une voix neutre. Je suppose que tu sais où tu peux te les mettre. Comment veux-tu que j'excuse une telle stupidité – essayer de vendre l'espèce humaine tout entière ? »

Lingo eut un rire dur.

« Traître, ça se tient, déclara-t-il, mais stupide... tu me vexes.

– Arrête un peu, s'impatienta Palmer, cinglant. Tu sais très bien que tu t'es fait avoir. J'arrive encore à comprendre que tu aies tenté le coup, même si ça me retourne l'estomac. Bluffer les Doglaaris pour qu'ils laissent Sol tranquille, en leur offrant la Confédération comme une sorte de lot de consolation... et puis quand vos armes extraordinaires auraient été au point et toute l'humanité, sauf vous, éliminée... Mais tu t'es montré un tout petit peu *trop* malin, hein ? Tu as fait un tout petit peu *trop* peur aux Dogs. Du coup, vous n'avez aucune chance de jamais les fabriquer, vos fameuses armes. »

Lingo se tourna vers lui, le visage convulsé de rire.

« Alors toi aussi, tu y as cru ! parvint-il enfin à lâcher. Je m'accorde toutes les félicitations ! Voyons, Jay, ces fameuses armes, comme tu dis, ne t'ont pas paru familières ? Leur description ne t'a pas terriblement rappelé le genre d'idioties que produit en permanence la propagande confédérée ? J'espère bien que si, parce qu'on l'en a tirée verbatim, figure-toi. Ce n'était qu'un tissu de mensonges. Personne ne sera capable de fabriquer des trucs pareils avant des siècles, et encore. Permets-moi de te dire que quatre *cents* vaisseaux de guerre doglaaris n'auraient pas grand mal à vaincre Forteresse Sol. Alors quatre *mille*...

– Et ça t'amuse, nom de Dieu ? Tu as bluffé à *tous* les niveaux pour faire croire aux Dogs que Forteresse Sol était un trop gros morceau, et ça t'est retombé dessus ! Ils vont vous attaquer avec des forces *dix fois* plus importantes que nécessaire pour vous écraser. Tu reconnais toi-même que tu es pris à ton propre piège !

– Voyons, Jay, protesta Lingo en secouant la tête, je suis sûr que tu es capable de plus de subtilité que ça ! Tu n'as jamais entendu parler de Compère Lapin ?

– De *qui ?*

– *Compère Lapin*. C'est une vieille légende terrestre. Compère Lapin était une petite bête machiavélique qui vivait dans un buisson d'églantiers. Un jour de distraction, il s'est fait capturer par son ennemi mortel, Compère Renard, lequel s'est amusé à réciter le catalogue de toutes les atrocités qu'il allait infliger à sa victime. Mais au lieu de réagir comme il s'y attendait – par la terreur et la haine – le lapin l'a remercié de son infinie bonté. Le renard a fini par lui demander pourquoi ces remerciements, quand il parlait de l'écorcher vif puis de le cuire à l'huile bouillante. À quoi notre héros a répondu : tu m'as promis de m'écorcher vif, de me frire et de me dévorer, mais tu es bon, Compère Renard ! Au moins, tu ne me jetteras pas dans ce monstrueux buisson d'églantiers.

– Je ne vois pas le rapport avec...

– Allons, Jay ! soupira Lingo. Tu ne devines pas comment a réagi le renard ? Il a jeté le lapin dans les églantiers, bien sûr. Exactement ce que le rusé petit rongeur voulait depuis le début. »

Palmer en resta bouche bée.

« Tu veux dire que...

– Quoi d'autre ? » Son interlocuteur sourit en haussant les épaules. « *Tout s'est passé exactement comme prévu,* du début à la fin. » Il soupira, fronça les sourcils et fixa le militaire d'un air contrit. « C'est pour *ça* que je te présente mes excuses, Jay. Je me suis servi de toi. Tes réactions aussi étaient prévues. Tu ne t'es jamais demandé pourquoi, au nom du ciel, il nous fallait un soi-disant ambassadeur confédéré ? Après tout, si cette histoire de reddition n'avait été qu'une ruse pour approcher le Kor, comme nous l'avons prétendu, nous aurions aussi bien pu prendre un faux ambassadeur, tu ne crois pas ?

– Mais ce n'était pas une ruse ! Vous vouliez *vraiment* livrer la Confédération, alors il vous fallait un véritable ambassadeur. »

Lingo secoua la tête.

« Ne sois pas puéril ! lâcha-t-il d'un ton sec. Tu t'imagines que la Confédération aurait respecté la reddition faite en son nom ? Jamais de la vie, c'est évident ! Ou que nous étions assez idiots pour penser que toi, tu l'accepterais ? Non, tu as fait *exactement* ce que nous voulions.

– *Quoi ?* Tu voulais que j'essaie de te tuer ?

– Tout juste. Pour rendre notre histoire crédible. Il fallait *persuader* les Dogs que nous livrions bel et bien la Confédération à l'ennemi. Et le seul moyen d'y parvenir consistait à t'en persuader, toi, à te faire réagir en conséquence. Je te félicite, Jay. Tu as joué le rôle de l'ambassadeur trahi à la perfection.

– Je ne jouais pas, figure-toi ! riposta Palmer.

– Non, bien sûr. Tout est là. Dans ce cas, les Dogs n'y auraient jamais cru. Il fallait que tu penses vraiment avoir été trompé.

– Mais pourquoi ?

– Pour rendre notre histoire crédible, répéta patiemment Lingo. Quand tu t'es jeté sur moi, le Kor en a déduit que nous comptions vraiment lui livrer la Confédération. Puisqu'il en était convaincu – ou peut-être devrais-je dire puisque le Conseil de Haute Sagesse en était convaincu – le reste s'enchaînait logiquement. Forteresse Sol ne protège plus la Confédération ; elle s'en sert donc pour gagner du temps ; elle compte donc *faire bon usage* de ce temps ; les armes extraordinaires dont le Solarien a parlé sont donc peut-être réellement en préparation ; l'Empire doglaari doit donc éviter de prendre des risques, modifier ses plans et attaquer Sol *tout de suite*, plutôt qu'après la destruction de la Confédération.

– Tu... tu veux dire que tout ce que vous vouliez, dans cette histoire, c'était faire attaquer Forteresse Sol par l'Empire ? C'était ça, votre mission ?

– Plus précisément, nous voulions que l'Empire attaque avec *des forces immenses* », rectifia Lingo.

Tout s'expliquait ! À la grande surprise de Palmer, les contradictions n'en étaient plus. Les Solariens avaient raconté aux généraux un mensonge peu crédible afin d'embarquer un ambassadeur confédéré. Ils avaient besoin de cet ambassadeur pour convaincre le Kor d'un autre mensonge. Auquel le Kor et le Conseil de Haute Sagesse devaient ajouter foi pour attaquer aussitôt Forteresse Sol !

L'enchaînement, d'une parfaite logique, aboutissait pourtant à la *folie pure !*

« Mais pourquoi ? s'exclama Palmer. Qu'est-ce que vous allez obtenir ? À part la destruction de Forteresse Sol ! »

Lingo eut un mince sourire.

« On va obtenir ce que personne n'avait obtenu en trois siècles ! Réfléchis, voyons ! Trois cents ans durant, les Doglaaris se sont battus à leur façon à eux. Ils avaient en vaisseaux un gros avantage, qu'ils ont veillé à ne pas perdre. Ils n'ont *jamais* engagé plus de trois cents vaisseaux dans une unique bataille.

– Non, bien sûr. Nous non plus, d'ailleurs. Aucun système solaire n'est assez précieux pour qu'on en risque plus. Ce sont les *vaisseaux* qui comptent, dans une guerre pareille.

– Exactement. Les Dogs ont imposé leurs critères à tous les niveaux : c'est une guerre d'usure, où le nombre relatif de vaisseaux est le facteur le plus important. Nos amis logiques ont commencé avec un avantage confortable, qu'ils n'ont donc jamais mis en péril. Ç'a été leur guerre, menée à leur manière, depuis le début. Jusqu'à aujourd'hui !

– Je ne comprends toujours pas. L'attaque de quatre mille vaisseaux doglaaris contre Forteresse Sol est un bon point pour *nous ?*

– Sers-toi de ton cerveau, Jay ! Les Dogs n'ont encore jamais risqué un *dixième* de ce qu'ils vont risquer là. Pour la première fois dans l'histoire de ce conflit, ils sont obligés de se battre à *notre* manière. Nous ne sommes plus dans une guerre d'usure, que nous étions condamnés à perdre. Nous les avons manœuvrés pour les obliger à miser l'issue du conflit tout entier sur une seule bataille ! Que se passerait-il si la flotte de quatre mille navires attaquant Sol était entièrement détruite ?

– Euh... le cours de la guerre en serait modifié ! Inversé. Nous aurions l'avantage en vaisseaux. Ça deviendrait *notre* guerre ! »

Soudain, Palmer réalisa l'énormité de ce qui s'était produit. Le destin de l'humanité dépendait à présent de ce qu'il adviendrait lorsque l'énorme armada dog attaquerait Forteresse Sol. Si Sol était détruit, la Confédération perdrait toute combativité ; il ne resterait aux Doglaaris qu'à organiser une opération de nettoyage. Mais si les nouvelles armes solariennes venaient à bout de la flotte dog... *Les nouvelles armes ?* Mais... mais...

« Mais vous n'avez pas inventé de nouvelles armes ! s'exclama le militaire. C'était du bluff, tu l'as dit toi-même. Il n'y a rien. Tu... tu as même dit que quatre cents vaisseaux suffiraient à vaincre Sol !

– C'est vrai, acquiesça Lingo. Et je suis loin d'avoir exagéré.

– Alors tu n'as fait que rendre la défaite inévitable ! Les Dogs vont annihiler Sol, et...

– Ah », coupa-t-il avec un sourire où transparaissaient à la fois quelque chose de triomphant et... comme du regret. « Tu as oublié *une* arme. Une arme à laquelle le Kor n'a pas pensé, alors que nous la possédons depuis le début.

– Depuis le début ? Mais de quoi s'agit-il ? »

Le Solarien se détourna pour contempler le maelström énigmatique de l'espace-stase, à travers lequel le vaisseau filait à plusieurs fois la vitesse objective de la lumière vers son rendez-vous avec l'Apocalypse. Toute couleur semblait avoir déserté son visage, et ce fut d'une voix empreinte d'amertume qu'il finit par répondre, retranché dans ses pensées :

« De quoi, sinon Forteresse Sol elle-même ? »

11.

Max et Linda jouaient à la table à télékinésie, mais le cœur n'y était pas. Robin et Dirk se trouvaient tous deux dans le poste de pilotage, absorbés l'un par l'autre comme cela leur arrivait de plus en plus souvent depuis une semaine.

Fran, avachie dans un fauteuil, lisait d'un œil un ouvrage de poésie. Ortega s'agitait sans but derrière le bar.

Il émanait des occupants du vaisseau une impression d'impatience mêlée d'appréhension, celle que donne la victime d'une rage de dents attendant chez le dentiste. Le mode de vie du groupe organique solarien avait évolué pour s'adapter à la morosité ambiante.

Palmer avait du mal à cerner les changements individuels – il s'agissait d'un effet d'ensemble, fruit de dizaines de modifications subtiles : Max et Linda passaient de plus en plus de temps à se regarder dans les yeux, communiquant en silence du fond de leurs esprits enlacés ; Robin et Lingo disparaissaient souvent, désireux de s'isoler ; Fran, distraite, s'efforçait sans grand succès de se perdre dans les livres ; Ortega débordait d'une énergie nerveuse qu'il ne parvenait pas à canaliser.

Pourtant, les Solariens formaient toujours un groupe. Leurs besoins psychologiques individuels avaient changé, et les liens qui les unissaient évolué en conséquence, mais leur esprit communautaire persistait. Simplement, leur union évoquait davantage l'entente d'un vieux couple, qui partage plus de silences que de paroles.

Pour quelqu'un d'extérieur, c'était franchement exaspérant. Palmer se sentait les nerfs à vif.

« Mais qu'est-ce qui se passe, nom de Dieu ? demanda-t-il à Ortega en s'emparant d'un verre posé sur le bar pour le faire tinter d'un coup d'ongle.

– Hein ? murmura son compagnon, soudain tiré de sa rêverie. Oh, pas grand-chose, Jay... Je réfléchissais, c'est tout.

– Je ne parlais pas de ça, tu le sais très bien. Vous êtes tous tellement crispés, tellement préoccupés.

– Tu n'es pas non plus vraiment décontracté, tu sais.

– Ma foi, le destin de l'humanité tout entière va se décider d'ici quelques semaines, déclara Palmer. J'ai du mal à l'accepter – ça va être *la* bataille décisive. Quand on a été conditionné à penser que la guerre durerait encore au moins un siècle...

– Ce sera peut-être le cas, interrompit Ortega en se servant un petit whisky. Ça le sera même presque à coup sûr, quoi qu'il arrive. Après tout, si les Dogs perdent quatre mille vaisseaux, il leur en restera toujours trois mille. L'Empire doglaari ne se flétrira pas d'un seul coup avant de s'envoler en fumée. Il sera dans la situation actuelle de la Confédération – à résister sans espoir dans une guerre qu'il lui sera impossible de gagner, à perdre un par un ses systèmes solaires... Ça continuera sans doute au moins un siècle. La grande différence, c'est que la victoire finale nous reviendra, à *nous*.

– Tandis que si l'Empire balaie Sol, les Confédérés ne s'en porteront pas plus mal, d'un point de vue militaire. Ce ne sera qu'une défaite psychologique, et ils se battront sans enthousiasme quelques décennies de plus.

– *Ils ?* répéta Ortega, haussant les sourcils. Pas *nous ?*

– Sers-moi un verre aussi, Raul. Oui, j'ai bien dit *ils*. Moi, je ne sais même plus qui ou ce que je suis. J'ai passé trop de temps avec vous. J'en sais trop sur les Dogs et la guerre pour rester un Confédéré de base. »

Palmer sirota son whisky, morose.

« Robin prétend que j'ai changé, reprit-il, et en y réfléchissant bien, je me suis franchement surpris. Ça m'ennuie de devoir l'admettre, mais il y a quelque chose de... d'incomplet, de naïf, dans la Confédération. Je n'arrive plus à m'y sentir complètement intégré.

– Pentagon City, marmonna Ortega.

– Hein ?

– Pentagon City. Le résumé de tout ce qui ne va pas dans la Confédération humaine. La ville ne te rappelle rien ?

– Eh bien... si. Elle... elle me fait un peu penser à Doglaar ! Au Conseil de Haute Sagesse ! Elle est aussi laide, aussi fonctionnelle, quoique moins absolument...

– Et c'est aussi une impasse, ajouta le maître de jeu. La spécialisation, Jay. Une des lois de l'évolution dit que plus une espèce se spécialise, plus elle se rapproche de l'extinction. Que se passera-t-il à la fin de la guerre, en admettant que les Dogs soient vaincus ? Hein ? La Confédération humaine n'est qu'une pâle imitation de l'Empire doglaari : elle est spécialisée à tous les niveaux en fonction du conflit. Économiquement, scientifiquement, psychologiquement. Même religieusement – sa seule "religion" étant le mythe de Forteresse Sol, c'est-à-dire une religion de guerriers. L'unique ciment dont elle dispose, c'est la guerre. Elle n'a même pas de gouvernement proprement dit, juste le Commandement militaire humain unifié. Elle ne survivra pas à la paix. »

Palmer vida son verre.

« Tu as raison, reconnut-il. L'avenir de l'espèce humaine, si tant est qu'elle ait un avenir, c'est Forteresse Sol. J'en suis conscient depuis longtemps, mais j'avais peur de l'admettre, même pour moi seul. Vous, vous avez *quelque chose*... Un nouveau genre d'humanité qui repose sur ce qu'il y a d'*humain* dans l'être humain. La Confédération est effectivement une impasse, un déni de ce qui fait l'homme. Si seulement...

– Si seulement quoi ? »

L'officier soupira. Un barrage se brisa en lui, libérant des eaux plus que déferlantes.

« Si seulement je pouvais en faire partie, moi aussi. Vous avez essayé de m'y intégrer, je le sais, et maintenant je suis au moins à même d'apprécier vos efforts, mais ça ne marche pas : j'appartiens à la Confédération. J'ai passé trop de temps dans une culture différente. Je ne ferai jamais partie de ce que vous représentez...

« Pourtant, depuis que j'ai goûté à mieux, je suis tout aussi incapable de me réinsérer vraiment dans la Confédération. Je suis seul, Raul. L'être humain le plus solitaire de la Galaxie. J'en sais trop et trop peu... Tiens, sers-moi un autre whisky. Un grand. »

Ortega emplit à ras bord le verre de son compagnon, avant de se verser une deuxième rasade.

« Tu te trompes encore, Jay, déclara-t-il, les yeux perdus dans les profondeurs de l'alcool. Nous ne sommes pas l'avenir. Ce n'est pas possible. Nous ne sommes que cinq milliards, contre deux cents milliards de Confédérés. Nous ne pouvons être qu'une graine, un germe, un commencement. Il faut que nous nous fondions au reste de l'espèce humaine, comme n'importe quels porteurs d'une mutation positive. Nous ne représentons pas l'homme de l'avenir, mais une de ses nouvelles caractéristiques. » Vidant son verre, il fixa son compagnon d'un regard presque envieux. « L'avenir, Jay, c'est *toi*.

– *Moi ?* Je ne fais partie de *rien*. Je ne suis pas solarien, et je ne suis plus tout à fait confédéré. Je nage en plein néant.

– L'avenir est encore dans le néant, par définition. Ce sont les créatures chassées de leur environnement familier qui sont contraintes d'évoluer. L'avenir est seul, aussi, par définition. Le premier poisson projeté sur la terre ferme qui a survécu assez longtemps pour se reproduire était seul. Le premier singe à descendre de son arbre aussi. De même que les premiers hommes à coloniser les étoiles. Il n'y aurait jamais *aucun* changement s'il n'existait pas des gens à l'étroit dans tout ce qui existe déjà.

– Ce n'est pas une vision très agréable de l'Univers.

– Ce n'est pas un Univers très agréable ! Il n'a pas été conçu suivant mes désirs ni les tiens, ni même ceux du premier Kor. Il se fiche pas mal de ton agrément. Et, excuse-moi de te le dire – ou ne m'en excuse pas –, nous aussi.

– Comment ça ? Ce n'est pas *votre* faute !

– *Vraiment ?* soupira Ortega. Quand on a décidé d'embarquer un ambassadeur de la Confédération, on ne comptait pas seulement le tromper. Ça aurait encore mieux marché avec Kurowski qu'avec toi. Et ne va pas t'imaginer qu'on n'aurait pas pu l'obliger à nous accompagner, si c'était lui qu'on avait voulu. Mais ce n'était pas le cas. Tu te rappelles que, quand on s'est posés sur Olympia III, Max et Linda ont exploré l'esprit de tous les officiers ? Il ne s'agissait pas de curiosité pure et simple. Ils cherchaient quelque chose. Ils te cherchaient, toi. Un potentiel négligé. Un homme capable de profonds changements – et je suis sûr que maintenant tu te rends compte que ce n'est pas si courant, dans la Confédération. Pour parler crûment, ils cherchaient le bon cobaye. Tu as été un sujet d'expérience, Jay. Mais si ça peut te consoler, sache qu'à notre avis l'expérience est un succès. »

Ces mots frappèrent Palmer comme le froid de l'espace même.

« Qu'est-ce que tu racontes ? » demanda-t-il d'un ton sec.

Mais il le savait, et il savait qu'il le savait.

Le maître de jeu hocha la tête, plus en réponse semblait-il aux pensées de son interlocuteur qu'à sa question.

« Il fallait déterminer si les Confédérés étaient capables de changer, dit-il lentement, incapable de soutenir le regard de Palmer. De nous accepter, tels que nous sommes à présent, comme des frères humains.

« Pour redevenir un tout, l'espèce humaine a besoin

d'hommes indépendants de Sol aussi bien que de la Confédération, qui ne soient ni différents à la mode solarienne, ni acculés dans l'impasse confédérée. Des hommes dans ton genre, Jay. Un pont entre nous et le reste de l'humanité. Le groupe organique constituera l'unité sociale de base du futur – mais ceux qui y appartiennent trop intimement sont incapables de le transmettre à autrui ; et ceux qui appartiennent à la Confédération de comprendre qu'elle *doit* changer. Oui... Voilà ce que tu es devenu : un pont entre le passé et l'avenir. C'est ce que nous avons fait de toi, que cela te plaise ou non.

– Je devrais vous détester, mais je n'y arrive plus. Je vous comprends trop bien. Forteresse Sol aussi a été un sujet d'expérience, non ? Pour MacDay. Et à mon avis, il s'est montré plus cruel envers vous que vous envers moi. Parce qu'il ne savait même pas ce qu'il cherchait. Il vous a forcés à changer, sans savoir en *quoi*. Vous aussi, vous avez servi de cobayes.

– Sans doute, admit Ortega en riant. Peut-être toute l'espèce humaine se compose-t-elle de cobayes, d'une manière ou d'une autre. Pas pour nous ou pour MacDay, mais pour l'évolution. Bienvenue au club, ami cobaye ! »

Il tendit la main.

Palmer la prit.

Son compagnon emplit à nouveau leurs verres.

« Buvons aux cobayes passés, présents et à venir, lança-t-il.

– S'il y *a* un avenir », tempéra l'officier, avant de boire cul sec.

S'emparant de la bouteille, il versa deux nouvelles rasades.

« Encore un toast », décida-t-il. Il leva son verre. « À notre chez-nous, quel qu'il soit. »

Ortega reposa brutalement le sien. Une ombre passa sur ses traits.

« Je ne boirai pas à *ça*, déclara-t-il d'un ton sec.

– Qu'est-ce qui se passe ? Tu rentres chez toi, non ? Tu vas retrouver Sol, la Terre. Je voudrais bien...

– *Tais-toi !* coupa-t-il, cinglant. Ne fais pas de vœux quand tu ne sais pas ce que tu dis. Je voudrais *ne pas* rentrer chez moi. Je voudrais aller n'importe où ailleurs. Un chez-soi... Il vaut mieux ne pas en avoir, Jay. On est toujours obligé de le quitter.

– Tu penses à la flotte doglaari ? Mais c'est vous qui avez décidé les Dogs à attaquer. Lingo a parlé d'une arme fantastique, une vraie...

– Oui, notre arme..., grogna Ortega, amer. Seulement pour le fantastique, tu repasseras. On n'a rien pour rien. Toute victoire a son prix, et plus elle est importante, plus le prix est élevé. Parfois, il faut même payer d'avance, en espérant que la livraison aura bien lieu. » Il finit son verre avant de se lever. « Je ne me sens plus très sociable, tout d'un coup. Je crois que je vais aller jeter un coup d'œil dans le poste de pilotage. »

Palmer se retrouva seul, perplexe, devant les verres vides.

Il flottait dans l'air quelque chose de délétère, quelque chose de bizarre qui transcendait l'habituelle bizarrerie des Solariens, à laquelle le jeune homme s'était habitué.

Il s'en faisait la réflexion en gagnant le foyer. Chaque jour, le vaisseau se rapprochait un peu plus de Sol. Pourtant, loin de se réjouir à l'idée de bientôt revoir leur patrie, ses occupants étaient lentement mais sûrement devenus la proie d'une sinistre morosité.

Cela se voyait à un million de petites choses : les répliques triviales étouffées qu'ils échangeaient durant les repas, la musique qu'ils écoutaient, le trouble qui s'emparait d'eux aux moments les plus étonnants, comme avec Ortega, au bar...

Quoi que ce fût, ils ne pouvaient ou ne voulaient pas le partager avec Palmer. Cela dressait un mur entre eux et lui, mais chaque fois qu'il essayait de l'abattre, il s'attirait une rebuffade – sans méchanceté.

Pour des raisons qui leur étaient propres, les Solariens lui cachaient encore quelque chose.

De toute façon, se dit-il en pénétrant dans le foyer, ça n'allait plus durer. Ils ne se trouvaient guère qu'à une journée de Sol.

Le militaire parcourut la pièce du regard. Max et Linda, installés sur le canapé, communiaient en silence. Fran traînait, apathique, devant la bibliothèque. Robin, debout près de la chaîne hi-fi, le salua d'un hochement de tête, alluma l'appareil puis s'assit dans un fauteuil. Palmer l'imita.

Il allait lâcher une banalité, quand la musique frappa son oreille. Elle ne ressemblait à rien de ce qu'il avait jamais entendu, bondissait follement d'un thème à un autre, d'une mélodie à une autre, d'un style à un autre. Les instruments mêmes paraissaient changer au bout de quelques mesures : les cordes traditionnelles se muaient en association guitare-banjo, puis en tambours primitifs, en section complète de percussions, en duo flûte-tambour, en ensembles que Palmer ne connaissait pas...

L'ambiance du morceau, sa tonalité, l'impression qu'il dégageait se transformaient chaque fois au bout de quelques secondes. C'était de la musique symphonique, populaire, électronique... toutes les sortes de musiques que Palmer se rappelait avoir déjà entendues et plus encore. Pourtant, ces divers éléments restaient intégrés à un tout multiforme, et l'œuvre présentait une surprenante unité.

« Qu'est-ce que c'est que ça ? » demanda l'officier à Robin.

Elle regardait dans le vide d'un air morose, tout oreilles, semblait-il.

« Robin, appela-t-il. Hé, Robin, qu'est-ce que c'est ? »

La jeune femme se tourna lentement vers lui, comme si elle émergeait à regret d'un rêve intense, enveloppant.

« Une œuvre récente. Composée quelques mois avant qu'on quitte Sol. *Le Chant de la Terre.* »

Le morceau s'élevait toujours, et Palmer commençait à en percer le sens. Le compositeur, pour des raisons qui lui étaient propres, s'était efforcé de capturer toutes les musiques nées sur la planète mère de l'humanité, en tous temps et en tous lieux, afin de les rassembler en un kaléidoscope sonore emprisonnant l'héritage mélodique entier d'un monde très contrasté.

Il semblait y être remarquablement bien parvenu.

Tandis que la musique bondissait alentour tel un caméléon nerveux, Fran alla s'asseoir à l'orgue à parfums puis se mit à jouer, assortissant les odeurs au morceau, les accords olfactifs au style sans cesse changeant de l'œuvre, créant une odyssée sonore et odorante à travers la panoplie infinie des cultures, des races et des peuples qui avaient partagé la planète Terre au fil des millénaires.

Palmer n'avait jamais fait grand cas des symphonies, qu'elles en appellent à son ouïe ou à son odorat, mais il fut transporté, subjugué par les flots mêlés de sons et de parfums. Flûtes et chênaies... cornemuses et bruyère... guitares et castagnettes, ail et safran... en constante mutation, de plus en plus vite, s'enchaînant sans à-coups, se mêlant, se combinant et se recombinant...

Il jeta un coup d'œil à Max et Linda. Tirés de leur communion télépathique, ils s'ouvraient à la musique joyeuse et aux odeurs de la Terre, distillées par des millénaires d'histoire et des milliers de cultures, héritage plus riche et plus complexe que n'en laisseraient toutes les planètes confédérées réunies. Pourtant, ils n'avaient pas l'air en accord avec les configurations étincelantes de sons et de parfums. La bouche tombante et triste, les yeux humides de larmes...

Palmer se tourna vers Robin. Elle se mordait la lèvre inférieure en pleurant, les poings étroitement serrés.

Alors, la musique se mit à évoluer, lentement, accompagnée par les odeurs.

L'officier n'eût su dire au juste quand cette évolution commençait, ni en quoi elle consistait. Les modifications de style, d'instruments et de culture accéléraient graduellement. À un point indéfinissable, le flot rapide des configurations franchit le seuil entre brillance et frénésie.

La qualité de l'enregistrement changea, elle aussi : à présent, il paraissait avoir été effectué à une certaine vitesse, réenregistré plus vite puis ralenti. Cela lui donnait quelque chose d'évanescent, de frénétique, de quasi désespéré et gémissant.

À l'orgue, Fran s'était pliée à la même évolution. Les odeurs s'enchaînaient sans répit, se mêlant en combinaisons aussi étranges qu'écœurantes. Des senteurs communes, innocentes voire agréables, se mélangeaient en une puanteur atroce – envahissants relents de pourriture, d'abandon, de mort.

Le joyeux kaléidoscope de sons et de parfums s'était mué en une funèbre célébration jouée trois fois trop vite, plaintive, égarée, désespérée. La composition entière en arrivait à évoquer les derniers instants d'un homme qui se noie – une vie d'impressions, de sensations, de souvenirs, désespérément tassée dans quelques secondes de transition.

De plus en plus vite – la musique et les odeurs tourbillonnaient, s'élevant en un cri affreux de terreur et de regret destructeurs, en une puanteur étouffante de mort et de civilisations disparues, jusqu'à ce que Palmer ne pût en supporter davantage, tant ses oreilles lui faisaient mal et son estomac se tordait.

Puis soudain, sans avertissement – le silence.

Un silence complet, si lourd, si assourdissant, qu'il semblait la voix de la mort elle-même.

L'officier resta un long moment immobile, stupéfait. Qu'est-ce qui avait bien pu pousser quelqu'un à écrire une chose pareille ? Une œuvre indéniablement géniale, mais tout aussi indéniablement horrible. Et comment s'appelait-elle ? *Le Chant de la Terre !*

Enfin, il se tourna vers Robin.

« Que..., commença-t-il. Pourquoi... »

Des larmes ruisselaient sur les joues de la jeune femme.

« Écoute..., répondit-elle. Même si j'avais un million d'années, je ne trouverais pas les mots pour t'expliquer. Je... »

Soudain, Ortega passa la tête dans la salle commune.

« Tout le monde au poste de pilotage ! s'écria-t-il. On y est ! Il est temps de quitter l'espace-stase ! »

Palmer se leva et, accompagné de Max, Linda, Fran et Robin, suivit d'un pas raide le maître de jeu dans le couloir. Les six Solariens rentraient chez eux, tout simplement – bien qu'il fût évident que, pour une raison obscure, ils n'en éprouvaient nulle joie.

Mais il allait, lui, découvrir ce qu'aucun membre de la Confédération n'avait encore jamais vu : le système solaire originel de l'homme, Sol ; sa planète mère, la Terre.

Depuis deux cent cinquante ans, aucune expédition confédérée n'avait seulement tenté de franchir les limites de ce système. La dernière à avoir essayé, deux siècles et demi plus tôt, était tombée sur un vaste champ de mines situé juste à l'extérieur de l'orbite plutonienne, une sphère cosmique parfaite de mort assurée : des mines à canons laser automatiques comme celles des Dogs ; des bombes à fusion d'une mégatonne, par milliers, assorties de détonateurs à distance opérationnels jusqu'à sept cent cinquante mille kilomètres ; des mines à fragmentation capables de remplir plus de trente kilomètres cubes d'espace de particules érosives de carborundum, quasi microscopiques.

La moitié des vaisseaux avait été détruite en cherchant à traverser ce champ de mines. Les survivants avaient finalement fait demi-tour avant d'atteindre l'orbite de Pluton, non sans avoir entr'aperçu l'armada solarienne prête à éliminer les bâtiments qui, par une chance inouïe, auraient franchi le premier obstacle. De toute évidence, les appareils solariens ne comportaient pas de générateur d'espace-stase : il était mathématiquement impossible de produire une bulle de temps accéléré assez vaste pour en englober un. Sans doute ne s'agissait-il guère en fait que d'énormes générateurs à champ de résolution, puisqu'il en existait de n'importe quelle taille ou presque – l'arme de défense par excellence. Ces vaisseaux n'étant pas destinés à quitter leur système, ils n'avaient nul besoin de l'espace-stase. Aidés par les mines, de tels monstres rendaient Sol littéralement imprenable pour les Confédérés.

Mais voilà qu'enfin un général de la Confédération humaine allait pénétrer au cœur de Forteresse Sol et gagner la Terre elle-même sans être molesté.

Palmer eut une grimace ironique en s'avançant dans le poste de pilotage. Quelques semaines plus tôt, il aurait été prêt à tout pour obtenir pareille occasion. À présent, ça n'avait plus grande importance. Le destin de l'espèce humaine se jouerait ici, et ce seraient les Solariens, non les Confédérés, qui en décideraient. S'il vivait assez vieux pour transmettre les secrets qu'il allait découvrir, ces secrets seraient devenus inutiles. Et si la Confédération en avait encore l'usage, il ne serait plus là pour les transmettre...

« Eh bien, Jay, lança Lingo. Dans une minute, tu verras Sol. Je suppose que tu n'as jamais pensé que tu contemplerais un jour ce spectacle.

– Pas en ces circonstances, c'est sûr, admit Palmer.

– Trente secondes, Dirk, appela Fran. Vingt... dix... cinq... quatre... trois... deux... une... *Top !* »

Le pilote pressa le bouton. Le tourbillon de l'espace-stase disparut, remplacé par les étoiles rouges, bleues, jaunes.

Le centre du cercle matérialisant la ligne de vol du vaisseau était occupé par un astre jaune étincelant, le point le plus brillant de tout l'écran.

Un curieux soupir jaillit simultanément de la gorge des six Solariens, qui le fixaient avec une sorte de désespoir.

Palmer contemplait pour la première fois de sa vie le soleil originel de l'homme, l'espoir désespéré d'une humanité déchirée par la guerre, Forteresse Sol.

Ce n'était qu'une banale étoile de type G... qui eût aussi bien pu être Dogl. Rien ne les distinguait, à cette distance. Malgré son éloignement, Sirius brillait presque autant que Sol, astre obscur de taille moyenne égaré dans un coin reculé de la Galaxie, perdu dans un vaste océan de billes gazeuses semblables.

Palmer était chez lui.

Sa propre émotion le surprenait. Jamais encore il n'avait vu ce soleil ; il ne s'en était même pas approché de plus de soixante-dix années-lumière. Le système de Brycion, où il était né, était invisible depuis la Terre. La chaleur de Sol n'avait pas pénétré le moindre atome de son corps.

Pourtant, sans qu'il comprît pourquoi, ce petit soleil jaune très ordinaire lui paraissait plus brillant qu'il n'eût dû l'être : sa lumière lui semblait plus riche, plus bénéfique : Sol souhaitait la bienvenue au fils prodigue.

« C'est... c'est magnifique..., murmura-t-il stupidement.

– Ce n'est qu'une banale étoile de type G, rétorqua Lingo avec amertume, à sa grande surprise. Une boule de gaz comme toutes les autres.

– Comment peux-tu dire une chose pareille ? s'exclama l'officier. C'est Sol ! Le berceau de l'espèce humaine. Ton soleil à toi. Tu n'as donc vraiment aucune sensibilité ?

– Vraiment... », se contenta de répondre le pilote.

Nul ne semblant disposé à reprendre la parole, ils restèrent tous silencieux un long moment, les yeux fixés sur Sol. Il sembla à Palmer qu'une larme naissait sur la joue de Linda. Max serra la main de la jeune femme, tandis que Robin s'appuyait à l'épaule de Lingo.

« Une banale étoile de type G, répéta enfin ce dernier, avec une dureté inhabituelle. Je ne vois pas pourquoi on reste là à rêvasser, alors qu'il y en a des millions toutes pareilles. » Sa voix s'étrangla légèrement, puis il poursuivit d'un ton froid : « Le champ de résolution est branché. On ne va pas tarder à croiser l'orbite de Pluton. Prêt pour les secrets militaires, Jay ? »

La plaisanterie tomba complètement à plat.

Alors que le vaisseau accélérait de plus en plus, Palmer s'aperçut que l'espace environnant était truffé de mines – il devait y en avoir près d'un milliard autour de Sol, car il en distinguait une douzaine dans le champ de vision limité que lui offrait l'écran.

Comme ils en frôlaient une, il remarqua qu'il s'agissait

d'un engin à canons laser : des tubes en émergeaient, pointant dans toutes les directions, et diverses antennes fleurissaient à sa surface sphérique. Elle n'allait évidemment pas ouvrir le feu : sa programmation lui permettait de reconnaître et de laisser passer les vaisseaux solariens. Pourtant...

Quelque chose clochait. Les innombrables capteurs et antennes chargés de collecter des données étaient montés sur des articulations universelles, lesquelles leur permettaient de surveiller l'espace en balayant à intervalles réguliers chaque quadrant de leurs rayons laser et de leurs ondes radar.

Mais les antennes restaient immobiles, inertes. La mine était inactive, comme morte.

« Celle-là ne marche pas, murmura Palmer à Lingo. Tu devrais le signaler. »

Le pilote ne répondit pas.

En approchant de l'orbite de Pluton, ils passèrent près d'une autre mine. Inactive, elle aussi.

« Encore une qui ne marche pas ! s'exclama le militaire. Qu'est-ce qui se passe ?

– Rien, affirma Lingo. Elles ne sont pas défectueuses. Juste désactivées, à part les satellites espions dispersés à travers tout le système pour nous envoyer des gros plans quand on en demande.

– *Quoi ?* Mais les Dogs... »

Il fit la grimace.

« Ce champ de mines n'a pas été conçu pour contenir une attaque massive de quatre mille vaisseaux. En aussi grand nombre, ils le traverseraient sans problème. C'est ce que pensait le Conseil de Haute Sagesse en disant qu'il était mathématiquement impossible à un système isolé de défaire quatre mille bâtiments.

– On croise l'orbite de Pluton, annonça Fran.

– Bon. Montre-moi Saturne. »

Un petit cercle apparut autour d'un point lumineux à peine discernable. Lingo manœuvra le vaisseau afin d'amener le petit cercle au milieu du grand, qui représentait la ligne de vol de l'astronef.

« Pourquoi aller sur Saturne ? s'enquit Palmer.

– On n'y va pas, répondit le pilote. Je voulais juste te faire faire le grand tour, tant qu'on y était. Les anneaux de Saturne, Jupiter, Mars... Tu ne les as jamais vus, alors que ce bon vieux Sol a des enfants relativement intéressants, pour une banale étoile de type G. Je me suis dit... heu... que tu aimerais peut-être jeter un coup d'œil au paysage, puisque... heu... »

En scrutant les visages de ses compagnons, Palmer comprit leurs réactions. Ils pouvaient bien prétendre que « le grand tour » lui était destiné, il ne voyait aucune raison de les priver de cette confortable illusion, mais c'était peut-être leur dernière chance de contempler les planètes de leur propre système solaire... D'ici quelques semaines, ce système, ou ce qui en resterait, ne serait peut-être plus qu'une partie de l'Empire doglaari en pleine expansion...

« Saturne, annonça Lingo avec une fierté quasi enfantine. La plus grosse planète à anneaux de toute la Galaxie connue. Un des trois seuls corps célestes de ce type, en fait. Totalement inutile en elle-même, mais dotée d'une lune plus imposante que pas mal de planètes – Titan, un des rares satellites à posséder une atmosphère. »

Palmer, émerveillé, contemplait la géante gazeuse entourée de ses anneaux de glace, arcs-en-ciel immenses scintillant sur le noir de l'espace. Sans doute un des spectacles les plus extraordinaires de la Galaxie.

« Qu'est-ce que c'est beau », murmura-t-il, incapable d'exprimer une pensée moins banale.

Puis un nuage menaçant lui traversa l'esprit.

« Les Dogs ne connaissent même pas le concept de beauté, je parie ? Ils verraient juste Saturne comme une banale géante gazeuse inhabitable, non ? Une simple partie de leur butin.

– Ils ne connaissent même pas le concept de butin, répon-

dit Lingo. Mais je peux te promettre une chose : quoi qu'il arrive, jamais ils n'occuperont ce système-ci.
« *Jamais !* »

Les voyageurs allaient de l'avant, laissant derrière eux Jupiter la géante, énorme au point que l'homme avait bien failli ne jamais voir le jour : si elle avait été un peu plus grosse, si la naissance de Sol s'était déroulée à peine différemment, elle serait elle-même devenue une petite étoile, dont les radiations combinées à celles du soleil auraient fait de la Terre une planète où rien d'organique n'aurait pu vivre.

Alors qu'ils croisaient Mars, qu'une race éteinte à l'époque où la vie sur Terre était encore confinée aux océans avait futilement creusée de canaux, dans l'espoir d'y empêcher l'inexorable disparition de l'eau, Palmer comprit qu'il y avait un gros problème.

Mars avait été la première planète colonisée par l'homme ; une colonisation devenue le sujet d'innombrables pièces de théâtre, romans et autres travaux de fiction historique. Depuis des siècles, des cités sous dôme fleurissaient à la surface du deuxième astre le plus peuplé du système solaire.

Pourtant, pas une lumière n'y brillait. Pas un appareil ne filait dans son ciel, pas un vaisseau spatial dans ses alentours.

« Qu'est-ce qui se passe ? s'inquiéta le militaire. La planète a l'air complètement morte ! Ce n'est pas possible, les Dogs n'ont pas pu arriver avant nous ?

– Bien sûr que non, répondit Lingo. Calme-toi. Mars a été évacuée. N'oublie pas que l'attaque dog était *prévue* depuis des mois, voire des années...

– Et Mars était vulnérable, avec son atmosphère confinée sous les dômes ! Évidemment ! Les villes auraient été des cibles trop faciles.

– Mmh, mmh », grogna-t-il sans s'engager.

Palmer s'interrogeait. Cette histoire lui paraissait franchement bizarre. Les mines désactivées... l'absence de tout vaisseau spatial... l'évacuation de Mars... la morosité et le silence des Solariens, qui faisaient le tour de leur système comme s'ils ne devaient jamais le revoir...

Se pouvait-il que... ? Non, impossible ! Nul n'accepterait une chose pareille – abandonner aux Doglaaris toutes les planètes de Sol excepté la Terre, toutes les planètes de la Galaxie sauf une. Y confiner volontairement les restes pitoyables de l'espèce humaine, renoncer à tout le reste du système originel de l'homme, dans le fol espoir que les Dogs épargneraient un astre unique, une sorte de réserve.

Condamner l'humanité à vivre dans... *dans un zoo !*

Impensable ! Même pour des Solariens ! Pourtant, ça aurait tout expliqué... L'absence de résistance... l'évacuation...

Les Dogs avaient-ils des zoos ? Aimeraient-ils garder un échantillonnage de l'espèce humaine vaincue en exposition ?

Ou s'en servir comme cobayes pour des expériences désagréables au possible ?

« Prochaine étape, la Terre », lança Lingo, tirant brusquement le militaire de sa rêverie agitée.

Ridicule ! trancha Palmer en son for intérieur. *Je n'ai aucune raison de croire qu'ils feraient une chose pareille ; ils ont bien montré quelle importance ils attachent à la survie de l'espèce.*

Mais peut-être y en attachaient-ils *trop ?* Peut-être leur seul but était-il d'assurer cette survie ?

À n'importe quel prix.

Elle lui apparut d'abord comme une étoile bleue étincelante, plus brillante que Vénus dans son ciel. Lorsqu'on venait de croiser l'orbite martienne, trois autres astres seulement l'éclipsaient de leur éclat : Mars, Jupiter et Sol lui-même.

Mais à peine les yeux de Palmer furent-ils en mesure de la distinguer qu'elle éclipsa tout le reste dans son âme.

La Terre.

La planète originelle ; celle où la gravitation était du 1g

primitif qui servait d'unité de mesure à toutes les autres ; dont le nom signifiait tout simplement « *le* sol », « *le* monde » ; la seule planète terrestre à 100 %, et pour cause.

Le berceau de l'humanité.

Ce point de lumière saphir, qui s'épanouit en un disque alors que le vaisseau s'en approchait, déchaîna en Palmer – pour qui il n'était guère qu'une légende – un torrent d'associations d'idées et d'émotions instinctives. Son corps ne comportait pas un atome terrestre, mais l'officier n'en restait pas moins enfant du monde qui avait donné naissance à l'homme.

Bien qu'il ne l'eût jamais vue, la Terre faisait partie intégrante de lui-même, de son esprit, de sa manière de penser, de sa langue maternelle. « Type terrestre... terrien... extraterrestre... une bonne terre... revenir sur terre... mettre en terre... terre à terre... » Les centaines de mots et d'expressions qu'il avait utilisés toute sa vie sans y prendre garde se chargeaient d'une signification nouvelle à la lumière de la planète bleue.

Tandis que le disque grandissait, Palmer comprit que même si l'humanité survivait à la guerre, même si elle perdurait un milliard d'années, se répandant à travers toute la Galaxie, peut-être jusqu'à Andromède, se multipliant sur un million de planètes d'un million de soleils, jamais elle n'oublierait cette minuscule troisième planète d'un soleil jaune insignifiant, perdu aux confins de la Galaxie. Semblables aux saumons qui remontent en aveugles des milliers de kilomètres d'eaux hostiles pour retrouver l'endroit où ils sont nés, partout et toujours, en leur cœur, âme et conscience, dans leurs multiples langues et manières d'appréhender l'Univers, du fond d'eux-mêmes, les hommes se tourneraient vers elle.

Leur chez-eux.

Nul ne prononça un mot tandis que le vaisseau filait droit vers la Terre ; la moindre parole eût été inutile, malvenue.

En ses trois décennies d'existence, jamais Palmer n'avait ressenti ce qu'il ressentait à présent. Il rentrait chez lui...

L'appareil croisait à présent l'orbite de Luna, la seule lune de toute la Galaxie appelée *la* Lune. La face terrestre éclairée par le soleil présentait un spectacle qui faillit faire pleurer l'officier.

Les deux Amériques apparaissaient clairement ; des verts et des bruns adoucis par le moutonnement blanc des nuages, entourés du bleu lumineux des océans ; la matrice ultime de toute vie, qui donnait à la planète, vue de Mars, son éclat de saphir.

À travers ces mers, sur ces continents, soufflait un vent frais et pur, un vent *parfait* tel que ne pouvait l'être aucun autre vent sur aucune autre planète, si... si *terrestre* fût-elle. Palmer le savait.

Chez lui.

Le vaisseau descendait en spirale, approchant de la ligne floue, brouillée par l'atmosphère, où s'interrompait la clarté solaire. Visiblement, Lingo comptait se poser sur la face obscure.

Bientôt, je serai sur Terre, songea Palmer. *Je regarderai les étoiles telles que les ont regardées les premiers hommes, sans se douter qu'un jour leurs enfants vivraient sur des centaines de mondes étrangers tournant autour de ces points lumineux glacés si lointains.*

Une fois franchie la frontière dessinée par le terminateur, la face obscure de la planète se déroula sous les arrivants. Les perles de lumière de milliers de villes, miroir terrestre tendu aux étoiles, ne tarderaient plus à apparaître.

Mais... mais...

Palmer fixait, bouche bée, empli d'horreur et d'incompréhension, le paysage qu'il survolait. La Terre était noire ; totalement noire, dépourvue des feux de la moindre bourgade.

Toutes ses villes s'étaient éteintes.

Soudain, le jeune homme s'aperçut que Lingo faisait décrire à l'astronef une grande parabole. Le disque obscur de la planète ne grossissait plus : il diminuait. Les voyageurs, contournant la Terre, poursuivaient leur route vers le soleil.

« Que... qu'est-ce que tu fais ? *Qu'est-il arrivé aux villes ?* Que... ?

– Il ne leur est rien arrivé, coupa le pilote. Pas encore, en tout cas. Elles ont été évacuées.

– Mais pourquoi ?

– Est-ce que ce n'est pas évident, Jay ? La Terre va être la *première* cible. Des villes habitées, éclairées, seraient trop faciles à détruire.

– Quoi ? Vous pensez que les Dogs atteindront la Terre ? Vous les avez poussés à attaquer en *sachant* que vous ne pouvez pas les en empêcher ? C'est... c'est...

– *Inhumain ?* proposa Lingo avec un rire sans joie. Sacrilège ? Tu as parcouru un très, très long chemin depuis ton départ d'Olympia III, Jay, mais ne t'y trompe pas : tu n'es pas encore au bout. C'est le dernier pas qui coûtera le plus, parce que personne ne te tiendra par la main, personne ne te dira comment le faire. Il y a des choses qu'il faut *vivre*, un point c'est tout. Les hommes ou les Doglaaris émergeront de la guerre, les uns *ou* les autres, pas les deux. Le but premier de l'espèce humaine est de *survivre*. » Il prononça ce dernier mot d'un ton cruel, plus pour se convaincre lui-même, semblait-il, qu'au bénéfice de son interlocuteur. « Quoi qu'il arrive, quel que soit le prix à payer ou les risques à prendre. »

Il fixa Palmer d'un regard étrangement implorant.

« Si c'était nécessaire à la survie de l'humanité, si l'issue de la guerre en dépendait, d'une manière ou d'une autre, tu ne risquerais pas Olympia III ?

– Si, bien sûr, admit l'officier, mais ce n'est qu'une planète comme une autre, même si elle abrite la capitale de la Confédération. Tandis que toi, tu parles de la *Terre !* La *Terre !* »

Lingo, se détournant, contempla d'un œil inexpressif le disque obscur décroissant.

« Ce n'est aussi qu'une planète comme une autre »,

déclara-t-il trop sèchement, de toute évidence sans y croire. « *Exactement* comme une autre. L'humanité compte plus que n'importe quelle planète, y compris celle-là. Mais je ne peux pas te demander de le comprendre, pas maintenant. Tu es persuadé d'avoir parcouru un long chemin, Jay, et tu as raison, mais le dernier pas est toujours le plus démesuré, le plus douloureux. Et tu le feras, que ça te plaise ou non. Il n'y aura pas à réfléchir, à tergiverser, à... »

Il eut un rire amer, avant de poursuivre :

« J'allais dire que je te plaignais, mais ce n'est pas vrai. Dans un sens, je t'envie.

– Mais... Pourquoi ne pas nous poser sur Terre ? murmura Palmer.

– Parce que notre mission nous appelle ailleurs, répondit Lingo, soudain distant. Nous allons rendre visite à Mercure. »

Malgré le filtre épais couvrant les lentilles de la caméra reliée à l'écran hémisphérique, l'image restait floue, surexposée. Sol, énorme boule de feu, dominait complètement le ciel mercurien.

Pourquoi se poser là ? Palmer savait que la zone crépusculaire de la planète abritait un ou deux postes avancés depuis l'aube du voyage interplanétaire, mais nul n'avait jamais sérieusement envisagé de coloniser Mercure. Côté lumineux, c'était une boule de scories à demi fondues ; côté obscur, régnait le froid de l'espace. L'astre, dépourvu de la moindre atmosphère, baignait en permanence dans les radiations solaires – se révélant aussi inutile que pouvait l'être une planète.

Le militaire finit par comprendre que Lingo n'avait aucune intention de s'y poser. Après plusieurs manœuvres, le Solarien plaça le vaisseau en orbite basse, de manière à le maintenir en permanence dans la zone crépusculaire.

« Branche-nous sur la station, Fran », demanda-t-il.

Sa copilote se consacra quelques instants à la radio, avant de relever les yeux.

« On est sur la fréquence de la balise, Dirk. Et à portée. Tu peux émettre. »

Lingo activa le micro.

« Phénix..., lança-t-il. Phénix... phénix... phénix... »

Il répéta le même mot, encore et encore, jusqu'à ce qu'enfin un signal lui parvînt, brouillé par l'intense électricité statique du soleil mais audible.

« Reçu... reçu... reçu... », récitait une voix mécanique.

Hochant la tête, il éteignit la radio.

« Allez, on s'en va. Il fait trop chaud, dans le coin. Commence à larguer les yeux, Raul. »

Décrochant de l'orbite, il lança l'astronef sur une trajectoire curieuse, non vers l'extérieur du système mais vers le « haut », perpendiculairement à l'écliptique. Alors que l'appareil filait de plus en plus vite, Palmer vit un petit objet tomber dans son sillage.

« Un “œil” ? s'enquit-il.

– Oui, acquiesça Ortega. Une caméra équipée d'un émetteur, rien de plus. Comme Dirk te l'a expliqué, il y en a dans toute Forteresse Sol. On en ajoute juste quelques-unes, pour faire bonne mesure. On peut les brancher directement sur notre écran, ce qui nous permet d'obtenir des gros plans de n'importe quel endroit ou presque du système.

– Mais où est-ce qu'on va ?

– *Nulle part*, répondit Lingo. Absolument nulle part. »

Des heures durant, le vaisseau accéléra, fuyant l'écliptique, propulsé à une vitesse approchant celle de la lumière.

Enfin, lorsque Sol fut repassé de l'état de disque à celui de simple étoile brillante, Fran déclara :

« On est assez loin, Dirk. On peut entrer en espace-stase quand on veut.

– En espace-stase ? s'exclama Palmer. Mais pour aller où ? À Olympia ?

– Puisque je te dis qu'on ne va nulle part », répéta Lingo.

Au lieu de presser le bouton du générateur de stase, il coupa le champ de résolution puis bloqua les commandes.

L'astronef flottait, comme mort, dans l'espace interstellaire.

« Point final, déclara le pilote. Maintenant, on attend.

– On attend *quoi ?* demanda Palmer.

– Quelle question. Les Dogs, bien sûr. »

12.

« Mais bordel, pourquoi ne voulez-vous pas m'expliquer ce qui se passe ? s'exclama Palmer, martelant le bar du poing. Ça fait presque deux semaines qu'on est là, au milieu de nulle part, et personne ne me dit rien. Pourquoi, Dirk, *pourquoi ?* »

Lingo soupira en tambourinant du bout des doigts dans une petite flaque répandue sur le bois.

« Écoute, Jay, dit-il lentement, comme s'il cherchait ses mots, on ne t'a pas dit ce qu'on préparait avant d'obtenir une audience du Kor, et on avait nos raisons, tu l'as compris plus tard. On attendait de toi une certaine réaction, qui nécessitait que tu découvres certains faits d'une certaine façon...

– Et alors ? Quel rapport ?

– Alors on avait nos raisons, et on en a de nouveau.

– Je ne trouve pas que ce soit une bonne excuse.

– Je comprends ça, admit Lingo avec une grimace, mais parfois, les choses... eh bien, les choses sont comme elles sont, tout simplement. Impossibles à enseigner, alors qu'il faut bien les apprendre. Si tu veux que quelqu'un apprenne à nager, par exemple, le plus simple est encore de le jeter à l'eau. Tu es l'avenir, Jay, mais pour que cet avenir échappe à la folie, tu dois devenir un pont entre Solariens et Confédérés... ce que tu sais déjà... Tu as fait un long chemin, nous sommes fiers de toi... et, pour être honnêtes, de nous aussi, un peu. Tu es la preuve qu'un Confédéré est capable d'arriver à comprendre les Solariens. Mais ça ne suffit pas. Il faut que tu deviennes partie intégrante de notre groupe organique, émotionnellement, viscéralement, ou tout ça n'aura servi à rien.

– Qu'est-ce que ça a à voir avec tout ce mystère ? Je veux bien devenir membre de votre groupe organique à l'instant même. Dis-moi juste ce qu'il faut faire.

– Je ne *peux* pas te le dire, soupira Lingo. Personne ne peut. Comment un groupe se forme-t-il, à ton avis ? Par tirage au sort ? Par hasard, selon la naissance ? Par la volonté d'un maître ordinateur façon Conseil de Haute Sagesse ? Un groupe organique est un ensemble de gens qui ont partagé assez d'expériences profondes et significatives pour se *sentir* unis. Le mot clé, c'est "organique". Parce que le groupe *mûrit*, à la manière d'un être vivant ; dans un sens, c'en est un. Il n'est pas choisi, contrairement à un gouvernement. Regarde-nous, par exemple : il se trouve que Max et Linda ont grandi ensemble, proches comme seuls peuvent l'être deux télépathes. Un jour, j'ai sauvé la vie de Raul. Robin a sauvé la mienne. À l'époque, elle vivait avec Raul, qui m'a traité en ennemi. Mais ça n'a pas duré : ensuite, on est devenus amis. Fran et moi avons travaillé ensemble dans un genre de gouvernement local pendant des *années* avant la réunion du groupe... Max et Raul... Mais je ne vais pas continuer, ça ne servirait à rien. Ce que je veux dire, c'est que la création d'un groupe est un processus lent, complexe, arbitraire et surtout alogique, comme tous les autres processus naturels. Elle implique des émotions partagées, bonnes et mauvaises, des moments partagés de peur et... »

Lingo s'interrompit, cherchant des mots qui ne venaient pas.

« Je n'arrive pas à t'expliquer, reprit-il enfin, parce que c'est un concept par essence non verbal. Je ne pourrais te débiter qu'une longue série de presque vérités, demi-vérités et quasi-mensonges. Mais je te promets une chose, Jay :

si tu survis à ce qui s'annonce, tu sauras de quoi je veux parler. Je ne te dirai rien, pas plus que les autres, mais tu *sauras*, parce que tu l'auras *vécu*.

– Mais *pourquoi* ne pouvez-vous pas me dire ce qui se passe ?

– Parce que... parce que si on te le disait, jamais tu ne le comprendrais. Tu... tu nous considérerais comme des monstres. Le fait de savoir à l'avance ce qui va se produire t'influencerait trop pour que tu tires de l'expérience ce que tu *dois* en tirer.

– Je ne comprends pas.

– Non, bien sûr. Je vais au moins te dire une chose : même si tout se passe comme prévu, même si on a vraiment anticipé les réactions des Dogs à la dixième décimale près, il va arriver quelque chose de terrible, de plus affreux que tout ce que tu pourrais imaginer dans tes moments les plus fous. *Voilà* pourquoi je ne peux pas te dire de quoi il s'agit : ce serait pire que tout ce que peut t'inspirer le secret. Moi, je sais, Jay. Et je peux t'assurer que je donnerais quasiment n'importe quoi pour être à ta place

– Si c'est tellement horrible, pourquoi..

– Parce qu'il le faut ! Le groupe organique a apporté à l'homme de nouveaux niveaux de conscience, mais si tu crois que c'est toujours agréable, tu te trompes. Par moments... Pense à ce pauvre Douglas MacDay, tiens. Il avait le choix : ne rien faire, se tenir tranquille et vivre au jour le jour en sachant l'espèce humaine condamnée, ou plonger le système solaire dans le chaos, l'horreur et la terreur, avec l'espoir qu'un jour, d'une manière ou d'une autre, il sortirait de cette démence *quelque chose* qui sauverait *peut-être* l'humanité. MacDay a choisi, et bien choisi. Qu'est-ce que tu aurais fait à sa place ?

– Je... je... Franchement, je n'en sais rien.

– Moi non plus, admit Lingo paisible. J'aime à croire que j'aurais eu autant de courage que lui, mais je me berce peut-être d'illusions... Qui sait ? Qui peut bien savoir ? »

Palmer l'examina avec attention.

« Il y a autre chose, hein ? demanda-t-il enfin. Quelque chose de personnel. »

Son compagnon baissa les yeux sur le bar, évitant son regard. Quand il reprit la parole, ce fut d'une voix étranglée.

« Oui... sans doute. Écoute, Jay. Parfois, peut-être plus souvent qu'on ne le croit, il nous faut choisir non pas entre le bien et le mal mais entre deux maux différents. Même si tout se passe bien, dans ces cas-là, quoi qu'on ait décidé, on en reste obsédé sa vie durant... MacDay a été confronté à ce genre de choix, et nous aussi. Il a fait ce qu'il fallait, mais il n'a jamais *su* de toute sa vie s'il avait eu raison. Nous avons choisi, nous aussi, mais... eh bien, les Douglas MacDay sont rares. Tu vois, je crois qu'un des besoins les plus primaires et pervers de l'être humain est d'être *jugé*, d'avoir une opinion extérieure pour lui dire s'il a eu tort ou raison – qu'il soit d'accord ou non avec ce jugement, au bout du compte. Et au fond, c'est pour ça qu'on a besoin de toi – comme juge. Objectif, sans idées préconçues ni informations préalables...

– Mais favorable, Dirk », assura Palmer, cherchant d'instinct à consoler Lingo d'il ne savait quoi.

Le Solarien, relevant la tête, éclata d'un rire sardonique.

« Oui, favorable, répéta-t-il. Ce bon vieil *homo sapiens* a toujours aimé en rajouter. À mon avis...

– Dirk ! Dirk ! » Le maître de jeu entra en trombe dans le foyer. « Viens vite ! Au poste de pilotage ! Ils sont là ! Les Dogs ! »

« Je ne vois rien », observa Palmer, comme Ortega, Lingo et lui faisaient irruption sur la passerelle de commandement, où les autres Solariens regardaient déjà, pétrifiés, l'immense champ d'étoiles sur l'écran hémisphérique.

« Là ! s'exclama le moustachu, le doigt tendu vers ce qui ressemblait à une comète miniature approchant du système de Sol. Pour l'instant, on a un point de vue normal : on dépend des caméras du vaisseau. Mais on peut passer aux satellites espions... Il y en a un juste à l'intérieur de l'orbite plutonienne. »

Il gagna une grande console aux branchements de fortune, sur laquelle s'alignaient des dizaines d'interrupteurs, dont un qu'il fit jouer. L'image que présentait le grand écran se brouilla, disparut puis fut remplacée par une vue rapprochée de Sol, étincelant, et... *et...*

« Seigneur ! hoqueta Palmer. Je n'aurais jamais cru qu'il puisse y avoir autant de vaisseaux au même endroit ! »

Ce qui était apparu comme une comète, à la queue s'étirant dans la direction opposée au soleil, s'avérait à présent être un cône monstrueux d'astronefs dogs filant vers Sol, base en avant. Il n'était tout simplement pas possible d'englober d'un coup d'œil l'immensité de la flotte doglaari. La base du cône évoquait une muraille de vaisseaux de plusieurs kilomètres de diamètre ; son sommet en était éloigné de plus de trente-cinq kilomètres ; entre les deux, les navires de guerre s'entassaient littéralement. La masse totale de l'ensemble devait dépasser celle d'un astéroïde de bonne taille.

« Je n'arrive pas à y croire, murmura le militaire. J'ai beau le voir de mes yeux, je n'arrive vraiment pas à y croire.

– Elle est bien là, déclara Lingo, le visage sculpté en un masque impassible. Plus de la moitié des forces doglaaris. »

La flotte approchait à présent la bordure du champ de mines. Les sept humains fixaient l'écran tels des oiseaux fascinés par un cobra.

La base de la formation se brouilla un instant, comme si tous les vaisseaux la composant tombaient soudain en pièces. Des éclairs flamboyants bondirent sur la muraille d'astronefs. Les forces de Sol avaient-elles déjà... ?

Puis Palmer comprit de quoi il s'agissait.

Les éclairs étaient dus à un tir groupé ; les « fragments » d'appareils se composaient en fait d'une gigantesque salve de missiles – des milliers et des milliers.

Leur propre accélération s'ajoutant à la poussée du champ

de résolution dog, ils s'écartèrent à toute vitesse des bâtiments pour s'enfoncer dans le champ de mines.

Il y eut un éclair terrible qui éclipsa momentanément tout l'espace alentour, un éclair qui ne pouvait durer qu'un instant – le redoutable éclat d'une explosion thermonucléaire titanesque. Pourtant, si incroyable que ce fût, l'éblouissante lumière ne s'évanouit pas au bout d'une seconde : elle domina les cieux durant des minutes incroyablement longues, s'allongeant, croissant en direction de Sol, projetant vers l'astre une immense lance de feu, une portion d'enfer de plusieurs kilomètres de diamètre, droite comme un i.

« Que... qu'est-ce que c'est que *ça* ? s'écria Robin.

– Ils... ils pratiquent un "tunnel" dans le champ de mines, expliqua Palmer. C'est incroyable ! Des milliers de missiles réglés pour détoner l'un après l'autre, en s'enfonçant dans les défenses du système, de manière à susciter une sorte de gigantesque explosion continue ! Et ils doivent bien avoir des têtes de mille mégatonnes... *Une explosion de millions de mégatonnes !* »

Le terrible cylindre de feu, qui mesurait à présent des centaines de kilomètres de long, dépassait l'orbite plutonienne. Son extrémité la plus proche de la flotte doglaari clignota, prête à s'éteindre. Bientôt, l'ensemble se contracta, telle une immense flamme mourante. Quelques minutes plus tard, le dernier missile explosait, et la lance de destruction thermonucléaire disparaissait.

Les envahisseurs s'étaient dégagé à travers le champ de mines un chemin qui menait droit dans le système solaire.

Ils accélérèrent le long de cette ligne invisible parfaitement sûre, atteignirent l'orbite de Pluton puis, soudain, changèrent de cap, virant à quatre-vingt-dix degrés.

« Qu'est-ce qu'ils font ?

– Ils se dirigent vers Pluton, expliqua Ortega. Les Dogs sont extrêmement *minutieux*. À mon avis, ils comptent stériliser tous les corps célestes habitables du système ! »

Une fois encore, la base du cône disparut derrière les

éclairs trahissant la libération de missiles. Un imposant barrage d'explosifs fila droit vers la planète la plus excentrée de Sol, le long de son orbite. Alors même que la destruction thermonucléaire approchait de Pluton, les intrus changèrent à nouveau de cap pour repartir en direction du soleil.

« Mais enfin, Pluton est un monde mort..., murmura Palmer. Pourquoi... ?

– *Ordre et méthode,* affirma Ortega. Cette flotte possède une puissance de feu assez importante pour réduire en cendres tout ce qui se trouve dans le système, et c'est exactement ce qu'elle va faire. Après tout, il pourrait y avoir quelques dizaines d'êtres humains sur Pluton. Or les Dogs ont décidé une extermination *totale*, et ils ont tendance à tout prendre au pied de la lettre. »

Soudain, Pluton explosa en un rideau de feu. La planète frémit presque sur son orbite, tandis que des milliers d'énormes bombes à fusion s'y écrasaient simultanément. Ses roches depuis longtemps figées s'écoulèrent en rivières de lave ; ses couches de gaz gelé, de plusieurs kilomètres d'épaisseur, se vaporisèrent ; dans ses spasmes d'agonie, elle se drapa d'un suaire tout neuf – une atmosphère.

Alors que sa surface en fusion s'enveloppait de nuages de glace volatilisée, la grande flotte doglaari lâchait en zigzaguant des volées de missiles sur les lunes de Neptune et d'Uranus.

Puis, modifiant son cap, elle fila vers Saturne.

« Toutes les lunes habitables ! commenta Lingo. Ils n'en oublieront pas une ! »

Il adressa un signe de tête à Ortega, qui manipula un autre interrupteur afin de changer de caméra. La nouvelle devait se trouver près des anneaux de Saturne, car Titan, le satellite le plus imposant du système, envahit l'écran. Les Dogs s'en approchaient.

Au lieu de lâcher une salve de missiles, ils bouclèrent une orbite basse en promenant méthodiquement, quoique sporadiquement, sur la lune saturnienne les grands faisceaux lumineux de milliers de canons laser.

« Qu'est-ce qu'ils font ? s'étonna Palmer. Pourquoi n'envoient-ils pas de missiles ?

– Une autre vertu dog, répondit Ortega. *L'économie.* Les rares villes de Titan sont installées sous dôme et bien visibles. Il suffit d'ouvrir les coupoles au canon laser, comme des noix. Pas besoin de bombes. L'atmosphère empoisonnée de Titan fera le travail. »

Les envahisseurs, quittant leur orbite, traversèrent le plan de l'écliptique pour se diriger droit vers Jupiter.

« Mais où sont vos vaisseaux, nom de Dieu ? interrogea l'officier. Pourquoi ne contre-attaquez-vous pas ? Pourquoi ne faites-vous absolument *rien ?* »

Ses compagnons ne répondirent pas, concentrés sur la flotte qui se divisait en sections imposantes pour s'en prendre aux lunes habitables de Jupiter. Cette fois, les canons laser furent suivis de missiles thermonucléaires « sales », car les satellites jupitériens étaient dépourvus d'atmosphère.

Son œuvre de mort achevée, l'armée dog reprit sa formation conique, tandis que Palmer s'époumonait à répéter :

« Mais où sont vos vaisseaux ? Pourquoi n'interviennent-ils pas ? »

Lingo se détourna un court instant du terrible spectacle.

« Arrête de crier, Jay, s'il te plaît. Qui pourrait bien défendre les satellites extérieurs contre une chose pareille ?

– Mais enfin, des millions de gens sont en train de mourir ! Comment pouvez-vous les abandonner sans même essayer de... ?

– Les satellites extérieurs ont été évacués », coupa-t-il d'un ton froid, avant de pivoter vers l'écran.

Ortega fit jouer un interrupteur, et le spectacle changea à nouveau. La caméra espion, flottant au-dessus du plan de l'écliptique, était tournée vers le « bas » – le cœur de la ceinture d'astéroïdes.

« La ceinture devrait être leur prochaine étape, murmura le maître de jeu. Céres... Vesta... Pallas... »

Pourtant, la flotte dog restait invisible.

« Qu'est-ce qui se passe ? s'exclama Lingo. Où sont-ils passés, nom d'un chien ?

– Je ne sais pas, répondit Ortega. Ils devraient être là. Je vais essayer un plan éloigné. »

Il fit appel aux caméras du vaisseau ; la formation doglaari réapparut comme une comète miniature. Elle ne se dirigeait pas vers les astéroïdes inhabités de la ceinture mais, ayant une fois de plus infléchi sa course, les laissait derrière elle.

Pour filer droit sur Mars, la deuxième planète la plus peuplée du système, la deuxième plus ancienne possession de l'homme. Celle-là, au moins, Sol allait la défendre ! se dit Palmer.

« Qu'est-ce qu'ils fabriquent, nom de Dieu ? marmonna Ortega. Pourquoi ne s'occupent-ils pas de la ceinture ? »

Il fit surgir les images d'une caméra espion larguée juste au-delà de l'orbite martienne. La planète rouge envahit l'écran, deux fois plus grosse que la Lune vue de la Terre, assez pour qu'on distinguât les bandes de végétation indigène de quelques kilomètres de large qui poussaient le long des canaux, ainsi que les champs réguliers de cultures mutantes terrestres. Contrairement aux satellites extérieurs, elle avait l'air habitée, domestiquée, même à pareille distance. Palmer crut y discerner l'éclat d'un des grands dômes martiens, lesquels recouvraient des cités plus vastes que nombre de leurs sœurs terrestres.

Ce qui rendait plus horrible encore le spectacle de la monstrueuse flotte doglaari fondant sur la planète.

Ne rencontrant aucune résistance, les Dogs se placèrent en orbite, puis ils rompirent la formation conique pour étendre un vaste filet de métal sphérique tout autour de Mars.

Les forces solariennes ne donnaient toujours aucun signe de vie. Pas un vaisseau ne se montrait. Les assaillants n'avaient même pas à affronter de tirs sol-espace.

L'attaque commença.

Quatre mille canons laser balayèrent de lances de feu la

surface martienne, perçant le moindre dôme, incinérant sans discrimination cultures et plantes indigènes.

Des missiles s'abattirent sur la planète, sans cependant exploser. Apparemment, leurs têtes ne contenaient pas des bombes à fusion mais des gaz mortels ainsi, peut-être, que les bactéries d'une maladie adaptée à l'atmosphère martienne.

Enfin, le pilonnement nucléaire commença. Les calottes de glace polaires furent volatilisées en quelques minutes, si bien que, pour la première fois depuis des milliards d'années, l'atmosphère sèche de Mars renferma un instant au moins une quantité significative de vapeur d'eau. Toutefois, il ne s'agissait pas d'une pluie vivifiante mais mortelle, car la glace vaporisée avait été contaminée par des millions de tonnes de retombées radioactives létales. Des brumes de mauvais augure naquirent aux pôles, s'étendirent vers l'équateur pour envelopper toute la planète.

Les missiles n'en continuèrent pas moins à s'abattre, explosant à présent dans les déserts d'oxyde de fer, y creusant des lacs de métal en fusion au-dessus desquels planaient des masses de poussière irradiée et, ironiquement, de grandes quantités d'oxygène libéré.

En une demi-heure, Mars se transforma en un cauchemar de nuages radioactifs, de minéraux liquéfiés et de pluies mortelles, où rien d'organique ne pouvait survivre.

En une demi-heure, une planète entière trouva la mort.

Les forces solariennes ne s'étaient toujours pas montrées.

Les Doglaaris, satisfaits de leur monstrueux ouvrage, quittèrent l'orbite, reformant le cône massif. Leur prochaine étape serait la Terre !

Mais...

« Regardez ! s'écria Palmer, agitant follement les bras. Regardez ! Regardez ! Ils font demi-tour ! Ils s'enfuient ! »

Étonnamment, inexplicablement, les envahisseurs ne s'approchaient pas de la Terre. Au contraire, ils s'en éloignaient, filant vers l'extérieur du système, laissant derrière eux le cadavre de Mars.

« Je retire tout ce que j'ai dit ou pensé, Dirk ! s'exclama l'officier. Je ne sais pas comment, mais vous avez réussi ! Ils s'enfuient ! Ils tournent casaque, alors qu'ils n'ont même pas essuyé un seul coup de feu ! »

Les Solariens, eux, restaient silencieux, l'air perplexes, voire effrayés.

« Eh bien, on est deux, Jay, dit Lingo doucement. Je ne sais absolument pas pourquoi ils repartent. Nous n'avons rien tenté pour les arrêter. »

La flotte dog s'éloignait suivant un grand arc coupant l'écliptique en oblique et l'emportant vers le cœur de la ceinture d'astéroïdes. De petits escadrons s'en détachèrent pour bombarder au passage ceux de ces derniers qui avaient été aménagés.

Pendant ce temps, le gros des vaisseaux continua sa route jusqu'aux confins extérieurs de la ceinture, où il s'immobilisa.

« Qu'est-ce qu'ils font ? s'étonna Palmer.

– Je n'en ai pas la moindre idée, répondit Ortega. Ça n'a pas de sens. Pourquoi n'ont-ils pas attaqué la ceinture avant ? Pourquoi commencer par Mars ? »

La destruction des astéroïdes habitables achevée, les escadrons détachés retournèrent se fondre à la formation principale.

La flotte se remit en mouvement.

Lentement, la base en avant, à son habitude, elle suivit un moment la courbure de la ceinture, puis elle s'immobilisa derechef ; juste avant de repartir, changeant de cap à cent quatre-vingts degrés. Après avoir longé la ceinture en sens inverse, au plus près, elle fit une fois de plus marche arrière, s'enfonçant très légèrement parmi les astéroïdes.

« Mon Dieu ! s'écria Ortega, alors qu'elle réitérait la manœuvre. Évidemment ! Ils ont quatre mille vaisseaux, mais un seul champ de résolution ! Le plus grand qui ait jamais existé. Assez puissant pour déplacer de petits planétoïdes ! Regardez... devant eux ! »

Les raisons de l'étrange comportement des Dogs devenaient en effet évidentes. Près de la base du cône, à la limite du champ de résolution, se rassemblaient d'innombrables rochers et astéroïdes, plus serrés à chacun des passages dogs à travers la ceinture. Les envahisseurs se fabriquaient un énorme écran minéral, un gigantesque et mortel essaim de météorites.

Le cône allait et venait tel un pendule, la moindre de ses oscillations ajoutant d'autres rochers à son bouclier, de plus en plus imposant.

Enfin, considérablement ralenti par la masse supplémentaire qu'il propulsait à présent, il se hissa bien au-dessus de l'écliptique pour changer une fois encore de cap, laissant la ceinture disparaître dans son sillage tandis qu'il reprenait sa course vers l'intérieur du système.

Il poussait devant lui la plus énorme concentration de météorites que Sol eût jamais connue ; les Dogs allaient utiliser une partie de la ceinture pour bombarder la Terre !

La flotte, retranchée derrière le nuage de rochers, filait vers la planète mère de l'humanité, franchissait pour la deuxième fois l'orbite martienne, se rapprochait du soleil...

« Sacrément pensé ! admira Ortega, de mauvaise grâce. Vous avez vu comment ils maintiennent les astéroïdes entre eux et la Terre ? C'est un bouclier parfait – qui provoquera l'explosion de tous les missiles essayant de le traverser et déviera les tirs de canons laser. Autant dire qu'ils sont invulnérables.

– Pour le bien que ça vous fera, bande de salauds ! » jura Lingo en levant le poing vers l'image des vaisseaux.

Ces derniers approchaient à présent de la Lune, le premier corps extraterrestre sur lequel l'homme eût jamais posé le pied. Allons, se dit Palmer, le satellite de la Terre ne pouvait qu'être armé jusqu'aux dents. La contre-attaque allait enfin commencer.

La flotte se plaça en orbite autour de la Lune, l'essaim de météorites intercalé entre elle et le petit corps céleste.

Elle lâcha ses missiles nucléaires en grands arcs paresseux passant au-dessus des pôles, à angle droit avec sa propre trajectoire, au-dessus et autour de son bouclier.

Les missiles se mirent à tomber, un à un, touchant chaque fois une des cités sous dôme.

« Têtes thermosensibles, expliqua Ortega. La face obscure de la Lune est tellement froide que les villes ressortent comme des ampoules sur les doigts, alors que de l'autre côté elles sont relativement fraîches. »

Les explosions nucléaires composaient sur la surface lunaire un tatouage d'une terrible précision.

« Ils pourraient aussi bien tirer sur un éléphant dans un couloir ! s'écria Palmer. Où sont vos flottes, nom de Dieu ? Pourquoi ne font-elles rien ?

– La Lune a été évacuée, déclara froidement Lingo. Pas question de gaspiller du matériel à essayer de la défendre.

– Mais après, ça va être le tour de la *Terre*, protesta l'officier. À moins de quatre cent mille kilomètres.

– Je connais mon astrogation aussi bien que toi, Jay », répondit le Solarien avec calme, mais d'un ton sans réplique.

Il adressa un signe de tête à Ortega, qui brancha l'écran sur un satellite espion situé à soixante-dix ou quatre-vingt mille kilomètres de la Terre.

La planète apparut, énorme, toute de verts, de bruns et de bleus paisibles. Un essaim de hideuses mouches noires, la flotte dog, fondait sur elle comme sur un fruit mûr particulièrement appétissant.

Les envahisseurs progressaient avec prudence, maintenant entre eux et le berceau de l'humanité leur bouclier artificiel. Enfin, ils se placèrent en orbite polaire, les météorites directement sous le cône, afin de survoler le moindre point de la planète.

Ils bouclèrent deux orbites sans réduire leur champ de résolution, conservant une vitesse bien supérieure à celle d'un corps satellisé, tentant sans doute de déterminer quelles défenses possédaient leurs adversaires.

Rien ne se produisit. Pas un vaisseau ne décolla pour les

combattre, pas un canon laser ne chercha à pénétrer leur écran minéral de son rayon.

Les Dogs semblèrent hésiter, surpris, incertains, ce qui se comprenait.

Enfin, ils se figèrent dans l'espace tandis que leur bouclier rocheux continuait sur sa lancée, en dessous d'eux. Gagnant ensuite une orbite un peu plus haute, ils accélérèrent à plein régime, rattrapèrent leur écran, repartirent en sens inverse puis se laissèrent tomber, la base du cône tournée vers les météorites. Avant de remonter jusqu'à leur orbite polaire originale.

« Qu'est-ce qui se passe ? demanda Lingo. Qu'est-ce qu'ils font ?

– Je crois que je sais, répondit sombrement Palmer. Ils ont ralenti le nuage d'astéroïdes, qui se déplace maintenant à une vitesse inférieure à celle d'un corps satellisé. Il se retrouve en orbite instable... *Regardez ! Mais regardez donc !* »

Par milliers, par dizaines de milliers, les gros rochers s'abattaient sur Terre, la chaleur de leur passage matérialisant leur course mortelle en traits de feu.

Des centaines d'entre eux brûlaient dans l'atmosphère, mais des centaines d'autres tombaient sur toute la planète qui tournait sous eux ; des millions de tonnes de pierre portée au rouge ravageaient les villes, les campagnes, les déserts, les flots. Les océans crachaient des nuages de vapeur en gobant leur part de météorites, mais des cratères fleurissaient sur la terre ferme, qui se retrouva bientôt aussi grêlée et torturée que la Lune – déserts, campagnes, villes transformés avec une terrible impartialité en dépressions charbonneuses.

Ce qui avait pris des siècles sur la Lune s'accomplit sur Terre en quelques minutes ; la surface de la planète se métamorphosa en une peau crevassée d'énormes cicatrices brûlantes, tel un visage ravagé par une varicelle incroyablement rapide et virulente.

La flotte doglaari orbitait toujours sans rencontrer d'opposition.

Palmer, frappé d'horreur, restait muet. Où étaient passées les forces solariennes ? Pourquoi ne cherchaient-elles pas à sauver le berceau de l'humanité ? Que pouvaient-elles bien attendre ?

Les envahisseurs lâchaient à présent une salve inouïe de missiles thermonucléaires. Le cœur du militaire manqua un battement... puis repartit de plus belle lorsqu'il vit combien les Dogs avaient mal visé.

L'énorme essaim avait complètement manqué les continents ! Les bombes tombaient intactes, inoffensives, dans les profondeurs du Pacifique, au large de la côte ouest américaine, autour du grand croissant asiatique. Leur chute rida à peine les flots qui les avalèrent.

Les Solariens disposaient-ils de quelque fantastique défense pour les dérouter ? Leurs zones habitées bénéficiaient-elles de quelque inimaginable moyen de protection ?

Soudain, le long des côtes asiatiques, à travers le détroit de Béring et jusqu'à la côte ouest américaine, l'océan se souleva en une titanesque falaise. De monstrueux nuages de vapeur radioactive en jaillirent comme si tous les volcans du grand bouclier pacifique entraient simultanément en éruption, comme si les entrailles en fusion de la Terre se déversaient au fond des flots insondables, au cœur de la faille qui y serpentait, comme si...

« Seigneur ! murmura Ortega. Ils bombardent les fosses pacifiques ! »

Tandis que les nuages de vapeur s'élevaient dans la stratosphère telle une forêt de champignons vénéneux, la côte américaine frissonna, trembla, fauve titanesque s'éveillant d'un sommeil de plusieurs millions d'années. La faille tout entière remuait !

Avec une horrible majesté, le littoral, jusqu'aux pentes des Andes et des montagnes Rocheuses, glissa lentement sous les eaux écumantes.

De l'autre côté de l'océan primordial, les îles japonaises

se fragmentaient, disparaissaient dans les flots. L'Indonésie, les Philippines, la presqu'île malaise s'y enfonçaient. Le moindre rocher volcanique de l'immense Pacifique entrait en éruption, crachant des fleuves de lave qui vaporisaient les eaux de l'immensité déjà torturée.

Le bassin océanique tout entier n'était qu'un enfer de terres agonisantes, de lave ruisselante, de secousses spasmodiques, enveloppé de nuées opaques ondoyantes.

Les envahisseurs tirèrent deux salves supplémentaires sur les pôles. En quelques minutes, les calottes glaciaires se firent brume radioactive sous l'effet des milliers de bombes thermonucléaires.

La flotte boucla quatre orbites autour du chaos vibrant, fumant, crachant qu'était devenue la Terre, admirant son horrible travail.

Puis elle lâcha d'autres missiles, des milliers, des dizaines de milliers, salve après salve.

Ils n'atteignirent pas la surface torturée de la planète mais explosèrent à diverses altitudes, libérant d'innombrables nuages d'éléments radioactifs – sodium, cobalt, carbone 14 – dont la demi-vie se prolongerait sur des décennies, des siècles, voire des millénaires. Ces poisons se répandirent dans toute l'atmosphère, où ils se mêlèrent à l'omniprésente vapeur surchauffée.

Peut-être se trouvait-il là-dessous de malheureuses créatures ayant survécu à l'holocauste. Malheureuses, car leur mort serait encore plus atroce.

Les deux calottes polaires ainsi que des kilomètres cubes de Pacifique avaient été vaporisés. Lorsque la chaleur des explosions se dissiperait, la Terre reviendrait lentement à son ancien équilibre thermique, si bien que toute cette vapeur se condenserait et retomberait en pluie.

Déjà, d'ailleurs, la pluie s'abattait sur toute la planète avec une fureur inouïe. Elle durerait des mois, des années, jusqu'à ce que le Pacifique eût regagné toutes les eaux perdues ; que les grandes calottes glaciaires se fussent reformées. Sur la Terre entière, il pleuvait, et il continuerait à pleuvoir.

Une pluie de mort.

Chargée d'isotopes radioactifs de cobalt, de sodium, de carbone et de dizaines d'autres éléments. Une douche imprégnant de poison le moindre centimètre carré de la planète. Rien n'y échapperait. Rien d'organique n'y survivrait. Rien ne pourrait ensuite se développer avant un millier d'années.

La Terre était morte.

Cette énormité ne fit que lentement son chemin dans la conscience de Palmer. *La Terre était morte.* Le berceau de l'humanité avait cessé d'exister.

Le militaire ne parvenait pas à le concevoir. C'était la fin du monde. Comme s'il avait perdu en un seul instant terrible, monstrueux, son père, sa mère, jusqu'à ses plus lointains ancêtres, tout ce qu'il avait jamais aimé ou qui avait jamais compté pour lui. C'était cela, et plus encore.

La mort d'une religion, d'un espoir, d'une Promesse. De tout ce pour quoi l'homme s'était battu au fil des siècles Le triomphe du Mal incarné Une mort impossible – celle de l'humanité.

La nuit de l'âme.

Palmer avait vaguement conscience des sanglots qui le secouaient. Le minuscule fragment de son esprit qui se souciait encore de penser remarqua sans s'y attacher que ses joues ruisselaient de larmes, les premières qu'il eût versées depuis deux décennies et demie.

La Terre était morte. L'officier contemplait, fasciné, la boule de destruction fumante qui flottait dans l'espace tel le corps en décomposition qu'elle était à présent. La Terre était morte, et quelque chose en lui était mort avec elle – ses espoirs, son avenir, ses buts, tout ce qui avait donné de l'importance à sa vie. C'était fini... *Tout* était fini...

Il se contraignit à détacher le regard du terrible spectacle pour se tourner vers les Solariens.

Ils fixaient l'écran, impassibles, mais les joues mouillées de larmes.

Rassemblant les dernières miettes de colère, le fond de sentiment qui subsistaient en lui, il les invectiva :

« Monstres ! Démons ! Malades ! C'est *votre* faute ! Vous avez assassiné l'espèce humaine ! Vous...

– *Tais-toi !* » rugit Lingo avec une fureur inouïe, mettant dans sa voix tout le pouvoir que lui avait conféré son entraînement au commandement.

Et ce pouvoir était tel que Palmer se tut, en effet, tandis que les ultimes restes d'émotion s'échappaient de lui.

Comme un rêveur plongé dans un cauchemar observe, indifférent, le mur qui va s'abattre sur lui, il remarqua sans en éprouver aucune curiosité que la flotte doglaari, débordante de joie, quittait son orbite.

Lentement, majestueusement, semblant savourer chaque seconde, elle quittait le théâtre du carnage pour repartir une fois de plus vers le soleil. Son œuvre de destruction n'était pas tout à fait achevée : il lui fallait encore balayer les pitoyables restes humains qui subsistaient peut-être sur Vénus et Mercure.

Sans quitter l'écran des yeux, Ortega le brancha sur une caméra espion lâchée juste derrière l'orbite vénusienne. De là, la Terre morte apparaissait comme une simple étoile bleue scintillante – telle qu'elle apparaissait depuis des milliards d'années. Les cieux n'érigeraient nul monument à sa mémoire.

Le grand nuage de vaisseaux noirs se matérialisa sur l'hémisphère. Les Dogs approchaient de Vénus.

Quelle importance ? se demandait Palmer, contemplant sans réaction la planète, les envahisseurs et la boule de gaz flamboyante de Sol. Plus rien n'avait d'importance.

La flotte décrivait en direction de Vénus un arc de cercle arrogant.

L'officier, tournant vers les Solariens détestés des yeux inexpressifs, s'aperçut avec égarement qu'ils ne prêtaient aucune attention aux Dogs ou à leur nouvelle cible.

Le visage figé, les lèvres serrées, ils contemplaient le soleil. Leurs traits, au lieu de s'adoucir sous l'effet du désespoir, se faisaient durs comme pierre, trahissant un terrible sentiment de triomphe.

Suivant leur regard, Palmer resta d'abord stupéfait. Il n'y avait rien à voir, excepté le globe de gaz incandescent que filmait la caméra à travers son filtre.

Soudain, il se produisit un curieux effet d'optique. L'image de Sol scintilla un court instant – sans doute la caméra s'était-elle brièvement déréglée... Ensuite, si incroyable que ce fût, l'astre parut se contracter, se tasser, son diamètre diminuant de façon notable.

Le militaire comprit alors ce qui se passait ; et pourquoi.

En comprenant ce pourquoi, il se transforma – et l'Univers avec lui...

Le soleil se contracta un instant encore puis sembla atteindre un certain équilibre.

Qui ne se maintint pas une seconde. Soudain, de monstrueuses projections de plasma et de gaz enflammés jaillirent sur toute sa surface, laquelle y fut comme aspirée, *devint* ces projections et continua à progresser dans l'espace à une vitesse et avec une puissance terribles.

Là encore, cela ne prit qu'un instant. Puis, brusquement, en une explosion silencieuse inouïe, Sol se dépouilla de sa surface tel un ballon qui explose. Des milliards de tonnes d'holocauste en fusion se déplaçant avec une vélocité inimaginable fusèrent dans le vide, globe de destruction en constante expansion...

Sol se transformait en nova.

Mercure disparut quelques secondes plus tard, vaporisée comme un flocon dans une fournaise, puis ce fut le tour de Vénus. La monstrueuse sphère de flammes, d'une chaleur inconcevable, grandissait toujours, ouvrant les portes de l'enfer.

Et tandis qu'elle grandissait, la vérité complète, totale, grandissait dans le cœur de Palmer, enveloppé de cet étrange calme dément qui change les secondes en heures : la guerre avait subi un virage à cent quatre-vingts degrés à l'instant de cette titanesque explosion.

Car la flotte dog était piégée.

La fournaise solaire se développait dans sa direction bien plus vite que son champ de résolution ne pouvait la propulser. Les quatre mille vaisseaux n'avaient qu'une chance de s'enfuir assez vite pour échapper à l'incinération : passer en espace-stase.

Ce qui leur était impossible, car ils se trouvaient trop près de la nova. Les générateurs exploseraient, laissant les fragments des croiseurs – seuls restes de l'immense flotte doglaari – emprisonnés à jamais dans le néant de l'espace-stase.

Les quatre mille bâtiments de guerre étaient condamnés. Les Dogs n'avaient le choix qu'entre deux morts également horribles.

Il suffisait d'un instant de destruction massive dont les échos résonneraient des siècles durant pour sauver l'espèce humaine. À présent, c'était l'*homme* qui possédait le plus de vaisseaux ; c'était aux *Dogs* d'affronter une extermination inéluctable.

Alors même que cette certitude emplissait Palmer, la première vague de l'explosion stellaire vaporisa la formation doglaari comme un lance-flammes balaye un essaim de mites.

L'humanité était sauvée. Certes. Mais elle avait payé un prix inouï.

Son système solaire d'origine. La planète où elle était née. Forteresse Sol.

Plus cinq milliards de vies.

L'officier ne parvenait pas à détacher les yeux du terrible spectacle qui emplissait l'écran. Tout un système brûlant comme une torche ; Sol, la source de toute vie, se transformant en un bûcher inextinguible.

Ce bûcher funéraire ne consumait pas seulement cinq milliards d'êtres humains ou quatre mille vaisseaux doglaaris. Palmer qui le contemplait, figé, se rappelait avec une acuité terrible la symphonie de musique et de parfums que Robin avait appelée *Le Chant de la Terre*. Le compositeur avait su...

À présent, le militaire comprenait la signification pleine et entière de cette œuvre. Elle s'était d'abord adressée aux Solariens ; elle s'adressait maintenant à tous les hommes. Elle évoquait une perte telle qu'il faudrait des siècles pour en mesurer l'étendue ; un million de cités, emplies à craquer d'Histoire et de souvenirs ; un millier de cultures, mijotant des millénaires durant dans une effervescence féconde – tout cela perdu à jamais, transformé en gaz incandescent.

L'espèce humaine venait d'échapper à la plus grande menace qu'elle eût jamais connue, mais l'exploit avait coûté son prix. Elle survivrait, mais son berceau, la majeure partie de son histoire et de sa culture, ses racines les plus profondes et les plus importantes, le dernier et le plus grand des mythes sur lesquels elle s'était élevée, Forteresse Sol, lui avaient été arrachés.

On ne survivait qu'en renonçant à ses illusions. L'humanité laissait son enfance derrière elle. À présent, elle était seule.

Palmer comprenait enfin ; il comprenait parfaitement. Elle était là, l'arme secrète dont avait parlé Lingo. « Forteresse Sol... », avait-il dit. Mais qui eût cru qu'il fallait prendre cette réplique au pied de la lettre ?

Voilà pourquoi le Solarien avait refusé de révéler quoi que ce fût à son passager, pourquoi il avait si désespérément demandé à être jugé. Mais qui était Palmer pour le juger ? Comment pouvait-on mettre en balance cinq milliards de vies et l'enfance d'une espèce contre sa survie pure et simple ?

L'officier avait honte de l'immense soulagement que lui inspirait l'idée de ne pas avoir eu la moindre part à ce choix. Il comprenait à présent la dimension suprême d'*humanité* que ses compagnons avaient tenté de lui expliquer avec de simples mots. Leur humanité était telle qu'ils avaient comparé Forteresse Sol au destin de l'espèce humaine, pris la bonne décision mais continué à se soucier assez d'un seul être pour lui épargner la terrible culpabilité qu'il eût éprouvée à partager cette responsabilité, même indirectement, de très loin.

Ils avaient gardé le secret non pour provoquer Palmer, mais pour l'épargner.

Comment eût-il pu les juger ? Nul n'en avait le droit ! S'il avait son mot à dire sur le sujet, nul ne le ferait !

Soudain, il s'aperçut sans grande surprise qu'il venait *vraiment* de s'intégrer au groupe organique des Solariens. Il était des leurs, sans réserve, sans hésitation.

S'ils voulaient bien de lui.

13.

Un long, très long moment, ils fixèrent tous les sept en silence la sphère de gaz tourbillonnant, sans cesse croissante, qui avait été Sol – à travers l'œil d'une caméra située bien loin du système solaire, puisque ledit système n'était plus.

Enfin, Palmer se détourna de ce spectacle hypnotique pour regarder les Solariens. Robin, Fran et Linda pleuraient sans bruit, presque sans larmes. Max contemplait l'écran, figé, comme statufié. Ortega serrait les dents en se martelant la paume gauche du poing droit.

Lingo présentait un masque sévère, impassible, maîtrisé. Seuls les coins de sa bouche, qui se tordaient convulsivement vers le bas, trahissaient l'émotion. Il finit par se rendre compte que le militaire l'observait.

Pivotant vers lui, il le fixa bien en face. Ses grands yeux verts semblaient ouvrir sur un abîme sans fond. Il eut un rictus totalement dénué de gaieté.

« Voilà, tu sais, maintenant, dit-il doucement.

– Oui, Dirk, acquiesça l'officier. Je sais *vraiment*. Depuis le début, tout a été fait pour qu'on en arrive là. Au plus gigantesque piège de toute l'histoire. Mais... comment l'avez-vous tendu ? »

Lingo poussa un profond soupir.

« Ça n'a pas été bien difficile. C'est d'ailleurs la *seule* chose à ne pas avoir été difficile. La station installée sur Mercure n'était rien de plus qu'un générateur de stase équipé d'un détonateur à distance. Le nom de code "phénix" armait le détonateur de manière que tout vaisseau approchant ensuite de la planète... »

Il n'acheva pas. C'était inutile.

« On a un peu amélioré la tapette à souris, voilà tout, ajouta Ortega avec une dureté amère, exagérée. On a fabriqué la tapette la plus grosse et la mieux conçue qui ait jamais existé.

– Avec l'appât le plus précieux ! renchérit Palmer.

– Il y a une chose à laquelle il va falloir t'habituer, Jay, lança Lingo, tranchant. À laquelle il va falloir qu'on s'habitue *tous*. D'une manière ou d'une autre, Forteresse Sol était condamnée. Tôt ou tard, avec ou sans Dogs. L'avenir de l'humanité est *ici*, dans la Galaxie, pas dans son passé, sa matrice. C'est la Confédération, ou plutôt ce qu'elle va devenir à partir de maintenant. Forteresse Sol... la Promesse... les légendes... elles ont eu leur utilité, quand l'espèce humaine avait besoin d'illusions, de forces extérieures mythiques, pour continuer sa route. Mais nous ne sommes plus des enfants. Nous allons gagner la guerre et nous répandre dans toute la Galaxie. C'est un avenir où il n'y a pas de place pour les mythes. L'homme doit faire entrer dans son crâne épais qu'il n'existe qu'une seule chose digne d'une vraie foi : *lui-même*. Parce que s'il n'apprend pas à croire en sa propre grandeur, nous resterons infantiles pour l'éternité. Le mythe de Forteresse Sol, comme tous les mythes, n'était qu'un conte pour enfants destiné à mettre les vilains monstres en fuite. Il *fallait* qu'il disparaisse pour que l'homme grandisse. Nous n'avons pas perdu le passé ; nous avons gagné un futur.

– Très beau discours, Dirk, répondit Palmer avec calme. Qui essaies-tu de convaincre – moi, ou toi-même ? »

Lingo se contraignit à sourire.

« Je t'ai de nouveau sous-estimé, admit-il. En prenant une décision pareille, en choisissant entre deux possibilités aussi terribles, on a beau *savoir* qu'on a raison, on ne parvient pas vraiment à s'en convaincre.. Est-ce que je t'ai raconté comment est mort Douglas MacDay, des années après avoir pris *sa* décision, celle qui a plongé le système solaire dans le chaos ? La décision la plus importante et la plus *juste* qui ait jamais été prise.

– Non... »

Le Solarien se détourna pour regarder une fois de plus l'holocauste qui s'étalait sur l'écran.

« Il savait qu'il avait eu raison. Qu'il avait donné sa seule chance à l'espèce humaine. Mais il n'a pas pu le supporter. Il s'est tué, figure-toi. Il a fini par se suicider.

– Qu'est-ce que tu attends de moi, Dirk ? » demanda Palmer sans élever la voix.

Lingo pivota vers lui, les yeux enfoncés dans leurs orbites, étincelants.

« Je veux que tu me dises une chose. Si nous avons eu raison ou tort. Je veux *savoir*. Être jugé, sans doute.

– C'est pour ça que tu as refusé de me dire ce qui allait arriver, hein ? Tu ne voulais pas m'obliger à supporter ce que vous êtes contraints de supporter, maintenant.

– Oui. Bien sûr. Moins il y a de gens qui vivent avec ce genre de choses, mieux c'est.

– Je ne peux pas te juger, Dirk. Pour la bonne raison que je suis incapable d'imaginer ce que j'aurais fait à ta place. Personne ne peut te juger. Personne n'en a le droit. Mais je te respecte, comme toi tu respectes MacDay Ça devrait suffire. »

Le Solarien eut un sourire sans joie.

« C'est vrai. Nous n'avons rien d'autre à attendre, et nous ne devrions même pas en demander plus. Merci, Jay.

– Une chose est sûre, intervint Ortega, jetant un coup d'œil à l'écran. On ferait mieux de s'en aller, et vite, avant que la vague n'arrive. »

Lingo s'assit dans le fauteuil du pilote.

« Regardez bien Sol. C'est la dernière fois que qui que ce soit pose les yeux sur le système. »

Puis il pressa un bouton. Une minute plus tard, le vaisseau se retrouvait en espace-stase.

Palmer reposait sur sa couchette depuis des heures, s'efforçant de digérer ce qui s'était passé et allait encore se passer. Trois siècles d'histoire avaient disparu en un instant, en même temps que trois décennies de sa vie.

L'homme était le maître, à présent. Les Confédérés l'ignoraient encore, le flamboiement qui représentait le seul monument élevé au berceau de l'humanité n'atteindrait pas leurs mondes avant des dizaines d'années, mais ils avaient hérité de la Galaxie. *Hérité* était d'ailleurs le terme exact.

Car il avait fallu une mort horrible pour détruire la puissance de l'Empire doglaari – celle de Sol et de cinq milliards de Solariens. Comme toujours, la vie se payait en mort.

Malgré ce qu'il avait dit à Lingo, Palmer en éprouvait le poids : c'était à lui, et aux hommes comme lui, de donner un sens à ce sacrifice, de veiller à ce qu'il ne fût pas vain.

Forteresse Sol avait subi l'épreuve de l'histoire. Le reste de l'espèce humaine devait justifier ce don suprême. Sol était mort, et la Confédération devait mourir, elle aussi, d'une certaine manière. Pour donner naissance à un monde nouveau où les hommes prendraient eux-mêmes leurs décisions au lieu de laisser les rênes aux machines, où ils se glorifieraient de leur humanité au lieu de la nier par peur.

« Cela aussi disparaîtra. » Telle était la seule vérité universelle de l'histoire. Toutefois, il fallait à présent ajouter à cette antique loi un corollaire : « Cela aussi disparaîtra, mais l'être humain demeurera. »

Il n'y avait plus de Solariens ; il ne devait plus non plus y avoir de Confédérés. Seulement des hommes.

Il...

« Tu viens au poste de pilotage ? lança Robin en passant la tête par la porte de la cabine. On va sortir de l'espace-stase. »

Lorsque Palmer arriva sur la passerelle, tous les autres s'y trouvaient déjà. Le vaisseau n'avait pas encore réintégré l'espace normal.

« Pourquoi émerger maintenant ? s'enquit l'officier. On vient juste de partir. On va arriver en plein milieu de nulle part.

– Exact », répondit le pilote, qui avait presque recouvré son ancienne désinvolture.

Ses compagnons avaient apparemment récupéré, eux aussi. Tout juste s'ils n'échangeaient pas des sourires.

Pourtant, quelques heures plus tôt, des milliards de gens étaient morts.

Fran adressa un signe de tête à Lingo, qui éteignit le générateur d'espace-stase. Le maelström chaotique vacilla puis disparut, remplacé par les étoiles. Les voyageurs avaient regagné l'espace normal, le vide immense et obscur s'étendant entre les soleils, presque à mi-chemin de Sol et du Centaure. Autour d'eux, c'était le néant absolu. La nova n'était même pas visible – son image, se déplaçant à la vitesse de la lumière, mettrait deux ans à parvenir jusque-là. Sol était un simple point lumineux semblable aux milliers d'astres anonymes qui parsemaient la noirceur du vide.

Palmer contempla cette obscurité infinie. Pourquoi étaient-ils sortis de l'espace-stase ? La sensation de *nulle part* que lui communiquait ce néant le gelait jusqu'à la moelle des os. Pourquoi... ?

« Là », lança Fran, entourant d'un cercle rouge un groupe de cinq petites lueurs – des disques minuscules.

Impossible ! Rien, ici, ne pouvait apparaître aussi précisément !

L'étoile la plus proche, Sol, se trouvait à deux années-lumière. En plein vide intersidéral, les voyageurs n'auraient dû distinguer aucun corps céleste comme un disque ! Pourtant, le cercle rouge projeté sur l'écran en renfermait bel et bien cinq.

« Qu'est-ce que c'est que ça ? murmura Palmer. Il ne *peut pas* y avoir de planète par ici...

– Ce ne sont pas des planètes », répondit Lingo, modifiant la position du vaisseau pour placer les petites lueurs au centre de l'indicateur représentant la ligne de vol.

« Mais nous sommes très loin de tous les systèmes à étoiles multiples !

– Ce ne sont pas non plus des étoiles. » Il brancha le champ de résolution. « D'ailleurs, on en est bien plus près que tu ne te l'imagines. Regarde. »

L'astronef accélérait en progressant vers les corps célestes énigmatiques, qui grandirent encore et encore jusqu'à se révéler être des globes. Lorsque les détails en apparurent, Palmer s'aperçut qu'il s'agissait de... de *quoi ?*

Il avait beau voir, il ne comprenait pas.

Les sphères se révélaient beaucoup trop petites pour des planètes. C'étaient cinq minuscules planétoïdes, d'une quinzaine de kilomètres de diamètre, rassemblés en formation serrée.

Encore plus près. Parfaitement sphériques, flottant ensemble au milieu de nulle part, ils n'évoquaient en rien les planétoïdes habituels.

À deux ou trois kilomètres.

Palmer resta bouche bée, figé par la stupeur.

Ils étaient en *métal.*

Pas en pierre métallifère : en plaques métalliques. C'étaient des corps célestes artificiels. Cinq globes identiques, dépourvus de marques ou de reliefs extérieurs, excepté... excepté ce qui rappelait de manière déconcertante des antennes à champ de résolution, réparties avec régularité sur leur équateur. Il s'agissait visiblement d'objets manufacturés !

« Que... qu'est-ce que c'est que ça ? »

Lingo se mit à rire.

« Quelqu'un, dans une crise de pessimisme, les a appelés les “fourgons à bestiaux”. Le nom leur est resté. Ce sont des vaisseaux spatiaux.

– *Des vaisseaux spatiaux ?* s'exclama Palmer. Mais ce n'est pas possible ! J'ai beau ne pas être mathématicien, je connais la fameuse équation de Hayakawa, d'après laquelle les bulles de stase ne peuvent mesurer plus de cinq cents mètres de diamètre. Sans ça, tout serait différent... On construirait des astronefs de n'importe quelle taille, puisqu'en théorie, on peut obtenir un champ de résolution aussi gros qu'on le veut. En théorie, on peut même propulser une *planète*, si on en a envie. Mais il est purement et simplement impossible de générer une poche de stase assez vaste pour emporter ces... ces "fourgons à bestiaux" d'une étoile à une autre !

– Tu as parfaitement raison, mais ça ne les empêche pas d'être des vaisseaux spatiaux. Qu'est devenue la population du système solaire, d'après toi ? »

Palmer fixa son interlocuteur d'un regard attristé. Il avait fait de gros efforts pour ne pas penser au prix de la victoire, et voilà que le Solarien le lui rappelait, lui faisant revivre une fois de plus ces terribles instants.

« Je... je croyais qu'il valait mieux ne pas en parler, dit-il doucement. Je sais bien que c'était un sacrifice nécessaire, mais malgré tout... »

Lingo resta un long moment silencieux, l'air interloqué. Puis sur ses traits se succédèrent la compréhension, la surprise, et enfin une véritable stupeur, dont le sens échappait à son interlocuteur.

« Je t'ai encore sous-estimé, Jay, dit-il alors. En te voyant si désireux de nous comprendre et de nous pardonner, j'ai pensé que tu avais deviné... Mais apparemment tu as mieux pénétré nos esprits que nous ne l'avons osé nous-mêmes. Nous aurions sacrifié cinq milliards de Solariens pour sauver l'espèce humaine si nous n'avions pas eu d'autre choix, c'est vrai. Je m'en rends compte, à présent ; s'il l'avait fallu, nous l'aurions fait, bien que cette seule pensée soit horrible. Pourtant, rappelle-toi : je t'ai parlé de l'évacuation des satellites extérieurs, de Mars et de la Lune.

– Oui. Mais où auraient pu aller les gens, sinon sur Terre ? Et la Terre...

– Tu ne comprends pas. *Le système solaire tout entier* a été évacué. Jusqu'au dernier être humain installé sur le dernier corps céleste, *y compris* la Terre.

– Mais comment ? Vers où ?

– *Ici*, dit Lingo, le doigt tendu vers les cinq énormes globes. Dans les fourgons à bestiaux.

– *Quoi !* Ces sphères ont beau être gigantesques, elles ne peuvent pas abriter cinq milliards d'individus. Elles ne contiendraient pas assez de nourriture, d'air et d'eau. D'ailleurs, dans le cas contraire, leurs occupants mourraient de vieillesse avant d'atteindre les planètes de la Confédération, puisqu'elles ne peuvent pas passer en espace-stase.

– Tu as à la fois tort et raison. Raison, parce que les "fourgons" ne peuvent effectivement pas voyager plus vite que la lumière ni emporter assez de nourriture, d'air et d'eau pour cinq milliards de personnes, et qu'il leur faudrait si longtemps pour gagner la Confédération que leurs passagers mourraient de vieillesse. *Mais*, car il y a un mais, souviens-toi de tes cours d'histoire. L'homme a atteint les étoiles, du moins les plus proches, avant la découverte du générateur de stase. Tu te rappelles comment ?

– En utilisant une sorte d'animation suspendue, c'est ça ? "Le Grand Sommeil", il me semble.

– Je n'en sais rien, mais ce que je sais, c'est comment on procédait. Les gens étaient tout simplement congelés dans de l'hélium liquide. Ils ne se déplaçaient qu'à travers les espaces interstellaires, dans cet état, si bien que le froid cosmique gardait l'hélium à une température proche du zéro absolu. Ils restaient donc en animation suspendue jusqu'au moment où ils arrivaient à destination.

– Tu veux dire que... ?

– Oui. Les fourgons à bestiaux ne sont guère que des réservoirs d'hélium liquide assortis d'un champ de résolution. N'oublie pas que nous savions ce qui allait se passer depuis des années. La population du système solaire a été congelée il y a deux ans, pour avoir une bonne longueur d'avance. En animation suspendue, les gens n'ont besoin ni de nourriture, ni d'air, ni d'espace vital. Et dans cinq sphères de quinze kilomètres de diamètre, on peut en mettre un sacré paquet, quand on les empile comme des bûches.

– Mais... mais... où vont-elles ? Qu'est-ce que vous allez faire... *de cinq milliards de surhommes ?*

– Pas des surhommes, des hommes tout court, rectifia Lingo. Ces cinq milliards de gens représentent environ un milliard de groupes organiques. Du moment que les groupes restent unis, il n'est pas nécessaire de déposer tout le monde au même endroit. Tu as constaté toi-même qu'un groupe organique est une entité complète, une véritable microculture. Chacun de ses membres possède au moins un talent. Les "fourgons" ne sont pas des *problèmes*, Jay, ne les considère pas de cette façon. Ce sont les plus grandes salles du trésor de toute l'histoire de l'humanité – le genre de trésor qui a vraiment de l'importance : *les gens*. La Confédération réunit des centaines de planètes capables d'accueillir sans difficulté quelques millions d'habitants supplémentaires. Les Solariens s'y répartiront équitablement. Ils se fondront au reste de l'humanité, cinq milliards parmi des centaines, comme une goutte d'eau dans l'océan.

– Ce n'est pas une analogie valable, contra Palmer d'un ton sec. Nous ne parlons pas de cinq milliards de gens normaux, quoi que tu en dises. Ils sont différents et, je dois bien l'admettre, *meilleurs*. Ils transformeront totalement l'espèce humaine... *à condition* qu'elle les laisse vivre. »

Lingo eut un lent sourire.

« C'est vrai, admit-il. Mais est-ce vraiment une perspective si effrayante ? Ce que nous avons appris, ce que nous sommes devenus, constituera l'héritage de l'espèce tout entière. Il n'existe aucune différence intrinsèque entre Solariens et Confédérés. Les Confédérés possèdent des talents, eux aussi, mais ils ne les ont pas développés. Toi, par exemple, tu as sans doute les qualités d'un maître de jeu et d'un chef. Kurowski a celles d'un chef, ou il ne serait pas devenu grand maréchal. L'homme changera, oui – il *s'éveillera* au plein potentiel de son humanité pour dépasser ses rêves les plus fous. Et la clé de ce changement, Jay, c'est toi.

– Moi ?

– Oui, toi. Tu as prouvé qu'il était possible. Qu'un Confédéré pouvait s'intégrer à un groupe organique. Tu as servi de sujet d'expérience, et l'expérience a été un succès. À présent, tu en connais la signification. Dans les décennies à venir, l'humanité entière va s'organiser en groupes organiques. Tu as été le premier, tu ne seras pas le dernier. La grande inconnue qui subsistait dans notre plan n'en est plus une : les Confédérés sont bel et bien capables d'évolution et de maturation. L'histoire de l'espèce humaine n'en est qu'à ses balbutiements. Ce que nous deviendrons, au bout du compte, personne ne peut l'imaginer. Mais une chose est sûre : ce sont des hommes comme toi qui guideront les tiens... les *nôtres*. Des hommes capables de s'écarter à la fois de la Confédération et du souvenir de Sol pour être simplement humains... ce qui n'est pas simple du tout. »

Palmer savait, tout au fond de lui, que son compagnon avait raison. Ensemble, les Solariens et lui avaient lutté et vaincu. Ensemble, en ce jour pas si lointain où l'espèce humaine serait unie, entière, ils iraient de l'avant, Solariens et Confédérés mêlés, à la rencontre de leur avenir.

Le regard du jeune homme se perdit dans l'espace puis se posa sur le point lumineux insignifiant de Sol. Son image datait de près de deux ans, et le feu de sa mort n'illuminerait pas les mondes de la Confédération avant des décennies.

Lorsque enfin il les atteindrait, scintillant dans leurs cieux quelques brèves journées, l'homme n'y verrait pas le bûcher funéraire de l'espèce humaine mais la clarté naissante de lendemains radieux.

Une clarté qui jamais ne s'éteindrait.

DU MÊME AUTEUR

Aux Éditions Denoël

Dans les collections Présence du futur et Présence du fantastique

LE PRINTEMPS RUSSE (Folio Science-Fiction n°s 7 et 8)

LES SOLARIENS (Folio Science-Fiction n° 76)

CES HOMMES DANS LA JUNGLE

DEUS EX

LES ANNÉES FLÉAUX

VAMPS

Dans la collection Présences

EN DIRECT (Folio Policier n° 220)

Chez d'autres éditeurs

JACK BARRON ET L'ÉTERNITÉ

L'ENFANT DE LA FORTUNE

ROCK MACHINE

LES MIROIRS DE L'ESPRIT

LA GRANDE GUERRE DES BLEUS ET DES ROSES

CHANTS DES ÉTOILES

Dans la même collection

1.	Isaac Asimov	*Fondation*
2.	Isaac Asimov	*Fondation et Empire*
3.	Ray Bradbury	*Fahrenheit 451*
4.	H.P. Lovecraft	*La couleur tombée du ciel*
5.	Mary Shelley	*Frankenstein ou Le Prométhée moderne*
6.	Fredric Brown	*Martiens, go home!*
7.	Norman Spinrad	*Le Printemps russe,* 1
8.	Norman Spinrad	*Le Printemps russe,* 2
9.	Dan Simmons	*L'Échiquier du mal,* 1
10.	Dan Simmons	*L'Échiquier du mal,* 2
11.	Stefan Wul	*Oms en série*
12.	Serge Brussolo	*Le syndrome du scaphandrier*
13.	Jean-Pierre Andrevon	*Gandahar*
14.	Orson Scott Card	*Le septième fils*
15.	Orson Scott Card	*Le prophète rouge*
16.	Orson Scott Card	*L'apprenti*
17.	John Varley	*Persistance de la vision*
18.	Robert Silverberg	*Gilgamesh, roi d'Ourouk*
19.	Roger Zelazny	*Les neuf princes d'Ambre*
20.	Roger Zelazny	*Les fusils d'Avalon*
21.	Douglas Adams	*Le Guide galactique*
22.	Richard Matheson	*L'homme qui rétrécit*
23.	Iain Banks	*ENtreFER*
24.	Mike Resnick	*Kirinyaga*
25.	Philip K. Dick	*Substance Mort*
26.	Olivier Sillig	*Bzjeurd*
27.	Jack Finney	*L'invasion des profanateurs*
28.	Michael Moorcock	*Gloriana ou La reine inassouvie*
29.	Michel Grimaud	*Malakansâr*
30.	Francis Valéry	*Passeport pour les étoiles*

31. Isaac Asimov	*Seconde Fondation*
32. Philippe Curval	*Congo Pantin*
33. Mary Gentle	*Les Fils de la Sorcière*
34. Richard Matheson	*Le jeune homme, la mort et le temps*
35. Douglas Adams	*Le Dernier Restaurant avant la Fin du Monde*
36. Joël Houssin	*Le Temps du Twist*
37. H.P. Lovecraft	*Dans l'abîme du temps*
38. Roger Zelazny	*Le signe de la licorne*
39. Philip K. Dick et Roger Zelazny	*Deus irae*
40. Pierre Stolze	*La Maison Usher ne chutera pas*
41. Isaac Asimov	*Fondation foudroyée*
42. Fredric Brown	*Une étoile m'a dit*
43. Francis Berthelot	*Rivage des intouchables*
44. Gregory Benford	*Un paysage du temps*
45. Ray Bradbury	*Chroniques martiennes*
46. Roger Zelazny	*La main d'Oberon*
47. Maurice G. Dantec	*Babylon Babies*
48. René Barjavel	*Le Diable l'emporte*
49. Bruce Sterling	*Mozart en verres miroirs*
50. Thomas M. Disch	*Sur les ailes du chant*
51. Isaac Asimov	*Terre et Fondation*
52. Douglas Adams	*La Vie, l'Univers et le Reste*
53. Richard Matheson	*Je suis une légende*
54. Lucius Shepard	*L'aube écarlate*
55. Robert Merle	*Un animal doué de raison*
56. Roger Zelazny	*Les Cours du Chaos*
57. André-François Ruaud	*Cartographie du merveilleux*
58. Bruce Sterling	*Gros Temps*
59. Laurent Kloetzer	*La voie du cygne*
60. Douglas Adams	*Salut, et encore merci pour le poisson*

61. Roger Zelazny	*Les Atouts de la Vengeance*
62. Douglas Adams	*Globalement inoffensive*
63. Robert Silverberg	*Les éléphants d'Hannibal*
64. Stefan Wul	*Niourk*
65. Roger Zelazny	*Le sang d'Ambre*
66. Orson Scott Card	*Les Maîtres Chanteurs*
67. John Varley	*Titan (La trilogie de Gaïa I)*
68. André Ruellan	*Mémo*
69. Christopher Priest	*La Machine à explorer l'Espace*
70. Robert Silverberg	*Le nez de Cléopâtre*
71. John Varley	*Sorcière (La trilogie de Gaïa II)*
72. Howard Waldrop	*Histoire d'os*
73. Herbert George Wells	*La Machine à explorer le Temps*
74. Roger Zelazny	*Le signe du Chaos*
75. Isaac Asimov	*Les vents du changement*
76. Norman Spinrad	*Les Solariens*
77. John Varley	*Démon (La trilogie de Gaïa III)*
78. Roger Zelazny	*Chevalier des ombres*

À paraître:

79. Fredric Brown	*Fantômes et farfafouilles*
80. Robert Charles Wilson	*Bios*
81. Walter Jon Williams	*Sept jours pour expier*
82. Roger Zelazny	*Prince du Chaos*

COLLECTION FOLIO

Dernières parutions

3227. Maupassant *Bel-Ami.*
3228. Molière *Le Tartuffe.*
3229. Molière *Dom Juan.*
3230 Molière *Les Femmes savantes.*
3231. Molière *Les Fourberies de Scapin.*
3232. Molière *Le Médecin malgré lui.*
3233. Molière *Le Bourgeois gentilhomme.*
3234. Molière *L'Avare.*
3235. Homère *Odyssée.*
3236. Racine *Andromaque.*
3237. La Fontaine *Fables choisies.*
3238. Perrault *Contes.*
3239. Daudet *Lettres de mon moulin.*
3240. Mérimée *La Vénus d'Ille.*
3241. Maupassant *Contes de la Bécasse.*
3242. Maupassant *Le Horla.*
3243. Voltaire *Candide ou l'Optimisme.*
3244. Voltaire *Zadig ou la Destinée.*
3245. Flaubert *Trois Contes.*
3246. Rostand *Cyrano de Bergerac.*
3247. Maupassant *La Main gauche.*
3248. Rimbaud *Poésies.*
3249. Beaumarchais *Le Mariage de Figaro.*
3250. Maupassant *Pierre et Jean.*
3251. Maupassant *Une vie.*
3252. Flaubert *Bouvart et Pécuchet.*
3253. Jean-Philippe Arrou-Vignod *L'Homme du cinquième jour.*
3254. Christian Bobin *La femme à venir.*
3255. Michel Braudeau *Pérou.*
3256. Joseph Conrad *Un paria des îles.*
3257. Jerôme Garcin *Pour Jean Prévost.*
3258. Naguib Mahfouz *La quête.*
3259. Ian McEwan *Sous les draps et autres nouvelles.*
3260. Philippe Meyer *Paris la Grande.*
3261. Patrick Mosconi *Le chant de la mort.*
3262. Dominique Noguez *Amour noir.*
3263. Olivier Todd *Albert Camus, une vie.*
3264. Marc Weitzmann *Chaos.*
3265. Anonyme *Aucassin et Nicolette.*

3266. Tchekhov — *La dame au petit chien et autres nouvelles.*
3267. Hector Bianciotti — *Le pas si lent de l'amour.*
3268 Pierre Assouline — *Le dernier des Camondo.*
3269. Raphaël Confiant — *Le meurtre du Samedi-Gloria.*
3270. Joseph Conrad — *La Folie Almayer.*
3271. Catherine Cusset — *Jouir.*
3272. Marie Darrieussecq — *Naissance des fantômes.*
3273. Romain Gary — *Europa.*
3274. Paula Jacques — *Les femmes avec leur amour.*
3275. Iris Murdoch — *Le chevalier vert.*
3276. Rachid O. — *L'enfant ébloui.*
3277. Daniel Pennac — *Messieurs les enfants.*
3278. John Edgar Wideman — *Suis-je le gardien de mon frère ?*
3279. François Weyergans — *Le pitre.*
3280. Pierre Loti — *Le Roman d'un enfant* suivi de *Prime jeunesse.*
3281. Ovide — *Lettres d'amour.*
3282. Anonyme — *La Farce de Maître Pathelin.*
3283. François-Marie Banier — *Sur un air de fête.*
3284. Jemia et J.M.G. Le Clézio — *Gens des nuages.*
3285. Julian Barnes — *Outre-Manche.*
3286. Saul Bellow — *Une affinité véritable.*
3287. Emmanuèle Bernheim — *Vendredi soir.*
3288. Daniel Boulanger — *Le retable Wasserfall.*
3289. Bernard Comment — *L'ombre de mémoire.*
3290. Didier Daeninckx — *Cannibale.*
3291. Orhan Pamuk — *Le château blanc.*
3292. Pascal Quignard — *Vie secrète.*
3293. Dominique Rolin — *La Rénovation.*
3294. Nathalie Sarraute — *Ouvrez.*
3295. Daniel Zimmermann — *Le dixième cercle.*
3296. Zola — *Rome.*
3297. Maupassant — *Boule de suif.*
3298. Balzac — *Le Colonel Chabert.*
3299. José Maria Eça de Queiroz — *202, Champs-Élysées.*
3300. Molière — *Le Malade Imaginaire.*
3301. Sand — *La Mare au Diable.*
3302. Zola — *La Curée.*
3303. Zola — *L'Assommoir.*

3304. Zola *Germinal.*
3305. Sempé *Raoul Taburin.*
3306. Sempé *Les Musiciens.*
3307. Maria Judite de Carvalho *Tous ces gens, Mariana...*
3308. Christian Bobin *Autoportrait au radiateur.*
3309. Philippe Delerm *Il avait plu tout le dimanche.*
3312. Pierre Pelot *Ce soir, les souris sont bleues.*
3313. Pierre Pelot *Le nom perdu du soleil.*
3314. Angelo Rinaldi *Dernières nouvelles de la nuit.*
3315. Arundhati Roy *Le Dieu des Petits Riens.*
3316. Shan Sa *Porte de la paix céleste.*
3317. Jorge Semprun *Adieu, vive clarté...*
3318. Philippe Sollers *Casanova l'admirable.*
3319. Victor Segalen *René Leys.*
3320. Albert Camus *Le premier homme.*
3321. Bernard Comment *Florence, retours.*
3322. Michel Del Castillo *De père français.*
3323. Michel Déon *Madame Rose.*
3324. Philipe Djian *Sainte-Bob.*
3325. Witold Gombrowicz *Les envoûtés.*
3326. Serje Joncour *Vu.*
3327. Milan Kundera *L'identité.*
3328. Pierre Magnan *L'aube insolite.*
3329. Jean-Noël Pancrazi *Long séjour.*
3330. Jacques Prévert *La cinquième saison.*
3331. Jules Romains *Le vin blanc de la Villette.*
3332. Thucydide *La Guerre du Péloponnèse.*
3333. Pierre Charras *Juste avant la nuit.*
3334. François Debré *Trente ans avec sursis.*
3335. Jérôme Garcin *La chute de cheval.*
3336. Syvie Germain *Tobie des marais.*
3337. Angela Huth *L'invitation à la vie conjugale.*
3338. Angela Huth *Les filles de Hallows Farm.*
3339. Luc Lang *Mille six cents ventres.*
3340. J.M.G. Le Clézio *La fête chantée.*
3341. Daniel Rondeau *Alexandrie.*
3342. Daniel Rondeau *Tanger.*
3343. Mario Vargas Llosa *Les carnets de Don Rigoberto.*
3344. Philippe Labro *Rendez-vous au Colorado.*
3345. Christine Angot *Not to be.*
3346. Christine Angot *Vu du ciel.*

3347. Pierre Assouline — *La cliente.*
3348. Michel Braudeau — *Naissance d'une passion.*
3349. Paule Constant — *Confidence pour confidence.*
3350. Didier Daeninckx — *Passages d'enfer.*
3351. Jean Giono — *Les récits de la demi-brigade.*
3352. Régis Debray — *Par amour de l'art.*
3353. Endô Shûsaku — *Le fleuve sacré.*
3354. René Frégni — *Où se perdent les hommes.*
3355. Alix de Saint-André — *Archives des anges.*
3356. Lao She — *Quatre générations sous un même toit II.*
3357. Bernard Tirtiaux — *Le puisatier des abîmes.*
3358. Anne Wiazemsky — *Une poignée de gens.*
3359. Marguerite de Navarre — *L'Heptaméron.*
3360. Annie Cohen — *Le marabout de Blida.*
3361. Abdelkader Djemaï — *31, rue de l'Aigle.*
3362. Abdelkader Djemaï — *Un été de cendres.*
3363. J.P. Donleavy — *La dame qui aimait les toilettes propres.*
3364. Lajos Zilahy — *Les Dukay.*
3365. Claudio Magris — *Microcosmes.*
3366. Andreï Makine — *Le crime d'Olga Arbélina.*
3367. Antoine de Saint-Exupéry — *Citadelle (édition abrégée).*
3368. Boris Schreiber — *Hors-les-murs.*
3369. Dominique Sigaud — *Blue Moon.*
3370. Bernard Simonay — *La lumière d'Horus (La première pyramide III).*
3371. Romain Gary — *Ode à l'homme qui fut la France.*
3372. Grimm — *Contes.*
3373. Hugo — *Le Dernier Jour d'un Condamné.*
3374. Kafka — *La Métamorphose.*
3375. Mérimée — *Carmen.*
3376. Molière — *Le Misanthrope.*
3377. Molière — *L'École des femmes.*
3378. Racine — *Britannicus.*
3379. Racine — *Phèdre.*
3380. Stendhal — *Le Rouge et le Noir.*
3381. Madame de Lafayette — *La Princesse de Clèves.*
3382. Stevenson — *Le Maître de Ballantrae.*
3383. Jacques Prévert — *Imaginaires.*
3384. Pierre Péju — *Naissances.*

3385. André Velter	*Zingaro suite équestre.*
3386. Hector Bianciotti	*Ce que la nuit raconte au jour.*
3387. Chrystine Brouillet	*Les neuf vies d'Edward.*
3388. Louis Calaferte	*Requiem des innocents.*
3389. Jonathan Coe	*La Maison du sommeil.*
3390. Camille Laurens	*Les travaux d'Hercule.*
3391. Naguib Mahfouz	*Akhénaton le renégat.*
3392. Cees Nooteboom	*L'histoire suivante.*
3393. Arto Paasilinna	*La cavale du géomètre.*
3394. Jean-Christophe Rufin	*Sauver Ispahan.*
3395. Marie de France	*Lais.*
3396. Chrétien de Troyes	*Yvain ou le Chevalier au Lion.*
3397. Jules Vallès	*L'Enfant.*
3398. Marivaux	*L'Île des Esclaves.*
3399. R.L. Stevenson	*L'Île au trésor.*
3400. Philippe Carles et Jean-Louis Comolli	*Free jazz, Black power.*
3401. Frédéric Beigbeder	*Nouvelles sous ecstasy.*
3402. Mehdi Charef	*La maison d'Alexina.*
3403. Laurence Cossé	*La femme du premier ministre.*
3404. Jeanne Cressanges	*Le luthier de Mirecourt.*
3405. Pierrette Fleutiaux	*L'expédition.*
3406. Gilles Leroy	*Machines à sous.*
3407. Pierre Magnan	*Un grison d'Arcadie.*
3408. Patrick Modiano	*Des inconnues.*
3409. Cees Nooteboom	*Le chant de l'être et du paraître.*
3410. Cees Nooteboom	*Mokusei !*
3411. Jean-Marie Rouart	*Bernis le cardinal des plaisirs.*
3412. Julie Wolkenstein	*Juliette ou la paresseuse.*
3413. Geoffrey Chaucer	*Les Contes de Canterbury.*
3414. Collectif	*La Querelle des Anciens et des Modernes.*
3415. Marie Nimier	*Sirène.*
3416. Corneille	*L'Illusion comique.*
3417. Laure Adler	*Marguerite Duras.*
3418. Clélie Aster	*O.D.C.*
3419. Jacques Bellefroid	*Le réel est un crime parfait, Monsieur Black.*
3420. Elvire de Brissac	*Au diable.*
3421. Chantal Delsol	*Quatre.*
3422. Tristan Egolf	*Le seigneur des porcheries.*

3423. Witold Gombrowicz	*Théâtre.*
3424. Roger Grenier	*Les larmes d'Ulysse.*
3425. Pierre Hebey	*Une seule femme.*
3426. Gérard Oberlé	*Nil rouge.*
3427. Kenzaburô Ôé	*Le jeu du siècle.*
3428. Orhan Pamuk	*La vie nouvelle.*
3429. Marc Petit	*Architecte des glaces.*
3430. George Steiner	*Errata.*
3431. Michel Tournier	*Célébrations.*
3432. Abélard et Héloïse	*Correspondances.*
3433. Charles Baudelaire	*Correspondance.*
3434. Daniel Pennac	*Aux fruits de la passion.*
3435. Béroul	*Tristan et Yseut.*
3436. Christian Bobin	*Geai.*
3437. Alphone Boudard	*Chère visiteuse.*
3438. Jerome Charyn	*Mort d'un roi du tango.*
3439. Pietro Citati	*La lumière de la nuit.*
3440. Shûsaku Endô	*Une femme nommée Shizu.*
3441. Frédéric. H. Fajardie	*Quadrige.*
3442. Alain Finkielkraut	*L'ingratitude.* Conversation sur notre temps.
3443. Régis Jauffret	*Clémence Picot.*
3444. Pascale Kramer	*Onze ans plus tard.*
3445. Camille Laurens	*L'Avenir.*
3446. Alina Reyes	*Moha m'aime.*
3447. Jacques Tournier	*Des persiennes vert perroquet.*
3448. Anonyme	*Pyrame et Thisbé, Narcisse, Philomena.*
3449. Marcel Aymé	*Enjambées.*
3450. Patrick Lapeyre	*Sissy, c'est moi.*
3451. Emmanuel Moses	*Papernik.*
3452. Jacques Sternberg	*Le cœur froid.*
3453. Gérard Corbiau	*Le Roi danse.*
3455. Pierre Assouline	*Cartier-Bresson (L'œil du siècle).*
3456. Marie Darrieussecq	*Le mal de mer.*
3457. Jean-Paul Enthoven	*Les enfants de Saturne.*
3458. Bossuet	*Sermons. Le Carême du Louvre.*
3459. Philippe Labro	*Manuella.*
3460. J.M.G. Le Clézio	*Hasard* suivi de *Angoli Mala.*

3461. Joëlle Miquel	*Mal-aimés.*
3462. Pierre Pelot	*Debout dans le ventre blanc du silence.*
3463. J.-B. Pontalis	*L'enfant des limbes.*
3464. Jean-Noël Schifano	*La danse des ardents.*
3465. Bruno Tessarech	*La machine à écrire.*
3466. Sophie de Vilmorin	*Aimer encore.*
3467. Hésiode	*Théogonie* et autres poèmes.
3468. Jacques Bellefroid	*Les étoiles filantes.*
3469. Tonino Benacquista	*Tout à l'ego.*
3470. Philippe Delerm	*Mister Mouse.*
3471. Gérard Delteil	*Bugs.*
3472. Benoît Duteurtre	*Drôle de temps.*
3473. Philippe Le Guillou	*Les sept noms du peintre.*
3474. Alice Massat	*Le Ministère de l'intérieur.*
3475. Jean d'Ormesson	*Le rapport Gabriel.*
3476. Postel & Duchâtel	*Pandore et l'ouvre-boîte.*
3477. Gilbert Sinoué	*L'enfant de Bruges.*
3478. Driss Chraïbi	*Vu, lu, entendu.*
3479. Hitonari Tsuji	*Le Bouddha blanc.*
3480. Denis Diderot	*Les deux amis de Bourbonne* (à paraître).
3481. Daniel Boulanger	*Le miroitier.*
3482. Nicolas Bréhal	*Le sens de la nuit.*
3483. Michel del Castillo	*Colette, une certaine France.*
3484. Michèle Desbordes	*La demande.*
3485. Joël Egloff	«*Edmond Ganglion & fils*».
3486. Françoise Giroud	*Portraits sans retouches (1945 1955).*
3487. Jean-Marie Laclavetine	*Première ligne.*
3488. Patrick O'Brian	*Pablo Ruiz Picasso.*
3489. Ludmila Oulitskaïa	*De joyeuses funérailles.*
3490. Pierre Pelot	*La piste du Dakota.*
3491. Nathalie Rheims	*L'un pour l'autre.*
3492 Jean-Christophe Rufin	*Asmara et les causes perdues.*
3493. Anne Radcliffe	*Les Mystères d'Udolphe.*
3494. Ian McEwan	*Délire d'amour.*
3495. Joseph Mitchell	*Le secret de Joe Gould.*
3496. Robert Bober	*Berg et Beck.*
3497. Michel Braudeau	*Loin des forêts.*
3498. Michel Braudeau	*Le livre de John.*

3499. Philippe Caubère	*Les carnets d'un jeune homme.*
3500. Jerome Charyn	*Frog.*
3501. Catherine Cusset	*Le problème avec Jane.*
3502. Catherine Cusset	*En toute innocence.*
3503. Marguerite Duras	*Yann Andréa Steiner.*
3504. Leslie Kaplan	*Le Psychanalyste.*
3505. Gabriel Matzneff	*Les lèvres menteuses.*
3506. Richard Millet	*La chambre d'ivoire...*
3507. Boualem Sansal	*Le serment des barbares.*
3508. Martin Amis	*Train de nuit.*
3509. Andersen	*Contes choisis.*
3510. Defoe	*Robinson Crusoé.*
3511. Dumas	*Les Trois Mousquetaires.*
3512. Flaubert	*Madame Bovary.*
3513. Hugo	*Quatrevingt-treize.*
3514. Prévost	*Manon Lescaut.*
3515. Shakespeare	*Roméo et Juliette.*
3516. Zola	*La Bête humaine.*
3517. Zola	*Thérèse Raquin.*
3518. Frédéric Beigbeder	*L'amour dure trois ans.*
3519. Jacques Bellefroid	*Fille de joie.*
3520. Emmanuel Carrère	*L'Adversaire.*
3521. Réjean Ducharme	*Gros Mots.*
3522. Timothy Findley	*La fille de l'Homme au Piano.*
3523. Alexandre Jardin	*Autobiographie d'un amour.*
3524. Frances Mayes	*Bella Italia.*
3525. Dominique Rolin	*Journal amoureux.*
3526. Dominique Sampiero	*Le ciel et la terre.*
3527. Alain Veinstein	*Violante.*
3528. Lajos Zilahy	*L'Ange de la Colère (Les Dukay tome II).*
3529. Antoine de Baecque et Serge Toubiana	*François Truffaut.*
3530. Dominique Bona	*Romain Gary.*
3531. Gustave Flaubert	*Les Mémoires d'un fou. Novembre. Pyrénées-Corse. Voyage en Italie.*
3532. Vladimir Nabokov	*Lolita.*
3533. Philip Roth	*Pastorale américaine.*
3534. Pascale Froment	*Roberto Succo.*

Ouvrage reproduit
par procédé photomécanique.
Impression Bussière Camedan Imprimeries
à Saint-Amand (Cher), le 15 octobre 2001.
Dépôt légal : octobre 2001.
Numéro d'imprimeur : 014387/1.
ISBN 2-07-042079-5./Imprimé en France.

5069